The Night

Rodrigo Blanco Calderón

The Night

Primera edición: febrero de 2016

© 2016, Rodrigo Blanco
© 2016, de la presente edición en castellano para todo el mundo:
Penguin Random House Grupo Editorial, S. A. U.
Travessera de Gràcia, 47-49. 08021 Barcelona

© Diseño: Proyecto de Enric Satué
© Jonas Bendiksen/Magnum Photos/Contacto, por la imagen de la cubierta

Printed in Spain – Impreso en España

ISBN: 978-84-204-1945-9
Depósito legal: B-26002-2015

Impreso en Unigraf, Móstoles (Madrid)

AL 19459

Penguin
Random House
Grupo Editorial

Para Luisa Fontiveros

In girum imus nocte et consumimur igni.

(Vamos dando vueltas en la noche y nos consumimos en el fuego.)

I. Teoría de los anagramas

«El demonio, la locura, la irresponsabilidad política: estas son las únicas explicaciones posibles de las prácticas de los juegos de palabras, o del más mínimo interés que se pudiera tener por ellos.»

TZVETAN TODOROV

1. Apagones

Al principio fue un largo, inesperado, apagón de cinco horas. Caracas parecía un hormiguero destapado. Más allá de las citas canceladas, los cheques sin cobrar, la comida descompuesta y el colapso del metro, Miguel Ardiles recuerda ese día con una ternura casi paternal: la ciudad sintió el estupor de ser cueva y laberinto.

En los meses siguientes, a medida que los apagones se repctían, los habitantes fueron dibujando sus primeros bisontes, marcando con piedras los recodos familiares del recinto. Luego el Gobierno anunció el plan de racionamiento de energía. Los voceros de la oposición no tardaron en recordar la situación de Cuba en los años noventa y cómo el plan de cortes eléctricos que implementaron durante el periodo especial era idéntico al que se iba a aplicar en Venezuela.

El anuncio se hizo a la medianoche del miércoles 13 de enero de 2010.

Dos días después, Miguel Ardiles se encontraba en el Chef Woo con Matías Rye. Como todos los viernes en la noche, después de ver al último paciente, se iba a los chinos de Los Palos Grandes a esperarlo. Matías Rye dictaba talleres de escritura creativa en un instituto de la zona. Estaba por empezar su más ambicioso proyecto, *The Night:* una novela policial que involucionaría hacia el género gótico. El título lo había tomado prestado de una canción de Morphine y buscaba trasladar los matices de esta banda a su escritura: entrar en el horror como quien poco a poco se adormece y le da la espalda a la vida.

Rye declaraba la muerte del policial clásico.

—Desde «Los crímenes de la calle Morgue», de 1841, hasta «La muerte y la brújula», de 1942, se completa el ciclo. Con ese cuento, Borges clausura el género. Lönnrot es un detective que lee novelas y relatos policiales. Un imbécil que muere por confundir la realidad con la literatura. Es el Quijote del relato policial.

La única alternativa, según él, era el realismo gótico.

—En este país, escribir novelas policiales es un acto inverosímil, condenado al fracaso —agregaba—. ¿Cuántos casos de los que tú ves todos los días se resuelven, Miguel? ¿Quién puede creer que la policía de esta ciudad alguna vez va a encarcelar a un criminal?

Rye pareció recordar algo.

—¿Cuándo te llevan al Monstruo? —había bajado la voz.

—No sé aún. El presidente llamó personalmente a la Medicatura Forense para informarse sobre el caso. Sabes que Camejo Salas es su amigo.

—¿El presidente llamó a Johnny Campos?

—Ajá. No creo que sirva de nada mi informe, sea cual sea el resultado.

—Campos es una rata.

—Dicen que el asunto del tráfico de órganos llegó a oídos del presidente. Solo con eso, lo tiene amarrado.

—La mierda.

—Total.

Las luces parpadearon y el restaurante quedó a oscuras. Hubo una ola de gritos y de carcajadas y luego, atenuadas por el apagón, las conversaciones se fueron reanudando en un tono menor, de intriga. Uno de los mesoneros cerró la reja del local, mientras Marcos, el dueño, armado con una pequeña linterna, sacaba la cuenta de todas las mesas. En pocos minutos, el Chef

Woo quedó casi vacío, su cuadro denso solo tachonado por los cigarrillos de los últimos clientes, los habituales, los de confianza.

—¿Y no estás emocionado? —dijo Rye.

—¿Por qué?

—Yo estaría cagado en tu lugar.

—Esto del Monstruo de Los Palos Grandes no es nuevo ni es lo peor que está pasando.

—El tipo la secuestró, la violó y la torturó durante cuatro meses. Le arrancó el labio superior y parte de una oreja a punta de golpes. ¿Te parece poco?

—La historia de Lila Hernández es terrible, eso lo sabemos todos. Pero lo que ha llamado en verdad la atención es que el engendro sea hijo de Camejo Salas. ¿En qué cabeza cabe que el hijo de un Premio Nacional de Literatura haga *eso*? ¿Cómo un poeta, reconocido además, pudo crear *eso*?

—Ese carajo me dio clases a mí en el posgrado.

—Sobre lo otro, te pongo un ejemplo. Una mañana un tipo ve pasar a dos muchachas por la acera de su bloque. Las ve, le gustan y lo decide. Con la pistola, las encañona, las lleva a su apartamento. Ninguna pasa de quince años. Encierra a una en un cuarto, mientras a la otra la viola en la sala. La que está en el cuarto escucha los gritos. Pasa un tiempo, media hora, una hora, dos horas, no puede saberlo. Al no escuchar nada, ella aprovecha para intentar escapar forzando la puerta. Lo logra y qué encuentra en la sala: el torso de su amiga. El tipo la picó, la violó, la mató. Ha salido un momento para botar los brazos, la cabeza y las piernas. La que sobrevive entra en pánico, grita desaforada por la ventana y los vecinos la rescatan.

—¿Ese es el de Casalta?

—San Martín.

—¿Y ya la viste?

—Sí.

—¿Y?

—Desquiciada.

—A lo mejor ni llegas a ver al tipo.

—Es lo más probable.

—Por lo menos.

—Sí, Matías, pero luego qué. Al carajo lo atrapan y seguro en la cárcel lo revientan. Y luego qué.

—¿Qué más quieres?

—Ese es el problema. No sé qué hace uno después, porque siempre queda algo. De cada crimen que sucede, algo queda flotando y eso se acumula y eso tiene que hacer daño.

—¿Qué hora es?

Observaron a su alrededor y se dieron cuenta de que eran los únicos clientes en el restaurante. Solo quedaban los mesoneros, acodados en la barra, fumando. La lumbre de sus cigarrillos apenas delineaba las ranuras de los ojos. Cuando ellos se levantaron, los cuatro chinos interrumpieron su conversación y los intuyeron en la oscuridad, con absoluta fijeza, por un segundo. Matías se acercó con el dinero hasta la caja, mientras Miguel esperaba a que uno de los mesoneros abriera la reja.

Ya en la acera, Miguel se sintió tranquilo. Durante aquel segundo lo había invadido un insólito terror. Se vio de pronto, a sí mismo y a Matías, tasajeados por aquellos empleados que los atendían cada vez que se reunían en el Chef Woo.

La calle estaba oscura y desierta. Solo hacia el final, en el cruce con la avenida, parecía haber actividad. Miguel quiso apurar el paso hacia el Centro Plaza, donde tenía estacionado el carro, pero Matías estaba en su elemento.

—El atraso tiene su belleza. Y no me refiero al realismo mágico. García Márquez y compañía creen haberla visto, pero no vieron nada. El realismo mágico le puso colorete, alas y vestidos a la miseria. El realismo gótico va por otro lado: encuentra la verdad y la belleza desnudando, escarbando —dijo Matías.

Un bulto se movía entre las bolsas de basura que asediaban un poste de luz.

—¿Ves? —agregó.

El indigente marcó el paso de los dos hombres con una breve mirada de ceniza y siguió en su faena.

—¿Eso te parece bello? —dijo Miguel.

—Por supuesto.

—Me quedo con García Márquez.

—¿Cuál es el mejor cuento de los que ha premiado *El Nacional*?

Matías Rye concursaba todos los años y siempre perdía. Con el tiempo fue desarrollando un conocimiento exhaustivo y rencoroso sobre la historia del premio. Muchas veces citaba cuentos y autores que lo habían ganado como una metáfora de lo justa o injusta que podía ser la vida.

—«La mano junto al muro», supongo.

—No. El éxito de ese cuento fue haber aparecido en el momento oportuno. Meneses tiene el extraño mérito de ser el fundador de un género inútil: el policial lírico. El único cuento que vale la pena de ese concurso es «Boquerón». Humberto Mata fue el primero entre nosotros en entender que el policial era un género con más pasado que futuro.

—No lo he leído.

—Léelo, y después de que lo leas, cada vez que te encuentres un indigente te imaginarás que vive en las riberas del Guaire y que cada mañana despierta rodeado de garzas. Y esa imagen tiene belleza.

—Si tú lo dices.

—Y ahora dime, ¿cuál es el peor cuento que ha premiado *El Nacional*?

—El de Algimiro Triana.

—Eso lo dices por lo del caso de Arlindo Falcão. Algimiro es un despreciable, pero ese no es el peor
cuento. El título del que yo digo es impronunciable. No
lo recuerdo nunca, pero es de Pedro Álamo. Fue en
1982, y ha sido la edición más polémica de la historia
del premio. Es un cuento incomprensible, de principio
a fin. Yo siempre lo vi como el texto de un loco, pero
hubo más de un crítico que quiso ver ahí una obra
maestra. Creo que por fin voy a comprobar mi hipótesis.

—¿Cuál hipótesis?

—Tú me vas a ayudar. Tengo a Pedro Álamo
como alumno en el taller de escritura.

—¿Qué tengo que ver yo con eso?

—Hemos llegado a ser casi amigos. Le di el número de tu consultorio privado. ¿Puedes abrir un hue-
co en tu agenda para el lunes? Álamo está sufriendo
ataques de pánico.

2. Orígenes de la simetría

Me gustan las simetrías y detesto las motos. En realidad, me apasionan y creo que se trata de cierto temor. Las simetrías, digo. Y también las motos. Yo me entiendo. Y porque me entiendo no tengo necesidad de extenderme en explicaciones sobre este asunto ni tengo que contárselo a nadie. Si estoy hablando con usted, doctor, es solo por consideración con Matías. Insistió tanto en que viniera a verlo, sobre todo después de lo que pasó a la salida de la clase, que no tuve más remedio que darle mi palabra y cumplir. Me convenció con el dato de que usted es psiquiatra, es decir, médico, y no psicólogo o psicoanalista o charlatán. Me refiero a que usted seguro trabaja con fármacos y yo soy un defensor de la prescripción y el consumo de fármacos. La depresión, por ejemplo. Dicen que es la enfermedad del siglo. La depresión, dejando de lado los motivos, es un hecho bioquímico. Bajan los niveles de serotonina y los antidepresivos los restablecen. Por eso digo que en cuestiones de salud, primero las medicinas y luego las palabras. Y si se pueden evitar las palabras, mejor. Pues estoy convencido de que todo el mal del mundo empieza en ellas. En las palabras.

Por eso vine. A que usted me recetara un ansiolítico o lo que sea que me ayude a eliminar la angustia que me invade de repente. O, al menos, algo que funcione como una especie de barrera, un margen de tiempo que me permita maniobrar antes del *instante*. De modo que cuando yo sienta que la moto se aproxima pueda estar preparado para el choque. O pueda correr más rápido y escapar de ese maldito sonido de sierra que se acerca. ¿Nunca vio las películas de *Martes 13*? ¿Recuerda a Jason? Bueno, así me siento yo cada vez que escucho alguna aproximarse. En las últimas semanas ni siquiera necesito escucharlas de verdad. Basta con imaginarme el maldito sonido de la moto, como si fuera una sierra que me alcanza para cortarme la cabeza, para que el desastre ocurra.

Le advierto, doctor Ardiles, que lo de *Martes 13* es solo un ejemplo. No tengo ningún trauma con eso. Jason o Freddy Krueger siempre me han dejado frío. En Caracas, Jason no pasaría de ser un podador de jardines y Freddy un *emo* con las uñas largas. Freddy y Jason son unos niños de pecho comparados con esa plaga de motorizados que ha invadido la ciudad. El primer paso para una verdadera reconstrucción de Caracas sería acabar con todos los motorizados. Eliminarlos uno por uno golpeándolos con sus propios cascos hasta la muerte. El otro día, Margarita, mi amiga del taller, contó una historia insólita. Tomó un mototaxi en Altamira para llegar hasta Paseo Las Mercedes. Eran las seis de la tarde, el metro estaba colapsado y los autobuses atestados de gente. Cuando iban a doblar desde Chacaíto para agarrar la principal de Las Mercedes, justo enfrente del McDonald's de El Rosal, el mototaxista, aprovechando la luz roja del semáforo, sacó una pistola y le robó el BlackBerry a la conductora del lado derecho. No esperó a que cambiara la luz, dejó los carros atrás y continuó su camino. Al llegar a Paseo, Margarita estaba temblando. Aunque ella sepa defenderse, incluso mejor que cualquier hombre de medianas condiciones, apenas podía sacar la plata del monedero. El mototaxista recibió los reales de la carrera y, al verla tan asustada, le dijo:

—Mami, no te alteres. Yo no atraco a mis clientes.

¿Se da cuenta, doctor? ¿Qué se puede hacer con semejante mierda? ¿Ah? Perdóneme. Disculpe las groserías. Es que el tema me... Usted entiende. Pero no crea. No es estrés postraumático. A pesar de todo, toco madera, hace tiempo que no me atracan. El asunto con las motos viene de antes, de cuando estaba casado con Margarita. No, no es la misma Margarita del cuento del mototaxista, es otra, mi esposa.

Podría contarle una experiencia en particular que justifique todo. Pero no lo haré, porque yo no vine aquí a hablar. Veamos esto, si le parece, como una formalidad para que así pueda usted mandarme los medicamentos. Porque si le cuento lo que me pasó en aquellos días, entonces se va a olvidar del presente, de lo que me está pasando ahora. Sería injusto con aquel motorizado (fíjese en mi capacidad de sindéresis: hablo de ser *justo* con semejante piltrafa) endilgarle todos los desmanes que están cometiendo los motorizados de esta época. Sería imposible, además, que el de entonces sea el mismo de ahora. Sería demasiada coincidencia. Para mí las coincidencias no existen.

¿La semana pasada? Pues, por dónde empezar. Aristóteles decía que por el principio, pero ¿dónde están los orígenes de la simetría? Este asunto podría empezar hace más de veinticinco años o hace un mes. Es igual, usted decida, solo cambiaría la dirección. Tiene razón, yo mismo dije que no quería hablar del pasado ni de causas. Empecemos, pues, por el presente y por los efectos y ojalá ahí nos quedemos.

Todo comenzó, o volvió a comenzar o comenzó a cerrarse, cuando Margarita se quedó mirándome. Sí, la del taller, no la que fue mi esposa. El culpable fue Matías. Al principio, tuve la esperanza de que Matías no me reconociera, de que mi nombre no le hiciera remontarse al año 1982. Pero a la mañana siguiente de la primera clase, leí un email de Matías donde me preguntaba si yo era el autor de «Obmoible». Respondí con apenas un «sí», dando a entender que no me interesaba hablar del asunto. Si usted, doctor, quiere informarse de lo que pasó, le recomiendo que le pregunte a Matías. No le aconsejo, para nada, que lea mi cuento. Jamás sometería a nadie a semejante tortura. Pudiera interesarle, quizás, una versión de esa historia, el reverso de esa historia, titulada «El biombo», que hizo un joven narrador llamado Rodrigo Blanco. Por más que lo pienso, no sé quién le pudo haber facilitado la información a ese muchacho. Sin embargo, el cuento falsea de cabo a rabo mi historia con Sara Calcaño. Es cierto que yo me acosté con ella, pero también lo es que Sara Calcaño se acostó con todos y cada uno de los escritores y escritoras, jóvenes o viejos, de esa época. Es un hecho tan cierto como inútil, pues Sarita terminó loca y probablemente ya haya muerto.

Al final de la última clase de diciembre, nos quedamos Margarita, Matías y yo conversando algunos detalles de las «Tesis sobre el cuento», de Ricardo Piglia. Ahora que lo pienso, aquello fue una emboscada de Matías, una vil excusa.

—Entonces tú sí eres Pedro Álamo —me dijo Matías.

Margarita observó a Matías y luego a mí, como pidiendo una explicación.

—Pedro fue el causante de uno de los mayores escándalos de la literatura venezolana —le dice a Margarita—. Claro que tú ni siquiera habías nacido.

Luego le explica toda la historia de mi cuento, el premio de *El Nacional*, la reacción airada de buena parte de la crítica, la reacción insólita de unos esporádicos defensores de mi obra, mi terco silencio en los meses posteriores y mi definitiva desaparición de la vida pública.

—Pedro Álamo era lo que, con sincera admiración y secreta mala leche, la gente llama «una joven promesa de nuestra literatura». Después desapareció. ¿Dónde te metiste, Pedro?

Me hubiera gustado explicarle que para desaparecer de eso que él llamaba «nuestra literatura» bastaba con no ir a presentaciones de libros ni contestar las llamadas telefónicas de la prensa. En cambio, solo respondí que me había dedicado a *otra cosa*.

—Soy publicista.

Le confieso, doctor, que me agradó ver la decepción en el rostro de Matías. Pero esa es la verdad: soy publicista.

—¿Has seguido escribiendo? —Matías no se rendía.

—No —dije—. Por eso estoy aquí. Quiero ver si comienzo desde cero.

Matías no parecía convencido. Yo mismo no sé si dije la verdad. ¿Puede llamarse *escribir* a lo que he hecho desde entonces? ¿Tiene algo que ver con lo que los *escritores* entienden frecuentemente por *escritura*? No lo sé. Tampoco me importa. Toda mi vida me he dedicado a sofocar las extrañas expectativas que, a pesar de mí, genero en los que me rodean. Matías no volvió a tocar el tema, pero esa vez, al despedirnos, Margarita se quedó mirándome.

Aquella noche, mientras dormía, soñé con un ruido. Parecía una moto, y en el sueño yo no sabía si se acercaba o si se estaba alejando o si hacía ambos movimientos de forma simultánea. Yo vivo en el anexo de una casa en la urbanización Santa Inés. No sé si la conoce. Supongo que no. La mayoría de los caraqueños no tiene idea de dónde queda, pues siempre la confunden con Santa Paula, Santa Marta, Santa Fe y cualquier otra santa del este. De modo que los únicos que saben con seguridad dónde queda Santa Inés son los que ahí viven, como si, más que una urbanización, fuese un pacto. Esto sucede porque Santa Inés es apenas un conjunto de casas situadas en una especie de cañón que se forma entre la carretera vieja de Baruta y el sector Los Samanes por un lado, y las colinas de Santa Rosa de Lima y de San Román por el otro. Santa Inés es, cómo decirlo, una extraña caja de resonancia. Los sonidos rebotan, descabezando en sus retornos los puntos de partida, las nociones de lo que está lejos y de lo que está cerca, como átomos perdidos afinando el universo.

Lo cierto es que, en medio del sueño, en el nudo más fuerte de la madrugada, escuché una moto. Un zumbido que se acumulaba en el silencio de aquella hora, erosionando la noche. Ese ruido, el sueño de ese ruido, se me hizo eterno. Al fin desperté, angustiado, rodando de la cama y cayendo en el piso de mi cuarto como un tronco seco.

Tumbé el vaso de agua que siempre pongo en la mesa de noche. A pesar de que podía lastimarme con los pedazos de vidrio, no encendí la lámpara y me quedé así, con el culo mojado, en el suelo. A Margarita siempre le irritó esa costumbre mía. Poner un vaso rebosante de agua en la mesa de noche para luego botarlo en el fregadero a la mañana siguiente, casi intacto. Apenas daba un sorbo después de cepillarme los dientes y antes de apagar la luz. Mi matrimonio con Margarita fue una breve y penosa carrera con obstáculos. La situación económica nos llevaba de un apartamento a otro, de una esquina de la ciudad a la otra, y en cada uno de los lugares donde vivimos el vaso con agua en la mesa de noche fue tema de conversación. Al principio, esa manía suscitaba en ella una incomprensión tierna. Luego, la reacción fue de franca hostilidad. Ya hacia el final, la indiferencia. Yo era muy joven, estaba concentrado trabajando en publicidad luego de fallar en Letras y los palíndromos ya se habían transformado en obsesión. No pude ver los signos evidentes de la despedida. Margarita veía el vaso con agua en la mesa de noche y confirmaba que yo no iba a cambiar, que no iba a abandonar ni esa ni la otra absurda rutina. Eso veía Margarita cada mañana: cómo el líquido de aquella primera intimidad se iba secando poco a poco, en medio de un vaso repleto de agua.

Yo permanecía en el piso de mi cuarto, divagando, y una última sensación me terminó de despertar. Aún tenía en los oídos el sonido lejano del sueño. La moto bien podía ser ahora una avioneta que se perdía en el horizonte. Y el lento apagarse de ese sonido era tan sutil que ya no se diferenciaba del desmoronamiento de la madrugada. Antes de levantarme eché una mirada a mi alrededor. El pequeño charco de agua con pedazos de vidrio me hizo pensar en el calentamiento global y el deshielo de los polos. Me llamó la atención, para el resto del día, ver que el charco vibraba.

El tiempo pasa rápido.

Disculpe el abuso y, de verdad, gracias. Por el récipe y por el Tafil.

Sí, claro, usted dirá.

No se preocupe, en serio, pregunte.

¿Margarita? ¿Mi esposa?

Ella murió. Me la mataron hace años.

3. Ciudad Gótica

Matías me estuvo evitando toda la semana. No contestó mis correos pero sí reenvió un par de cadenas sobre los apagones y el estado de las centrales eléctricas. También me mandó, en un correo sin asunto, sin firma ni acotaciones, un reportaje sobre los cadáveres de mujeres que han encontrado en los terrenos baldíos de Parque Caiza. Algo similar sucedió con las llamadas. Siempre a punto de entrar al cine o a una reunión. No quería que yo soltara prenda hasta el viernes. No llegó a decirlo pero lo sé, lo conozco. Esfuerzo inútil, pues no le contaría nada. No solo porque Pedro Álamo no habló de su famoso cuento, sino porque no es correcto que yo esté comentando por ahí la vida privada de mis pacientes.

—Eso es una tontería —Matías parecía molesto—. Siempre me cuentas los casos que ves en la Medicatura Forense.

—Es distinto. Muchas de esas historias salen en las páginas de sucesos.

—Peor aún. Violación del secreto sumarial.

—Tienes razón. De eso tampoco te contaré nada.

—Tú sabes a qué me refiero.

—Álamo no dijo nada sobre el cuento. Créeme, de lo menos que quiere hablar es de ese cuento. Y si hubiese comentado algo, tampoco te lo diría. No es ético.

Pensé entonces en la grabadora. Esa manía de grabar y reescribir las sesiones con algunos pacientes. «Átomos», «universo», «desmoronamiento de la madrugada», «calentamiento global», «polos». ¿De dónde salía todo aquello? ¿De la ética, acaso?

Después de la primera cerveza me relajé.

—A primera vista, parece un obsesivo compulsivo.

—¿Por qué lo dices? —a Matías le cambió la expresión.

—Con tendencias paranoides. Ciertas ideas fijas. Las motos, sobre todo, pero también su esposa, una tal Margarita que al parecer le mataron hace años.

—Así se llama una muchacha del taller. Es la única persona del grupo, aparte de mí, con quien habla.

—Ahí tienes.

Cambié de tema. Le pregunté por la novela.

—*The Night* —le gustaba pronunciar el título antes de empezar a hablar de la novela. Quizás porque es un buen título. Quizás porque desde hace un tiempo Matías solo escribe títulos—. Todavía ando en la etapa de las notas y los borradores. Creo que tengo perfilado al protagonista. Un psiquiatra que viola y mata a sus pacientes. Solo a las mujeres. El modelo, por supuesto, es el doctor Montesinos: personificación del psiquiatra nacional, intelectual de referencia los domingos, rector de la Universidad Central, excandidato a la presidencia.

Pensé en Camejo Salas. Traté, en vano, de recordar unos versos suyos que nos obligaban a memorizar en el colegio.

Las luces del Chef Woo parpadearon.

—Hemos sido criados por asesinos.

No planeé decirlo. Lo estaba pensando y sin darme cuenta lo dije.

—¿Te imaginas, Matías, que descubramos un día que también nuestros padres fueron asesinos?

—Al paso que vamos, un día despertaremos y descubriremos que nosotros mismos somos asesinos

—dijo Matías—. Quita esa cara —añadió—. Te pones pesado a veces. Deberías dejar la psiquiatría. ¿Cuánto te falta para la jubilación?

—Cinco años —dije.

Esta vez fue Matías quien cambió de tema. Quiso que le volviera a contar, «con lujo de detalles», el caso del doctor Montesinos. Sacó su libreta Moleskine, como siempre que me pide que le regale alguna historia.

Le conté lo que sabía del caso del doctor Montesinos.

—Necesito conocer todo acerca del mundo de los psiquiatras.

—Tú dirás.

—Datos, manías, rutinas, jerga. Ese tipo de cosas.

—A ver. El cuarenta por ciento de los psiquiatras hombres en Venezuela son homosexuales.

—¿Y cómo puedo usar eso?

—No lo sé.

—¿Para qué lo dices, entonces?

—Tú pediste datos. Ese es un dato.

—¿Cuarenta por ciento?

—Bueno, no sé. Cincuenta, quizás.

—¿Cómo sabes?

—Lo saco por los que conozco. Unos pocos lo asumen de manera abierta. Pero la mayoría son hombres casados y con hijos.

Matías se quedó pensativo. Me pareció que al fin iba a preguntarme eso que siempre ha querido preguntarme. Sin embargo, desistió.

—¿Y entonces? —me preguntó.

—¿Qué?

—Me dices que el cuarenta o cincuenta por ciento de los psiquiatras hombres en Venezuela son homosexuales encubiertos.

—Ajá.

—¿Eso qué crees que significa?

—Nada.

—¿Nada? ¿No te parece poco *ético*? —al fin se desquitaba.

—En absoluto.

—¿Con qué moral, por ejemplo, puede un homosexual de clóset decirle a otro homosexual de clóset que salga del clóset?

—No tiene que ver con la moral.

—Sí tiene. Es predicar lo que no se hace, hablar de cosas que no se conocen. Es como prescribir un medicamento que, llegado el caso, el mismo médico no se atrevería a tomar.

—De eso se trata. Los curas, por ejemplo. Son más santos y más sabios mientras menos sepan de la vida. Estoy convencido de que no se aprende nada de las experiencias. Las ideas tampoco sirven de mucho, pero si te mantienes apegado a ellas, puede que sobrevivas.

La conversación llegó a un punto muerto. Debatimos un rato más sin lograr convencer al otro. Yo fabricaba argumentos lógicos y despreciables, mientras Matías desplazaba la discusión al polo opuesto de la moral. Mi posición al respecto es simple: la moral no tiene nada que ver con un oficio cuya esencia es la ficción. Salvo las breves y, en algunos casos, perniciosas islas de objetividad que brindan los fármacos, todo en el discurso psiquiátrico es ficción. Las palabras del paciente buscan transmitir algo que no puede ser transmitido con palabras. Y esas palabras provocan las palabras del psiquiatra, las cuales jamás podrán traspasar el cerco de aquellas palabras originales y, por esa misma razón, se desviarán hacia otras palabras aún más lejanas, como las de su propio saber, las de los conceptos que maneja, las de las conductas tipificadas, las de casos anteriores que le recuerdan al que tiene enfrente. Si tiene suerte, el paciente saldrá protegido por ese laborioso manto de palabras tejido durante las sesiones de terapia, sintiéndose por el momento a salvo del frío de su propio desamparo.

—No comparto una sola de tus palabras —dijo Matías.

—Al contrario, las palabras son las únicas cosas que podemos compartir. Las que yo comparto todos los días con mis pacientes les ayudan a convivir con la tristeza y a familiarizarse con el horror. Es una negociación persistente e interminable, como todo en la vida. Incluso, puede ser que en esa negociación secreta consista la vida, pero eso no significa que debamos prestarle excesiva atención.

Noté cierto desasosiego en Matías y volví a cambiar de tema. Es así: nos salvamos el uno al otro de los bordes.

Volvimos a hablar de su novela. Me dijo que la etapa de borradores y esquemas era la más estimulante.

—En ese momento, todo es posible; empiezan a florecer las correspondencias y uno se transforma en un Quijote.

—Ese es tu problema, Matías. Te lo señalé desde la primera consulta: te emocionas con los proyectos, te *vuelves* lo que quieres escribir y al final terminas casi igual que al principio. Sin novela pero destrozado.

—Foucault lo llamaba «el peregrino de las similitudes» —dijo Matías con un guiño.

—¿A quién?

—Al Quijote.

—Sus clases sobre psiquiatría son excelentes.

—¿Recibiste el correo?

—Sí. No entendí por qué me lo mandaste.

—¿Cuántas mujeres decía que han encontrado?

—Ocho.

—Son nueve.

—La noticia decía ocho.

—Pues son nueve.

—¿Para qué me la enviaste si no es así?

—No tiene errores.

—¿Entonces?

—La noticia menciona los cadáveres de mujeres encontrados *este* año en los terrenos baldíos que están detrás de Parque Caiza. Y en efecto van ocho. Pero no menciona que el primer cuerpo arrojado ahí fue el de Rosalinda Villegas, el año pasado. ¿Te das cuenta?

—¿De qué?

—El primer cadáver que encontraron en Parque Caiza fue el de Rosalinda Villegas. Varios meses después, comienzan a aparecer más cadáveres de mujeres en los mismos terrenos. ¿Lo ves ahora?

—Recuerda que al doctor Montesinos lo atraparon en el momento. Todo lo inculpaba: los rastros de sangre en el consultorio, la relación que ellos mantenían, el blog de la muchacha.

—Yo leí en Internet que estaba en Miami.

—Falso. Por la edad, le dieron casa por cárcel. Y ahí está. Eso es todo. Solo que Montesinos tiene muchos *amigos,* y ellos lograron que no se hablara más del asunto.

—No importa. En *The Night* eso no sucederá. O sucederá de otra forma. Montesinos estará detrás de las nueve mujeres asesinadas. Y vivirá, como tú, en Parque Caiza.

Matías estaba eufórico.

—No le des tanta importancia a ese detalle. Es solo una coincidencia.

—Para un escritor, las únicas coincidencias que existen son las que él mismo fabrica.

Frases como esta me producían una incómoda tristeza. Matías es uno de esos escritores a los que la invención de la imprenta les arruinó el negocio. Él es, ante todo, un narrador oral, alguien que produce argumentos seductores y volubles que uno olvida, como el humo de los cigarrillos, al salir del bar. Comenzó a desgranar significados, símbolos y conexiones a partir del hecho de que fuera Parque Caiza, en la periferia de Caracas, el lugar escogido por los asesinos para arrojar los cadáveres de mujeres. Volvió a hablar del cuento «Boquerón», de los cadáveres de indigentes que aparecían en aquel túnel que conecta Caracas con el puerto de La Guaira, de las riberas del Guaire, esa arteria podrida que atraviesa la ciudad, donde viven los indigentes, de la importancia que tenían estas coordenadas para interpretar el relato y nuestra propia realidad.

—El gótico es un género que depende del espacio. Basta alejarse de los núcleos de la vida urbana para retroceder un par de siglos en el tiempo. Para hallar la fascinación del horror puedes alejarte hacia fuera y también puedes alejarte hacia dentro, hacia La Guaira o hacia el Guaire, eso es lo que está diciendo Mata en su cuento.

Luego habló de Israel Centeno, quien era, según Matías, el continuador de Humberto Mata en el policial-gótico. De él, de su libro *Criaturas de la noche*, es que Matías iba a tomar el esquema de una historia policial que deviene en relato clásico de horror.

Ese libro lo conozco bien. Cuando tomé el taller de narrativa, Matías nos dio a leer varios de los cuentos y le escuché hablar por primera vez de estos asuntos.

Esa noche en el Chef Woo, Matías se refirió a un cuento de Centeno donde el protagonista se ve atraído por la lívida belleza de una mujer durante una fiesta. El hombre y la mujer deciden marcharse, van a buscar sus propias sombras en el ambiente cómplice del mar y se dirigen a La Guaira. La mujer le pide al hombre que se desvíen de la autopista principal y se van por la carretera vieja. Toman el atajo más largo, aquel que los llevará a recorrer la galería de espectros hambrientos, los salones de la pobreza casi fantasmal, el teatro pavoroso de toda esa miseria que quedó petrificada, como en una rancia cápsula del tiempo, al construirse la nueva y moderna autopista.

—El viaducto, por ejemplo —dijo Matías—. Se cae en 2005.

—El 19 de marzo de 2006 —precisé.

—Carajo.

—Es que ese mismo día, a las cinco de la mañana, yo regresé de un congreso de psiquiatría que hubo en Buenos Aires. Entre dormido y despierto, mientras subía hacia Caracas por la trocha, vi el espinazo inmenso del viaducto. Me sentí como una hormiga en un museo. Llegué a mi casa a dormir, me levanté al mediodía y entonces me enteré de que en el transcurso de la mañana se había desplomado.

—Como si fuera un sueño.

—Sí —dije.

Nos trajeron la cuenta. Pronto llegaría la medianoche.

—Hoy te toca —dijo Matías, pasándome la cuenta—. El viaducto Caracas-La Guaira fue una de las mayores obras de ingeniería de su tiempo. Y durante todas las décadas que se mantuvo en pie nos olvidamos de que alguna vez existió una carretera vieja, y en ese olvido crecieron ranchos, barriadas completas. Entonces se cae el viaducto, el Gobierno se ve obligado a volver a utilizar el antiguo camino y ahí estábamos nosotros, como cucarachas, arrastrándonos entre las interminables curvas de la carretera vieja, rogando por no morir desbarrancados.

Nos trajeron el vuelto. Dejé un billete y salimos.

La calle era un túnel. Arriba, las pocas ventanas iluminadas semejaban antorchas. En el cruce de la calle con la avenida tampoco había luz.

—El cuento de Mata es de 1992 y el libro de Centeno es de 2000. Marcan una década en la que había que desplazarse para encontrar las formas ancestrales del horror. Ahora, mira lo que tenemos —Matías extendía las manos como un sacerdote, como si toda aquella oscuridad fuese un bien divino y él su mediador.

Estábamos por alcanzar la esquina que da hacia el Centro Plaza.

—No te extrañe que con los cortes de luz empiecen a pasar *cosas* —continuó Matías—. Este año Caracas promete ser la verdadera Ciudad Gótica.

—¡Santas centrales eléctricas!

—Ríete si quieres, Miguel. Pero lo que se viene es feo. Y a ti y a mí, además, nos toca prepararnos para lo que debemos contar y escuchar. Vamos a apurarnos.

A mitad de la calle, un par de sombras nos seguían. De pronto, empezaron a correr.

Nosotros también.

4. Dos marcas violetas

Tuve que salir corriendo. Lo hice para salvar mi vida. Así lo sentí en el momento. Después, cuando leí el correo de Matías y me enteré de que solo fue un motorizado de Domino's Pizza, comencé a reírme. Reí sin parar durante no sé cuánto tiempo, hasta que las lágrimas de la risa y del llanto fueron las mismas. «Creo que debes buscar ayuda», me escribió Matías. Cuando nos vimos en clase, me habló de ti. Te puedo tutear, ¿verdad?

¿El Tafil? Sí, me ha hecho bien. Demasiado, diría yo. Ya no siento angustia. Los temores siguen, pero ahora los contemplo como en cámara lenta. Están pasando cosas, ¿sabes? Siempre están pasando cosas, pero la mayoría de las veces la gente no se da cuenta. Yo siempre me he dado cuenta y ese ha sido mi destino. Leer las marcas que se van depositando en las palabras. A lo largo de los años me he preguntado si habrá otro tipo de marcas, si existirán otras personas como yo, coleccionando signos, leyendo lo que allá en el fondo se remueve. Pero ahora (y gracias al Tafil lo digo con absoluta tranquilidad) están pasando *otras* cosas.

¿Por qué corrí? Quiero aclarar que me encanta la pizza. De hecho, había quedado con Margarita en ir esa noche, después del taller, a Il Botticello. La vez de la conversación con Matías, cuando rememoró parte de mi historia, Margarita se me quedó mirando. No sé si ya te lo conté, pero se me quedó mirando de una manera que supe reconocer. Me miró con una leve inclinación del cuello, ese movimiento ladeado, de balanza, que expresa tan bien el momento en que se ha tomado una decisión. Me miró como lo hizo hace décadas Margarita, mi esposa, el día que se fijó en mí.

El 24 de diciembre me mandó un correo. Dijo que había conseguido mi cuento y que lo había leído. «No entendí nada. Me fastidió mucho. Un día, si quieres, podemos tomar algo y hablamos. Feliz Navidad. Marga.» Eso fue lo que me escribió. Me encantó su sentido común y su franqueza. Y también esa mezcla incomprensible de decepción e interés que yo le despertaba. No quise parecer un desesperado y le dije que en enero, después de la clase, podíamos vernos. «Hay un lugarcito de comida italiana, cerca del instituto, Il Botticello, que está chévere.» A ella le pareció bien.

Pero Margarita no fue. Tampoco me mandó un correo ni un mensaje de texto para avisarme. A la salida, en la acera de la calle, nos quedamos Matías y yo. Él seguía hablando de literatura, de cualquier cosa. Yo no lo escuchaba. Me sentía mal. Y fue entonces que empecé a escuchar un zumbido, el mismo zumbido del sueño, la erosión desesperante de una moto que se acercaba a toda velocidad. El corazón me empezó a latir con más fuerza, la garganta se me secó en cuestión de segundos, una súbita oleada de sudor me untó el cuerpo. Cuando me di cuenta, había dejado atrás la avenida San Juan Bosco, la plaza Altamira, incluso había atravesado, sin recordarlo, la avenida Francisco de Miranda. Estaba por los alrededores de la Torre Británica. Un poco más y llegaba a la autopista.

A la mañana siguiente tenía un correo de Matías. Se había quedado muy preocupado. Le conté de mi miedo a las motos, en especial las grandes, con esos motores que truenan y ahogan todos los sonidos de una calle. Me dijo que él lo único que vio pasar fue una de esas taritas del *delivery* de Domino's Pizza.

Sí, me doy cuenta. Una tarita en una Suzuki. El ruido de una moto en una sierra eléctrica. ¿El *Quijote*? Hace añales, ¿por qué? Ok. Las motos serían mis molinos de viento. No sabía que le decían así. Yo sería, en todo caso, un peregrino de esos que se flagelan, un mártir de las similitudes. Pero yo no estoy loco. A mí, las similitudes, las simetrías, me pasan. Por eso sé que no estoy loco.

Margarita faltó a esa clase y a la siguiente. Cada ausencia fue un tajo con el que deshojé su nombre. Ya la daba por perdida y sin embargo volvió este viernes. Tenía una marca violeta en uno de sus pómulos. Ninguno se sorprendió. Más bien, sentimos una especie de orgullo. Margarita hace estudios simultáneos de Letras y Psicología. Y además practica kickboxing.

Y por si fuera poco, como una confirmación de todo esto o como la fuente de donde emerge todo esto, Margarita es hermosa.

—¿Vamos? —me dijo.

—¿Adónde?

—A comer, pues.

No le provocaba comida italiana. Prefería mexicana o árabe. Bajamos toda la avenida San Juan Bosco hasta llegar a la esquina. En un local vendían *shawarmas*. Margarita se detuvo, lo pensó unos segundos y seguimos camino. Atravesamos la Francisco de Miranda y continuamos bajando. Llegamos a un pequeño puesto callejero que vendía tacos y burritos. Desde donde estábamos se veía la mole oscura de la Torre Británica.

Recordé el pánico y la carrera. Margarita había llegado un poco tarde a nuestra cita, pensé. Eso era todo.

Luego fuimos a un bar llamado Greenwich, al que creo haber ido alguna vez en los años noventa. No había clientes a esa hora y pudimos sentarnos a la barra y conversar. Lo primero que quiso saber Margarita fue qué me había fumado yo cuando escribí «Obmoible».

Le dije que no me había fumado nada, lo cual era un agravante.

—Eso tendrías que preguntárselo también al jurado —dije después.

—¿Quiénes fueron?

—Oswaldo Trejo, Antonieta Madrid y Gustavo Díaz Solís.

—Trejo murió. ¿Y el otro?

—Me imagino que también. Solo quedaría Madrid.

—¿Alguna vez hablaste con ella?

—No.

Me quedé callado, esperando que la conversación se alejara de esa zona. Hablar es peligroso, acelera la intimidad entre las personas y en cualquier momento, con cualquier palabra, podemos pisar una mina que explote en el corazón del otro.

—Leí «El biombo». Supongo que lo conoces.

—Sí.

—¿Todo eso es cierto?

Margarita estaba emocionada. Entonces entendí por qué, a pesar de haber leído mi cuento, aún se interesaba por mí.

—Sí. Casi todo.

—Es increíble. Y pensar que Sara Calcaño todavía sigue por ahí.

—Creí que había muerto.

—No. Tiene tiempo sin ir por los lados de la universidad. Ahora solo se la pasa por la plaza de los Museos.

—Imagínate.

—¿No la has visto?

—Tengo casi treinta años sin verla. Desde que abandoné Letras no volví a saber nada de esa gente.

Me daba terror pensar en un encuentro con Sarita Calcaño. Ver en lo que se ha convertido es algo que no podría separar de la memoria ni de mi cuerpo. Yo estuve dentro de ella y ese vínculo nunca se rompe. El sexo es un hilo invisible que mantiene unidos, a distancia, a los seres. Un hilo que transmite las desgracias, que dispara los pensamientos tristes como balas perdidas que siempre nos alcanzan.

—¿Por qué más nunca se supo de ti? —dijo Margarita.

—Yo sonoro no soy —dije yo.

—¿Te gusta Lancini? —dijo Margarita.

Y entonces, me enamoré.

Estuvimos toda la noche conversando sobre Darío Lancini y sobre palíndromos. En realidad, solo un par de horas que para mí no han terminado.

Hacia la medianoche el bar se atiborró de gente y nos tuvimos que ir. Salir a la calle fue rasgar una burbuja. Pegaba algo de frío y nuestras palabras ya no se buscaban. Yo no sabía bien qué hacer, qué era lo que me tocaba decir. Ni siquiera si era yo quien tenía que hacer o decir algo.

De todas maneras, no hubo oportunidad para los silencios embarazosos. Comenzábamos a remontar la subida hacia la plaza cuando un carro negro, deportivo, nuevo, se detuvo en la acera. Margarita me tomó del brazo. El vidrio ahumado del copiloto bajó y Margarita me soltó.

—¿Te llevo? —dijo alguien desde el carro.

Margarita se veía desencajada.

—Dame un chance —me dijo—. ¿Qué quieres, Gonzalo? —preguntó Margarita, ahora dirigiéndose al hombre del carro. Inclinada sobre la ventana, parecía una prostituta.

—Que si quieres que te lleve.

—¿Por qué me haces esto?

—¿Quién es tu amigo? —preguntó Gonzalo y esquivó a Margarita para verme mejor. Encendió la luz interna del carro—. Hola, ¿quieres también la cola?

—Gonzalo... —dijo Margarita, en tono de regaño.

—Hola —dije yo.

—Deja que tu amigo conteste. Solo estoy preguntando.

—Hola —dijo una voz como en estéreo. Luego se escucharon unas risas. La ventanilla del asiento trasero se había bajado. Otros dos hombres, indiscernibles en la media luz del carro, saludaban.

—Hola —dije yo.

Margarita siguió hablando en una voz baja, casi imperceptible, que solo lograba atizar los ánimos. Después se levantó del carro como quien acaba de negociar un precio y me dijo que se iba con ellos.

—¿Segura? —dije en un susurro.

—Sí, tranqui.

Margarita se montó en el carro. Gonzalo hizo un gesto de despedida, apagó la luz interna y aceleró.

Era un hombre guapo. En uno de sus pómulos creí ver una marca violeta.

5. Ana y Mia

—Sos una gorda asquerosa —dijo Ana.

Rosalinda hizo como si no la escuchara y siguió viéndose en el espejo.

—Me das asco —dijo Marcos. O recordó que le había dicho Marcos cuando se enteró de aquello.

No pudo seguir fingiendo.

—A él sí le hacés caso, ¿no? Sos una chancha. Reputa y chancha.

Rosalinda se bajó la franela. Buscó su cartera, sacó varios billetes y los dejó sobre la mesa de noche. De esta, tomó una caja de chicles sin azúcar y la guardó en el bolso. Echó una última mirada en el espejo. Lo pensó algunos segundos y terminó por ponerse un grueso suéter con capucha. Luego se sentó frente a la computadora, movió el *mouse* para reactivarla y revisó una vez más el texto. Hizo clic en «Publicar», apagó la computadora y salió.

La clase, como siempre, transcurría con ritmo de miel. La rodilla debajo del pupitre, presurosa, rebanaba los segundos. A Rosalinda no le gustaba la miel. Valor energético: 300 kilocalorías. Ni la leche, ni los huevos, ni el queso. Ser vegana tampoco. Ese término tan específico, tan falto de ambición.

Ambición: un hambre que solo conocen los seres humanos. Algunos de ellos.

Hambre.

Sacó los últimos chicles de la caja. Hubo retrasos en el metro y masticó cinco durante la espera y el trayecto. Cuando terminara la clase tendría que comprar más.

Después recordó que solo tenía el monto exacto para dos viajes en metro y uno en autobús.

El chicle.

Pensó en el calor, el apretuje en los vagones, los largos minutos de los trenes atrapados en los túneles. ¿Se desmayaría? Sin ningún chicle en el bolso, podría desmayarse. Luego la alarma, la llamada a su hermana, la llamada de su hermana a su madre, el infierno que volvería a empezar. Dado el caso, el doctor Montesinos le prestaría dinero para un taxi. Lo malo es que quedaría como una puta. Gorda sí, siempre, pero puta no.

Rosalinda decidió economizar los chicles.

El blog, aunque parezca increíble, aún está en la web. Basta poner en el buscador «Caso doctor Montesinos + Rosalinda Villegas». En el tercer o cuarto vínculo está. Si se busca por «Princesas Ana y Mia», el asunto puede ser más fatigoso. Cada día crece el número de blogs de Anas y Mias. Todos, además, se parecen.

El de Rosalinda Villegas tiene fondo rosado y letras de colores estridentes. Una foto de una muchacha esquelética, a la derecha, se alza como bandera: «Luchemos por ser perfectas», dice la consigna.

Debajo de la foto está el perfil de la bloguera. Rosalinda con unos lentes de disfraz, de esos que traen montura, nariz y bigotes. Saca la lengua. La imagen, como la de todas las personas que han sido asesinadas, es macabra. Rosalinda se burla de la vida, de su propia muerte, de nosotros.

Tiene diecinueve años y estudia Comunicación Social. «Ver más», invita el link del perfil. Ahí uno encuentra más o menos la misma información escueta. En las lecturas, películas y música favoritas no hay nada. Casi nada. Solo una referencia que resultará harto elocuente a quien investigue un poco. Su libro preferido, el único que lee y relee, es *Abzurdah,* de una argentina llamada Cielo Latini.

Nació el 11 de septiembre de 1989. Lo sé, lo calculo, por el post del 12 de septiembre de 2008:

Holas!!! Mis Princesitas!!! Fue el peor cumple que he tenido desde que nací. Soy una vaca gorda, nadie me quiere. Ana y Mia son mis únicas amigas, las únicas que me ayudan a vivir, a encontrar mis sueños. Estoy cansada de ser lo peor. Ayer me fue muy mal. Marcos se olvidó de mis sentimientos. Y de paso, me culpa de todo. Necesito ayuda, me siento muy sola. Estoy desesperada... A veces quiero la muerte.

El blog cuenta con un «diccionario» que introduce rápidamente a legos en la materia. Las dos primeras entradas de lo que sería en realidad un glosario de términos son fundamentales:

Ana: Persona con anorexia.

Mia: Persona con bulimia.

Estos dos apócopes son, para las anoréxicas y las bulímicas de la Internet, verdaderas entidades tutelares. El desdoblamiento es una clave bastante útil para asimilar una enfermedad que, aun descrita y narrada paso a paso por una de sus víctimas, puede ser de todas maneras incomprensible. Ana y Mia son las personas, me atrevería a especificar, las mujeres, que sufren de anorexia y de bulimia. Pero también son dos fuerzas mayores, trastornos transformados en tótems que esclavizan a sus súbditas. Son dos reinas despóticas que se ensañan con sus princesas.

Otros términos del glosario, que además figura como segundo post del blog, anticipan las alcabalas emocionales por las que transitará el lector a medida que los días de la vida de Rosalinda Villegas se sucedan. Estoy tentado a decir *en vivo y en directo,* pero se impone un hecho desolador: la casi totalidad de los comentarios dejados en su blog, que ascienden a varios centenares, son posteriores a su muerte. Hay solo un comentario de alguien que le escribe a Rosalinda mientras estaba viva. Una Ana sureña, a juzgar por el uso del voseo. Una aspirante a anoréxica que le pide consejos.

Los otros términos, decía. Extraigo los que más me interesan:

E. D.: Eating disorder (desorden alimenticio), también D. A. en español.

Self-injury: Automutilación.

Thinspiration: Inspiración de alguien delgado o anoréxico que nos da fuerza. (En este caso, debo confesar que tardé unos segundos en captar el juego de palabras entre *thin* e *inspiration*. Pedro Álamo lo hubiese percibido al instante.)

Bipolaridad: Estado de ánimo que fluctúa entre dos fases, una de gran felicidad y otra de profunda depresión.

Fase maniaca: Se caracteriza por el excesivo buen humor, la hiperactividad, menor necesidad de dormir, etc.

Fase depresiva: Llanto, indiferencia, depresión, pensamientos de suicidio, cambios de alimentación, etc.

Trastorno obsesivo compulsivo: Trastorno de ansiedad que se caracteriza por obsesiones (impulsos o imágenes no deseados) y compulsiones (rituales repetitivos para aliviar la ansiedad). Ej.: excesivo miedo a los gérmenes, lavarse las manos cada media hora.

Ataque de pánico: Repetidos periodos de miedo e intranquilidad que se producen sin causa acompañados de un pulso cardiaco acelerado.

Rosalinda dejó huella escrita de todos estos trastornos entre agosto de 2008, fecha aproximada en que abre el blog, y el 15 de julio de 2009, cuando publica el último y revelador post.

La estructura básica de su historia es la del trastorno obsesivo compulsivo. Basta con echar un ojo al tercer post del blog y a las otras listas de consejos que brinda para comprender la monstruosidad invisible que la atormentaba.

El tercer post es, en verdad, el diccionario que promete y no cumple en el segundo. Se titula «Calorías» y es una muestra ordenada alfabéticamente de los distintos tipos de alimentos y comidas de acuerdo a su valor energético. Trescientas veinte entradas o palabras, cada una con su respectivo número de kilocalorías. Rosalinda se jactaba de conocer de memoria aquella tabla: la recitaba de principio a fin en la calle, en la universidad, en el metro, en la casa, cuando el hambre la hacía llorar de dolor.

También da técnicas detalladas para vomitar sin que la familia se dé cuenta. Son varias las listas de este tipo. Sin embargo, son los llamados «Tips Ana» los que dicen más de su personalidad. Cito, preferentemente, los que tienen que ver con el comportamiento. El post no tiene fecha y solo lleva este encabezado:

Tips Ana que dan mucho resultado. A mí me ayudaron, a ti también te pueden ayudar. ¡Ánimo Princesas!

Luego continúa con las siguientes recomendaciones:

Come enfrente de un espejo y sin ropa.

Utiliza barniz de uñas para que no se te vean descoloridas.

Todas las calorías cuentan: mientras estés sentada no dejes de moverte. Mueve un lápiz, mueve una pierna.

Sentarse derecho y tener una buena postura quema 10% más calorías que al estar mal sentado.

Si tienes frío no te pongas nada encima. Tu cuerpo quema calorías tratando de entrar en calor.

Come en platos más pequeños.

Contrae los glúteos todo el tiempo. Eso quema calorías y te ejercita.

Usa tu mente que es muy poderosa: imagina cómo luce la comida en tu estómago después de ingerida.

Recuerda comer en el mismo lugar todos los días. Jamás lo hagas frente a la televisión o la computadora ya

que así tu cerebro no registrará las advertencias que tu
cuerpo le envía de que ya está satisfecho.

—Usted no tiene cita —dijo la secretaria.
—Yo sé. De todas maneras, cuando tenga un chance, dígale que estoy aquí.

Rosalinda tomó asiento. No le costó mucho aislarse del entorno lastimoso que tienen las salas de espera. Ella es gorda y las gordas son invisibles. También son repugnantes y asquerosas, pero sobre todo invisibles.

Se puso los audífonos del iPod pero sin llegar a encenderlo. El nervio de la música, como cualquier otra cosa viva, la lastimaba. Se colocó los lentes de sol, cruzó los brazos y simuló dormirse. Los demás la verían como la típica adolescente disfuncional. Todavía tenía rostro de niña. Imaginó que así debía de verse Cielo: hermosa, delgada, demasiado delgada para los demás y por eso mismo irreductible.

—Dice que vuelva otro día, porque está full hasta la noche —dijo la secretaria.
—Yo lo espero igual —dijo Rosalinda.
La secretaria la miró con mala cara.
—Son las tres de la tarde —dijo, viendo su reloj—. ¿No prefiere, al menos, dar una vuelta por el cafetín?

El cafetín. Maldita.

Afortunadamente, se había llevado el dinero exacto para desplazarse. Seguro el doctor Montesinos le había contado algo, seguro le había hablado de su caso. ¿Se acostaría también con ella? Era morena, pelo secado, senos operados. Ahora, con más razón, esperaría toda la tarde en aquella sala. Incomodaría a la secretaria con su presencia adiposa. Sería un ejercicio de calentamiento. Luego le tocaría al doctor. Todo se iría a la mierda. Ese sería el récipe, la autorización que le daría una vez más su propia vida para joderlo todo. Vomitar, ayunar, cortarse las venas hasta una nueva inconsciencia.

Pero aún tenía la tarde por delante. Paciencia. Esperar, clavada en la misma silla durante horas, pero con un sentido interno de la movilidad. Alejarse con la mente cada vez que el hambre la viniera a buscar.

Repaso de calorías. Escoger una de las categorías y comenzar. Pescados, mariscos y crustáceos: Almeja, 50; Anchoas, 175; Anguila, 200; Arenque ahumado, 209; Arenque seco, 122; Atún, 225; Atún en lata con aceite vegetal, 280; Bacalao fresco, 74; Bacalao salado y remojado, 108; Bacalao seco, 322.

Bacalao.

Así les decían en el colegio a las chicas como ella. Bacalao, a veces bagre. Diversas maniobras para enterrar en el alma una y otra vez el mismo puñal: el de hacerle sentir a una mujer su fealdad.

Marcos fue diferente.

Vino con su hermana un día a la casa y desde el primer momento se portó como un caballero. O simplemente le prestó atención, la trató con respeto, sin lástima. Desde ese día se enamoró. Marcos parecía ver a través de ella, de sus capas de grasa, para hablarle a su verdadero ser. ¿El alma, el corazón? Nada de eso. Su verdadero ser era una versión de ella misma, más delgada, que yacía en el fondo de su cuerpo. Si las personas tenían alma, esta se encontraba en los huesos: lo último, lo que no puede ser absorbido, esa contundencia donde reposa la voluntad.

La primera semana de septiembre de 2008, Rosalinda da muestras de encontrarse en lo que ella misma ha catalogado antes como fase maniaca. Post publicados en días sucesivos con idéntica finalidad: dar y darse ánimos en el empeño de no comer. Cito tres ejemplos.

1 de septiembre de 2008.

Abzurdah

Hola, mis princesas. Les recomiendo un libro muy bueno, creo que es conocido por nosotras, las princesas. Si no lo conocen, pues, escríbanme y se los paso. Se llama Abzurdah, de Cielo Latini. Ella era anoréxica y bulímica, leerlo da más fuerza para seguir con Ana o con Mia. Si lo quieren, dejen un comentario, dejando también su correo y yo se lo envío. ¡Besos y ánimos, princesas!

2 de septiembre de 2008.

Ánimo Princesas!!!

Princesas, no podemos afligirnos, tenemos que poner toda nuestra fuerza de voluntad por ser las princesas que queremos llegar a ser. Cuenten con mi apoyo y espero contar con el de ustedes. La ayuda mutua es lo mejor para lograr nuestro objetivo, tenemos que estar cada vez más unidas. Aquí les va mi email, para que me escriban o podemos chatear por msn, como sea mejor. Podemos animarnos, ayudarnos y hasta hacer competencias. No para ser unas mejores que las otras, sino para dar aliento, para que podamos ser lo que queramos. Así fue Cielo Latini, ella es mi thinspiration, y así podemos ser nosotras. Vivan las princesas!!! Viva nosotras, ánimos chicas.

3 de septiembre de 2008.

Hoy decidí que no voy a esconder más a Ana, ella es mi amiga, mi única amiga y no tiene derecho a ser escondida. Nadie me puede obligar a hacer lo que no quiero, eso me lo enseñó mi hermana y, pues, tiene razón. Si yo no puedo obligar a nadie a que me ame, tampoco nadie puede obligarme a hacer algo que no quiero: o sea NO VOY A COMER!!!! No me importa lo que digan los que no están de acuerdo con mi decisión. La comida me destruye al igual que el amor. El amor y la comida son mis peores enemigos, me hacen daño. Uno me destruye el corazón, la otra me destruye el cuerpo.

A esta etapa de confianza, de seguridad en alcanzar la autodestrucción, le sigue una fase depresiva.

Un decaimiento que se acentúa después de su cumpleaños número diecinueve, al parecer motivado por un *impasse* sentimental con el tal Marcos.

Estos post me resultan tediosos, quizás por deformación profesional. Para los psiquiatras, a despecho de la justamente célebre frase de Tolstói, es la desgracia y no la felicidad la experiencia más monótona que existe. La desgracia siempre busca parecerse a sí misma.

La fase depresiva es interrumpida por un silencio de varios meses. En esa época Rosalinda Villegas es referida al doctor Montesinos y así se decide su tragedia. Despechada por el amor no correspondido por Marcos, se entregará al primer lobo que quiera devorarla. «Me das asco», le dirá Marcos cuando se entere de su romance con su psiquiatra, desvaneciéndose así toda posibilidad de ser, como Marcos al parecer alguna vez le prometió, algo más que amigos.

El doctor Montesinos la seducirá desde la primera cita, luego la desvirgará y en las siguientes consultas le hará probar la píldora (de calorías negativas) del placer. Ella se enamora y él comienza a marcar distancia. Le recomienda verse con otro psiquiatra. Sin embargo, de vez en cuando se ven. Hacen el amor en el consultorio. De forma apurada entre dos citas, o a lo largo de varias horas, en la noche, cuando esa parte de la clínica se ha quedado vacía. Allí, en esa jaula de pecados y penas, en medio de una turbulencia que nunca llegaremos a conocer del todo, Rosalinda morirá.

Su cadáver fue hallado el 17 de julio de 2009 en unos terrenos baldíos cercanos a la urbanización Parque Caiza. Una contusión en la cabeza, quizás provocada por un golpe propinado con un objeto pesado, fue la causa de la muerte.

Las pruebas en contra del doctor Montesinos son irrefutables. Las experticias con luminol demostraron que los rastros de sangre y cabellos encontrados en el carro y en el consultorio del doctor Montesinos coincidían con las muestras tomadas del cadáver de Rosalinda Villegas.

El doctor Montesinos no huyó. O huyó hacia delante, pues al leer en prensa los rumores que lo sindicaban como autor del crimen, decidió presentarse ante la justicia cuando aún no se había formulado ninguna acusación. Poco después daría unas declaraciones en la televisión que terminaron de convencer al país de que él, en efecto, estaba vinculado con lo sucedido. Tan mala fue su actuación ante las cámaras, tan débil su voluntad ante las tentaciones de la vanidad y del cinismo, que el propio Montesinos terminó por condenarse. El psiquiatra más reconocido de Venezuela, ex rector de la universidad más prestigiosa del país, el fundador en esa casa de estudios de las escuelas de Psicología y de Artes, el ex candidato a la presidencia de la República y el hombre de confianza de tres mandatarios nacionales, estaba perdido.

¿Cuál fue el camino que siguió la policía para unir los nombres de Rosalinda Villegas y el doctor Montesinos? El más fácil, el más evidente. El camino que Rosalinda había abierto, trillado y cultivado a la luz pública durante meses y que solo conducía a la muerte. El que estaba a disposición de todos y que nadie leyó o recorrió a tiempo.

El último post del blog de Rosalinda revela la relación que había mantenido con el doctor Montesinos. Fue publicado el mismo día que ella salió a la calle con el presentimiento, con la convicción de que esta vez, otra vez, todo se iría a la mierda para siempre.

6. Onomatomancia

Llegué aquí, a mi casa, y comencé a barajar su nombre. Los anagramas son una especie de tarot para mí. O como el *I Ching*. Cada letra una baraja o una runa que al cambiar de lugar genera un sentido distinto y a la vez cercano con respecto a la disposición original. Por supuesto, buena parte de los resultados son carambolas del lenguaje, que pueden distraer pero que en realidad acentúan los significados ocultos, las interpretaciones enterradas en las letras.

Margarita, por ejemplo, fue derivando esa noche hacia grata rima, amar grita, tragar a mí, tigra rama, mirar gata, rata grima, mar garita, migrar ata, trama gira, girar mata. Por nombrar los que me vienen a la memoria.

Hago la comparación con el tarot o el *I Ching* solo para que me entiendas, porque la onomatomancia era una práctica conocida en el siglo XVII. Ya en esa época, algunos denunciaban como una superchería típicamente francesa la creencia de que todo nombre era un registro divino que contenía las claves para interpretar el futuro de un destino particular.

Siempre recuerdo lo que dijo Lily Tomlin: cuando hablamos con Dios se dice que estamos rezando, pero cuando Dios nos habla entonces somos unos pobres locos esquizofrénicos.

Algo similar me ha ocurrido con el lenguaje. Al contrario de lo que suele suceder, es el lenguaje el que me utiliza: fui designado para oír aquello que el lenguaje, por sí mismo, tiene que decir. Muy poca gente comprende esto y por eso he preferido, en todo el sentido de la palabra y a lo largo de buena parte de mi vida, callar.

Esto y no otra cosa es lo que subyace a mi ridículamente famoso cuento. Un dejar fluir los sonidos sin el más mínimo interés por saber adónde me iban a llevar. Apenas recuerdo la acumulación indiferente de palabras y luego una sensación anestésica, como la que produce una música tenue que no se logra identificar. Después fue despertar con el texto en las manos y nada más.

Lo del concurso quiso ser una travesura invisible. Fue como dibujarle bigotes a la fotografía de un político en el periódico. Al menos, cuando llevé el texto no tenía otra cosa en mente. Me había molestado con la profesora de Lingüística por lo que yo consideraba una nota inmerecida, que se transformó luego en discusión pública en una de las clases. Enviar ese texto al concurso de cuentos de *El Nacional* fue mi manera de vengarme: colar en el sistema literario (en mi cabeza, la universidad, la prensa y los profesores formaban una coalición oscura con objetivos indiscernibles) una dosis de sinsentido, de delirio, quizás, para recordarles, como bien dijeron los santos patronos del formalismo ruso, que al principio fue el Verbo.

En el examen final de Lingüística I, en la pregunta correspondiente a la dicotomía de lengua y habla, yo defendí la propuesta de Saussure de ver en el sistema abstracto de la lengua el único campo posible de conocimiento lingüístico. «El habla es un revoloteo del aire y en verdad nunca deja huella», concluía. La profesora se limitó a subrayar la frase y tachar mi respuesta. Al final de la clase le pregunté qué significaba aquella X sobre mi larga parrafada.

—Quiere decir que está mal —dijo.

—¿Y cuáles son sus argumentos? —pregunté. Eso bastó para que las diez o quince personas que aún no se marchaban del aula decidieran quedarse a ver qué pasaba. La profesora me miró de arriba abajo y luego disertó en un tono de ira creciente sobre los incuestionables hallazgos lingüísticos provenientes de los enfoques estructuralistas y de la antropología social. También hizo un repaso rasante sobre la bibliografía vista en el curso, que de seguro yo no había leído, ocupado como estaba cada clase en hacer *dibujitos*.

Recuerdo que apreté contra el pecho mi cuaderno, ese mismo que contenía los dibujos que hacía durante las clases, y guardé silencio.

Mucho tiempo después, sin embargo, confirmé que yo estaba en lo correcto. El lenguaje preexiste al habla. Es un órgano, o un tejido, o una célula constitutiva del cuerpo humano. El lenguaje tiene existencia biológica, quiero decir. Como fluido sanguíneo, como electricidad neuronal, como sea que se produzca su milagro en cada palabra pronunciada, pensada o dibujada. Porque era eso lo que yo hacía: dibujar las palabras.

En 1996, cuando viajé a Barcelona, encontré en una librería la pieza que faltaba. El título me llamó la atención de inmediato: *Las palabras bajo las palabras*. Ese fue el anzuelo. El subtítulo me jaló por la laringe, me sacó de las profundidades en las que había estado inmerso muchos años y me dejó boqueando sobre la mesa de novedades. El subtítulo decía, o dice: *La teoría de los anagramas de Ferdinand de Saussure*.

Se trata de una recopilación de fragmentos inéditos de las investigaciones realizadas por Saussure entre 1906 y 1909, transcritas y comentadas por Jean Starobinski. La edición original francesa es del año 1971 y la edición española de 1996. El retardo en la publicación (parcial, además) de estos textos es escandaloso, pero refleja algo que no había comprendido del todo al final de aquella humillante clase de Lingüística del año 1982: pretendemos conocer en profundidad algunas cosas para olvidarnos de que desconocemos muchas otras. Entre ellas, quizás, las mismas cosas que creemos conocer.

La teoría de los anagramas no es solo el proyecto más ambicioso y genial de Saussure. Es, sobre todo, la teoría más fascinante y compleja que ha tratado de descifrar el enigma de la literatura.

Lo grave del asunto es que Starobinski no hizo ningún hallazgo. La investigación de Saussure sobre los anagramas está recogida en los ciento diecisiete cuadernos en que registró todos los descubrimientos, las exaltaciones y las insuperables dudas que lo agobiaron en tan solo tres años de frenética labor. Los cuadernos fueron donados por los hijos de Saussure a la Biblioteca Pública y Universitaria de Ginebra en 1958 y ahí permanecen. Tanto Bally como Sechehaye conocían este proyecto, pero no supieron apreciar sus alcances. Ni siquiera Robert Godel, quien clasifica los cuadernos en 1960, percibe la magnitud de la obra. Godel los despacha diciendo que eran el resultado de una búsqueda *«longue et stérile»*.

La tesis de Saussure era tan radical como esto: que toda la poesía antigua de las tradiciones literarias del dominio indoeuropeo, y en particular la poesía latina de todos los tiempos, partía de un nombre propio emblemático, por lo general el de un héroe o un dios temáticamente relevantes, que el poeta se imponía como tema también fónico, de manera que dicho nombre, descompuesto en sus sílabas, resonara diseminado en los versos del poema, determinando tanto la elección de las palabras como la disposición sintáctica.

Ahora comprenderás el impacto que semejante descubrimiento tuvo en mí. Es cierto. No puedes comprenderlo. Para comprenderlo tendrías que conocer bien la historia de mi vida. Quizás a partir de hoy, que has aceptado venir a mi casa, tenga tiempo de contarlo todo, o casi todo.

Recuerdo que la primera y única previsión que tomé para no ensuciar la total independencia de mi cuento fue elegir por adelantado y al azar el título. Busqué mi juego de Scrabble, metí la mano en la bolsita de gamuza y fui sacando varias letras. Así construí el título, «Obmoible», que por su extrañeza se ajustaba a mis propósitos. Lo demás, como dije hace un rato, fue un «dejarme llevar».

Al día siguiente, cuando leí el texto, sentí el escalofrío de no entender nada de lo que ahí se contaba. ¿Estaba narrando algo en realidad? ¿Había algo ahí que no fuera la absoluta desatadura del lenguaje?

Unos días después sucedió el percance con la profesora de Lingüística. También en esos días vi en *El Nacional* la convocatoria a su concurso anual de cuentos. Releí mi texto, quedé aún más confundido que en la primera lectura y por eso me decidí. A último momento, solo por joder la paciencia, le puse como epígrafe una frase de Bachelard sobre el espacio narrativo. Una simbólica camisa de fuerza que se abría para dar paso a la locura.

Mandé aquello y me desentendí. Te repito que no tenía la intención de lograr nada con el cuento. Después pasó lo que pasó. Una tarde llego a mi casa y mi madre me informa de que gané el premio.

Mi reacción fue encerrarme y enfermarme. El insomnio y la inapetencia de los primeros días me dejaron servido para que una tenaz amigdalitis hiciera su trabajo. Gracias a ella eludí la obligación de presentarme a recibir el premio. Luego, cuando se publicó el cuento y se armó el escándalo, me limité a no contestar el teléfono.

Estuve más de un año sin salir de mi casa.

¿Qué hice en todo ese tiempo? Pues, todo y nada. Al principio, cuando me alivié de la enfermedad, me dediqué a pensar, a tratar de entender qué había pasado. Recordé que Trejo había sido el presidente del jurado y que su obra experimental, tan dada a los juegos de palabras, tenía una afinidad evidente con mi texto. Pero ¿y los otros jurados? Había leído algunas cosas de Madrid y de Díaz Solís, pero nada que pudiera justificar aquel veredicto.

Después manejé la hipótesis de que el jurado hubiese seleccionado mi cuento para hacer una travesura. ¿A quién? No a mí, que era y sigo siendo nadie. Tal vez contra algunos de esos escritores «comprometidos», que abundaban en nuestras letras.

Las declaraciones que hizo el jurado, justificando su decisión ante los diversos ataques que recibieron tanto de intelectuales reconocidos como de lectores anónimos, apoyaban esta idea.

Travesura con travesura se paga, pensé. Era la hipótesis más justa y también la más irritante para mí. Por eso la descarté.

En todo caso, me dije, más allá de nuestras intenciones, a pesar de nosotros, de lo que quisimos escribir y leer en ese texto, *ahí* había algo.

Con esa premisa comencé a tratar de descifrarlo. Las primeras lecturas arrojaron unas sombras comunes que fui consignando en un bloc de anotaciones. Con el correr de los días, las sombras proliferaron y a la vez se fueron esclareciendo como nubes cuando pasa una tormenta.

Me dediqué entonces a procesar esas nubes y a tejer el algodón de la trama, enhebrar los nudos argumentales ausentes que conectarían y darían sentido a aquellas palabras. Tenía la impresión de que mi cuento era como un sueño soñado por otro texto, que se encontraba en esas mismas páginas y que yo debía hacer despertar.

Logré acumular unas trescientas páginas, entre anotaciones, escenas apenas esbozadas, personajes que atravesaban de repente un párrafo como una aparición, secuencias narrativas que se elevaban y desvanecían como un remolino de polvo justo cuando parecían agarrar consistencia.

Los días afortunados de escritura eran seguidos por otros de martirizante lectura. Cuando reconstruía el camino que me había conducido a lo que yo consideraba los mejores pasajes de mi «novela» (la categoría de cuento se había quedado pequeña), me perdía en algún recodo y no encontraba la relación entre la sombra-nube de origen y el paisaje final.

Me sentía desdoblado en el enroque de dos ánimos que estaban fuera de lugar: a veces escribía con la facilidad y el placer que solo brinda la lectura, y leía con la incomodidad, la incertidumbre y la fragilidad características de toda verdadera escritura.

Qué no hubiera dado yo por leer en esos meses de 1982 las anotaciones y las cartas de Saussure sobre su teoría de los anagramas. Hubiese sido menos fuerte la soledad y más llevadera la angustia.

Saussure se internaba entre sus libros y sus notas como quien entra al laberinto o al campo de batalla. En varias oportunidades se refirió a su investigación como al «Monstruo» y cuando confirmaba, o creía confirmar, la certeza de un hallazgo, se sentía como un soldado que abre brecha en territorio enemigo con lo mejor de su artillería. Pero a estos momentos de euforia les sucedían arrebatos de tristeza, de una duda paralizante. Saussure temía que su teoría fuese un espejismo. Que la hipótesis de una palabra-clave que determinaba la construcción de cada obra en las tradiciones literarias más importantes y arcanas de la humanidad fuese un fantasma producido por la rima. Una alucinación provocada por esa extraña tendencia del lenguaje a desarrollarse siguiendo una pauta musical. Esa especie de fuga circular que realizan las palabras cuando nos distraemos y que las lleva a juntarse con otras palabras que suenan igual.

Saussure supo atravesar con cautela el sendero que conecta la genialidad y la locura. Supo que hay verdades que queman y que a algunos hombres les es dado portarlas, a otros ser consumidos por ellas y a otros solo contemplarlas. Saussure perteneció a este último grupo, como también Wittgenstein y yo mismo. Publicó a los veinticuatro años su tesis sobre el empleo del genitivo absoluto en el sánscrito y después, salvo algunos breves trabajos, no volvió a publicar más.

A ellos les tocó contemplar los grandes misterios de la mente humana. A mí, los de mi pequeña existencia. La diferencia entre ellos y yo, como ves, es mínima, un matiz apenas, pero con la densidad de un universo.

Hay salchichas, pero no sé si quede pan de perros calientes. Déjame revisar. Preparo un sofrito que no te lo puedes creer. Por ahí debe haber alguna botella de whisky. No bebo mucho. Tampoco acostumbro recibir visitas. Así que discúlpame lo poco. De verdad te agradezco que hayas venido. Cuando tengas que irte, me avisas. Pero te prometo que te compensaré. Fíjate que tengo unas viejas, irreprimibles, ganas de hablar. Y me parece que te puede interesar escucharme. Intuición, digamos. Intuición y Matías. Algo me ha contado de ti. Por eso mismo no le tengo mucha confianza. Matías tiene entre ceja y ceja la idea de que es escritor. Uno puede sentir de lejos que siempre está alerta, en ascuas, salivando por absorber experiencias ajenas. Tú eres distinto. Eres psiquiatra, forense además. Estás obligado a vampirizarnos. Tu necesidad de escribir es, ante todo, terapéutica. Se diría que quieres escribir para olvidar o para comprender, y lo más probable es que así lo hagas. Después te darás cuenta de que de nada ha servido y entonces te olvidarás de escribir.

Al igual que Saussure a mediados de 1906, en 1983 yo me encontraba hundido hasta el cuello. Llegó un punto en que no hubo más certezas y me dejé llevar por la desesperación. El desasosiego de la lectura se contagió a la escritura. Mi cerebro era un hormiguero devastado. Cada idea un Minotauro.

Entonces apareció Sarita Calcaño.

Aquella noche en el bar Greenwich, cuando Margarita me preguntó si todo lo que se contaba en «El biombo» era cierto, no supe defraudarla. Digamos que a nivel de secuencias o de acciones la mayoría de los segmentos coinciden. Sin embargo, el orden en el que se cuentan está por completo errado. Y eso basta para que la historia no sea la misma.

En primer lugar, Sarita y yo nos conocíamos antes de ganarme el premio. Éramos buenos amigos. Antes del premio yo no era tan oscuro como ahí me pintan. Sarita, a pesar de su belleza, tampoco era tan fatal. Éramos, incluso, personas alegres.

Sarita entró a mi cuarto una mañana, sin avisar, como un sol oblicuo.

—Este cuarto huele a mierda —fue su saludo.

Yo estaba acodado en mi escritorio, perdido entre las líneas de mi propia caligrafía. Tardé unos segundos en comprender que su presencia era real.

Sarita me pasó de lado, descorrió las cortinas y abrió las ventanas. Luego me pidió que fuera a desayunar.

—Traje cachitos y Riko Malt —dijo, haciendo un mohín en dirección a la cocina.

Obedecí.

Cuando regresé, ya Sarita había comenzado a limpiar el cuarto.

—Anda a bañarte —me dijo.

Obedecí de nuevo.

Estuve mucho rato en la ducha.

Volví al cuarto. Estaba reluciente. Los últimos resquicios de agua se evaporaban del piso.

Sarita estaba acostada en la cama, leyendo. Había cambiado las sábanas. Levantó la vista del libro y me llamó con un gesto. Aún con el cabello mojado y la toalla a la cintura, me acosté a su lado.

Ella llevaba uno de sus vestidos hippies, floreados, casi transparentes.

—Oye esto: «Yo hago yoga hoy».

Me miró como esperando una respuesta.

—¿No es genial? —preguntó.

—¿Qué cosa?

—Es un palíndromo. Se lee igual para adelante y para atrás. «Yo hago yoga hoy», ¿ves? —dijo, mostrándome la página.

El libro era cuadrado, grueso, de portada blanca. Se titulaba *OIRADARIO* y su autor era Darío Lancini.

—Lo acabo de comprar en la Suma. El mismo título es un palíndromo con el nombre del autor: «Oír a Darío». ¿No es lo máximo?

Sarita estaba radiante.

Luego siguió leyendo palíndromos. Los leía y yo debía repasar la frase, en la mente, al derecho y al revés.

«Yo sonoro no soy.»

«Yo corro, morrocoy.»

«Leí, puta, tu piel.»

«¿Son ruidos acaso diurnos?»

«Son robos, no solo son sobornos.»

«No te comas la salsa, mocetón.»

Cada ida y vuelta a través de la frase era un paseo del que Sarita y yo regresábamos sonriendo.

—¿Sabes? —dijo—, cuando leí tu cuento, al principio, pensé que trataba sobre nosotros. Por el título, ¿sabes?

—No entiendo.

—El título. Pensé que ese juego de palabras tenía que ver con nosotros. Pero luego vi que no tenía que ver con eso, ni con nada en realidad.

Fue entonces que caí en cuenta. Sarita me hizo ver, en el reflejo de su confesión, el biombo.

De todos nosotros, Sara Calcaño era la única que tenía apartamento propio. En 1978 había participado en el Miss Venezuela y quedó como primera finalista. Después de hacerse famosa en el concurso, estuvo un par de años trabajando como modelo. Un buen día decidió dejar el mundo de la moda para estudiar Literatura y así fue que la conocimos.

Sarita era hermosa, inteligente y divertida. Todos estábamos, en las múltiples posibilidades del amor, enamorados de ella. Tan enamorados que ninguno (ni hombres ni mujeres) la celaba. Sarita era como un prodigio de pueblo, una reserva natural que nos sostenía y que adorábamos y cuidábamos.

Con el dinero que hizo siendo modelo se había comprado carro y apartamento. Desde el comienzo de la carrera puso todo lo que tenía a disposición de sus amigos. Era ella quien abarrotaba su camioneta y nos llevaba de un lado a otro. Ella la que organizaba reuniones maratónicas en su casa, de tres y hasta cuatro días, que agotaban sucesivamente las modalidades de tertulia, fiesta y orgía.

Sarita fue la primera mujer con la que tuve relaciones. La segunda fue Margarita. La tercera será Margarita. Habré cumplido el ciclo que tenía predestinado y ya no lamentaré más la ofendida belleza ni el imposible amor.

El apartamento de Sara tenía una sala amplia con grandes ventanales que fotografiaban el verde de la ciudad. En una de las esquinas había un biombo. Sarita lo desplegaba cuando se sentaba a pintar. Allí escon-

dida, pintaba palabras. No a la manera en la que lo hacía yo en las clases de Lingüística, que dibujaba las letras,
sino pintando lo que las palabras le evocaban: imágenes
que crecían de su mundo interior y que no pocas veces contradecían el significado habitual de la palabra
modelo. O, más que contradecir, las pinturas de Sarita
eran como acepciones plásticas que sombreaban los
usos convencionales.

A altas horas de la noche, cuando dejábamos
atrás el cine, la literatura y la ropa, Sarita solía llevar a
su esquina al elegido o la elegida de la reunión. Lo conducía tomado de la mano, desplegaba el biombo, encendía la pequeña lámpara arrinconada y hacían el amor.
La primera vez que me tocó la suerte, pude ver «la obra»
de Sarita. Fue ella quien me indujo a ver las palabras de
otra forma, o simplemente a *verlas*.

Todos tuvimos nuestra experiencia detrás del
biombo. Ninguno quedó por fuera, nadie fue el mismo
después de estar allí y nunca hubo rencillas. Éramos
una sociedad utópica. Desde entonces soy un convencido de que la verdadera igualdad pasa por la repartición
equitativa del amor. Y me atrevería a especificar, del
amor sexual.

Obmoible, el biombo.

Alguien pudiera decir que se trata de una coincidencia. Eso sería un acierto lógico, pero también un
error espiritual. La vida suele ser horrenda o solo aburrida, y en general es así porque la gente no está a la altura de sus milagros.

Entre las muchas posibilidades que había en esa
bolsita de gamuza salió la que era, hasta entonces, mi palabra más íntima. Y salió, además, en el orden más sugerente. Si las letras hubieran conformado esa palabra en su
dirección normal, en su orden matutino, vamos a decir,
es probable que yo me hubiera limitado a escribir mi
historia como estudiante de Letras. Hubiera narrado la

historia de mi soledad, de mis lecturas, de mis pensamientos. Un territorio insípido que luego sería conmovido por Sarita. Hubiera escrito una historia de amor, algo tan simple como eso. No otra cosa es «El biombo».

«Obmoible», en cambio, es interminable.

En el momento se me acusó, como si eso fuese un insulto, de formalista. Los juegos de palabras, los neologismos, la sintaxis dislocada de mi texto fueron interpretados como una mala asimilación tardía de los experimentos de la vanguardia y del surrealismo. No sabían, yo mismo no podía saber, que ese cuento (que es lo único que he publicado jamás) es un pecado de realismo, de autobiografía, pues en él está sintetizada toda mi vida. Mi pasado, mi presente y mi futuro. Esta conversación nuestra y las horas que vendrán.

La mañana en que Sarita acabó con mi encierro acaso vislumbré parte de la solución de una manera orgánica: debía salir a buscar aire en la superficie. Con la teoría de los anagramas de Saussure vi que debía indagar en los significantes, en la ruleta del ensamblaje y no tanto en el contenido.

Ácida saeta

Al abad anonadaba
la atea sádica.

Leyó Sarita.

—Esos somos nosotros —dije.

Nos reímos.

Sentí un temblor bajo, una remoción de tierra por mucho tiempo sometida y no lo pude evitar: una carpa se había alzado en el medio de mi toalla.

Volví a reírme. Sarita no. Ella desató la breve maniobra de la tela y dejó al descubierto (todo hay que decirlo) una admirable erección. Sarita se incorporó, dejó el libro a un costado de la cama y comenzó a chuparme.

Recuerdo a Sarita quitándose el vestido, evaporando ese último resquicio acuoso para dar paso a nuevas humedades.

Luego caí fulminado. Cuando desperté, Sarita se había marchado. El libro de Lancini estaba en la mesa de noche.

Así concluyó mi encierro físico. Con los palíndromos comencé a labrar la minuciosa cárcel de mi alma. El presidio y la santidad son experiencias que no se olvidan. Y lo real muestra su corazón loco en el hecho de que tanto el preso como el santo anhelan en el rincón más lejano de su ser volver al infierno de la cárcel o del desierto.

Los palíndromos eran mi límite, el cadalso perfecto para soñar.

Al día siguiente de la visita de Sarita, hice mis primeros intentos. Estuve cerca de cinco horas seguidas tratando de construir algún palíndromo. El resultado fue lastimoso y sin embargo no me sentí mal.

Los primeros *hallazgos* fueron cromáticos: «Luz azul», «Ojo rojo», «Negra margen».

Hubo uno de corte ecológico: «La ruta natural».

Uno violento: «Solapa a palos».

Uno festivo-culposo: «La farra garrafal».

Uno absurdo: «Asó al rey ayer la osa».

En la tarde, después de almorzar, salí a dar una vuelta por Caracas.

Más allá de ese comienzo balbuceante, no tuve suerte con los palíndromos. Pronto me limité a leerlos y coleccionarlos. Conocí el trabajo de Miguel González Avelar y también el de Enrique Alatorre y el de Rubén Bonifaz Nuño, pero, a pesar de haberlos disfrutado, ninguna emoción se compara con lo que sentí al leer a Lancini. *Oír a Darío* es un libro único en nuestro idioma. Cuando se acabe nuestra civilización, ese libro permanecerá. Y en tres mil quinientos años será un enigma tan maravilloso e inexplicable como las líneas de Nazca.

Será como una edición de bolsillo de las líneas de Nazca.

De los palíndromos pasé a los anagramas y de ahí a los acrósticos y a todo tipo de juegos de palabras.

No tardé mucho en encontrar un trabajo en el que pudiera verter mi sensibilidad y sacarle algo de provecho.

Mi madre me gestionó con un primo lejano un puesto de *office boy* en una agencia de publicidad. Lenin (así se llamaba el primo de mi madre) era uno de los directivos y desde el principio trató de enseñarme las claves del oficio. Lo principal era que el producto debía ser vendido a cualquier precio, literal y metafóricamente hablando. La publicidad es la forma moderna de la retórica, me repetía, solo busca convencer, aun a riesgo de falsear o modificar la realidad. Lenin había estudiado Filosofía en su juventud, y aunque nunca terminó la carrera es la única persona que yo conozco que ha congeniado de manera auténtica a Aristóteles y a Platón.

Mi salto de todero a redactor creativo lo di gracias a un palíndromo. El cliente era un coloso editorial que quería promocionar un atlas que sería vendido por entregas en los kioscos. Cuando Lenin me contó el asunto, solo dije:

—Salta Lenin el atlas.

—¿Cómo? —dijo.

—¿Qué?

—Repite eso que dijiste.

—Salta Lenin el atlas. Es un palíndromo.

Lenin tomó un bolígrafo y escribió la frase en su agenda. Cuando completó el recorrido, estaba exultante.

—Ese será el lema del comercial.

Luego el desarrollo fue fácil. El camarada Lenin viniendo de la remota Rusia de los años veinte hasta la Venezuela de los años ochenta solo para comprar uno de los fascículos del atlas. El recorrido de ida y vuelta de un extremo al otro de la Tierra lo realizaba Vladimir Ulyanov por ese puente de palabras que era el palíndromo.

Con el temor de desilusionarlo, le confesé que el palíndromo era de Julio Cortázar.

—En publicidad no hay ideas originales —dijo—. Todo lo tomamos de la psique del público. Y esa es la clave: venderles algo que ya tienen.

Con el pasar del tiempo, he comprobado que esto aplica también para los palíndromos. Para la literatura en general, pero sobre todo para los palíndromos. Fíjate que Lancini cierra su libro con dos textos ejemplares. Uno es un palíndromo de más de mil doscientas palabras que además es una parodia teatral de *Ubú Rey*. El otro es un apéndice con el vocabulario utilizado para construir los palíndromos del libro. Una organización alfabética de todas las palabras utilizadas. *Oír a Darío* es un rompecabezas que funciona al revés: su imagen final se completa desarmando las piezas. Mostrando en esas palabras separadas, en esas simples y comunes palabras sueltas, la materia rudimentaria con que fue creada una obra inmortal. Una obra que no es tanto producto de la imaginación como de la atención.

Atención al murmullo de las palabras.

Demostré tener una habilidad natural para la publicidad. En poco tiempo acuñaba frases simpáticas, pegajosas, retruécanos que captaban la esencia del producto y la atención del consumidor. Fui ganando cada una de las pautas que se asignaban al equipo de creativos. Por esa misma época también me gané la atención de una muchacha que había entrado como pasante.

Se llamaba Margarita.

Desde que empezamos a salir me embargaba una especie de ebriedad por estar juntos y me ponía a recitarle el poema de Darío (el otro Darío) que dice: «Margarita, está linda la mar». Borges decía que la historia universal no era sino la diversa entonación de unas cuantas metáforas. Rubén Darío, más o menos por la misma época que Saussure, parecía afirmar que la poesía no era sino la diversa entonación de un nombre. Nunca nadie ha hecho tanto con tan solo un nombre. El mar, en el poema, ya desde ese primer verso, es el puerto de partida y de llegada: la simetría perfecta entre un nombre y un destino.

No podría precisar cuándo y por qué las cosas dejaron de funcionar. Los primeros embragues fueron veloces: noviazgo, concubinato, mudanzas, casa. Ya desde entonces creo que los dos percibíamos el mismo ruido de fondo: un ronroneo que te dice que alguna pieza falla, que el engranaje no termina de acoplarse.

En mi caso se trató de una asfixiante sensación de timidez.

Vivir en pareja no consiste en compartir un hogar. Lo que se comparte son los cuerpos: sus rutinas, sus humores y tesituras, sus espacios, esos movimientos que delatan una conciencia que se siente en desvergonzada libertad.

Jamás pude cometer frente a Margarita todas las intimidades a las que da pie la vida en común: orinar con la puerta del baño abierta, compartir el agua del lavamanos durante el cepillado, leer en la cama juntos y, mucho menos, quedarme dormido antes que ella.

En el sexo no era pudoroso ni, creo yo, aburrido. Perpetraba todas las perversidades de una pareja sana, pero luego me invadía una sensación de vergüenza que me obligaba a disculparme. Aún recuerdo la cara de Margarita cada vez que eso ocurría: una expresión que iba de la humillación al rencor.

Pero lo que más me amedrentaba era la pequeña esperanza que, a pesar de todo, carburaba en el fondo de sus ojos. Margarita pensaba que yo era uno de esos hombres que tienen *algo que decir*. Ella se había enamorado de mi inteligencia, de mi sentido del humor, del empuje que me había llevado a escalar posiciones en la empresa. Ese sentido de la ambición que toda mujer necesita oler para fijarse en un hombre. Y que en mi caso, como un matiz perfecto que ahuyentaba a otras mujeres, estaba atenuado por mi modestia, por la manera en que le había dado la espalda a una prometedora carrera literaria para dedicarme a algo que ninguno de los dos identificaba con certeza, pero que ella presuponía en mí como un vigor secreto.

La distracción a nuestra deriva fue propiciar nuevos movimientos. Apenas nos acostumbrábamos a un lugar, yo comenzaba a encontrarle defectos. Casi siempre eran quejas por la zona: la inseguridad y el insoportable tronar del tráfico. La Pastora, La Campiña, Los Chaguaramos y el sur de Bello Monte, en ese orden, fueron los sitios en los que vivimos en tan solo tres años.

Mi incorporación como socio en la agencia de publicidad decidió muchas cosas. Le propuse matrimonio a Margarita y compré una casa. Nos mudamos a San Antonio de Los Altos, a media hora de Caracas, el lugar perfecto para escapar de la violencia y del ruido de la ciudad.

Viviendo en aquel dúplex, inserto en las montañas mirandinas, renovamos el aire de nuestros pulmones. La serenidad, eso fue lo que ambos pensamos, llegaría con la puntualidad de un encargo. De hecho, durante los primeros meses las cosas parecían marchar bien. Margarita terminó su carrera de Comunicación Social y pronto empezaría a trabajar para un canal de televisión. Compramos un carro usado para ella, pues siempre le tuve miedo a manejar. Ella salía hacia las siete de la mañana y yo, en mi nueva condición de socio, me permitía bajar en autobús un par de horas más tarde.

Una mañana amanecí congestionado y no fui a trabajar. Pasé todo el día encerrado en aquella casa que aún desplegaba su misterio de paredes blancas, sin muchos cuadros, pulcras de pintura reciente.

Me sentí, de manera irreparable, solo.

De pronto olvidé las razones que explicaban mi vida: Margarita, esa casa, yo. No sé cuántas horas habrá durado aquel sondeo, pero solo me hizo reaccionar el silencio acumulado hasta entonces. Un silencio absoluto, como si una gasa invisible hubiera amordazado los espacios. Un silencio que dejaba escuchar en su aceleración pura un ronroneo: ese rumor bajo que yo siempre había imaginado como una metáfora de mi relación con Margarita y que ahora percibía con nitidez, entre las capas de aquella insoportable quietud.

Un silencio como el de esta hora, Miguel. ¿Lo percibes? Como de termita. Un silencio de madrugada en pleno día, o acompañando el día, devorándolo en la gusanera de sus segundos consumidos.

Esa misma noche lo escuché. Escuché la moto rondando la madrugada. Su eco aplaudido por las solitarias curvas montañosas y mis ojos abiertos imaginando su recorrido, a un mismo tiempo lejano y cercano, confundiendo los temores con los deseos, sin saber si se anunciaba o se despedía.

En los meses que siguieron fue siempre el despertar angustiado, una sed de desierto, un respeto sudoroso por el vaso de agua en mi mesa de noche, la lectura de su borde rebosante y la posibilidad del derrame como una confirmación y como el fin de una espera.

No fue sino hasta 1996 que tuve en mis manos las herramientas para entender lo que había acontecido en mi vida. La teoría de los anagramas de Saussure abrió la posibilidad de un nuevo abordaje de mi viejo texto. Ese baúl enorme que ves ahí contiene todos los resultados registrados hasta ahora.

A eso me he dedicado los últimos catorce años. A eso, a transcribir algunos sueños y a jugar Tetris. Soy el mejor.

Esta vez fue mucho más sencillo. Al principio, claro, me costó captar la lógica del sistema. Me sentaba a descifrar esperando que el texto, por inercia, fuera asumiendo la nueva configuración. ¿Cuál imagen o cuál historia buscaba? Yo no lo sabía. Por eso, en las primeras incursiones, reaparecieron las viejas y temidas sombras.

Estuve a punto de desesperarme, de caer otra vez en el antiguo bosque en el que me había perdido años atrás. Me salvó mi propio susurro de impaciencia.

—¿Qué carajo quieres?

Lo dije por no saber qué más hacer. Me lo dije a mí mismo y también se lo dije al texto.

Entonces sentí temblar la superficie de aquellos viejos papeles. Una ondulación, un bostezo de pulpa, idéntico al temblor del agua en el vaso de mi mesa de noche.

Esa vez entendí la condición de oráculo de mi texto. Pensé en Margarita, mi esposa, y las letras comenzaron a titilar.

Siguiendo la pauta rítmica esbozada por Saussure, clasifiqué las palabras que se semejaban por el sonido. Luego hice el conteo de vocales y consonantes y las sumas fueron cuadrando. Era impresionante la simetría que mostraba el escrito a todo nivel. Las vocales o las consonantes que no encontraban su par en una oración determinada, se emparejaban con alguna vocal o alguna consonante viuda de una oración posterior o precedente.

Al final, solo quedaron aisladas estas consonantes: M,R,G,T.

No hace falta que diga cuál es el nombre plegado en esas letras.

Con distintas preguntas o pensamientos definidos con antelación, como brújulas, fui decodificando el texto, fui descorriendo el biombo que ocultaba las palabras. Así pude ver, con un terror sereno, el perfil de la muerte de Margarita, la parábola sinuosa que entre las líneas de nuestras vidas, mucho antes de que ella y yo nos conociéramos, venía trazando el motorizado que la asesinó. Vi la soledad que había marcado mi existencia desde entonces y la que aún me aguardaba hasta el prometido retorno de Margarita. Porque el texto me dijo que Margarita volvería. Nunca especificó la manera. Nunca dijo si se trataba de una resurrección o de una reencarnación, o de mi entrada definitiva en el mundo de los sueños o del recuerdo. Pero, de una u otra forma, ella regresaría.

Me inscribí en el taller de Matías por la pueril razón de que quería conocer mujeres. Antes de que comenzara la primera clase ya estaba arrepentido. Sabes que Matías dispone los pupitres a manera de círculo, de modo que la horizontalidad del trato entre el profesor y los asistentes y de los asistentes entre sí se refuerce. Apenas tomé mi puesto me sentí como en una reunión de Alcohólicos Anónimos: dije mi nombre y resumí por qué estaba en el taller. Me tocó de primero, y después sufrí horrores mientras escuchaba las sentidas razones que esgrimían los otros compañeros. Me sentí avergonzado por haber tenido que mentir (hablé de la típica pulsión literaria que siempre había sentido latir en mí y que había quedado relegada por la elección menos temeraria de asegurarme el sostén económico con un oficio más rentable), pero con el paso de las semanas me di cuenta de que, con algunas voluntariosas excepciones, la mayoría de las personas tenía las mismas expectativas *extradiegéticas* que yo.

La última en presentarse, quien cerró el círculo, fue una muchacha. Era robusta sin dejar de ser hermosa. Dijo que estudiaba Psicología y Letras. Practicaba kickboxing. Se llamaba, se llama todavía, Margarita.

No soy muy dado al teatro. Su persistencia en esta época me parece una necia rebelión del cuerpo ante la tecnología. Sin embargo, el telón que cubre y descubre el escenario siempre me ha parecido una innovación insuperable. Ese pálpito de la tela ocasionado por el roce del aire y de los ajustes nerviosos de última hora. Iba con cierta frecuencia al teatro solo para sentir el develamiento de los misterios cuando se descorre la cortina. Pero en los últimos tiempos ya ni esa promesa de latido tienen las presentaciones. Un encender y apagar de luces que ninguna relación guarda con esa lenta premonición que es el arte.

Margarita, con solo pronunciar su nombre, apartó la oscura cortina que había arropado mi vida durante los últimos años. Con una palabra borró el letargo y me regaló, de nuevo, el dolor.

He cumplido con todas las actividades asignadas por Matías. Escribo mis ejercicios narrativos amparado en la escucha imaginaria de Margarita. Debo admitir que los ejercicios me han ayudado. Me han colocado de nuevo en esa montaña rusa de la escritura, aunque no puedo afirmar que esas alturas y precipitaciones no sean el electro de mis cercanías y distancias con Margarita.

La noche que salimos a comer y a tomarnos algo fue casi perfecta, como un delicado vaso de cristal. El amor es el amor más el miedo a perderlo. Y por eso lo primero que hice al llegar a casa, después del extraño episodio con el tal Gonzalo, fue barajar el nombre de ella.

De acuerdo con mis anotaciones, las variantes relacionadas con Margarita y conmigo se despejan descartando las que de plano, o por el momento, nada tienen que ver. Me refiero a las construcciones sin sentido, casi primitivas, cuyo único rasgo común es el elemento animal. Es el caso de «mirar gata», «rata grima», «tigra rama», por ejemplo.

También se puede dejar de lado la variante metarreferencial que habla de las propiedades eufónicas del nombre de Margarita: «grata rima». O su doble concreto reflejado en la expresión «grata mira», que hace alusión al hecho cierto de que Margarita es una muchacha que da gusto mirar.

De modo que las únicas *cartas* destacables que nos quedan son: «amar grita», «tragar a mí», «mar garita», «migrar ata», «girar mata», «trama gira». Si prestas atención, comprobarás que los seis elementos se agrupan en pares semánticos de acuerdo al principio de la semejanza, a veces por dinámica metafórica, otras por dinámica metonímica.

«Amar grita» y «tragar a mí» se complementan en la clara relación erótica de las dos expresiones. Grito desesperado de amor que conducirá a la manducación sublimada, más conocida como felación.

«Mar garita» y «migrar ata» plantean el milenario tema del viaje. El mar como una casa procelosa, móvil, que transforma al pedestre en un pájaro de mar por tierra. Y por otra parte, la migración, el éxodo o la huida como una manera de tensar con la distancia la atadura a aquello que queremos y no podemos dejar atrás.

Para lo que en realidad te quiero contar (y no otro es el motivo de la invitación de esta noche, o de esta madrugada y de mi imperdonablemente larga perorata) resulta decisivo el último par.

«Girar mata» es una evidente, casi ofensiva, alusión a la muerte de Margarita por culpa de aquel motorizado. Aquí se podría acotar que ni hay metonimia ni metáfora; solo un duro e irremediable golpe de realidad. «Trama gira», en cambio, anuncia un mismo eje pero con derivaciones distintas. Con alternativas que *pueden llegar* a ser distintas, pues de mí depende, en algún sentido, la vida de Margarita. Y esta vez estoy dispuesto a hacer todo lo posible para salvarla.

¿De qué? ¿De qué voy a salvarla? Pues de la muerte. Siempre, en cualquier circunstancia, nos estamos salvando de la muerte. El problema no es el qué, sino el cómo y el cuándo, y eso es precisamente lo que no logro descifrar. En el papel está muy claro el nombre de Margarita, está la amenaza, pero no hay mayores coordenadas.

Este es el papel que me dio el motorizado esa misma madrugada onomatomántica. Ahí tienes el papel que confirma que no estoy loco, que estoy diciendo la verdad.

7. Lecter & Co.

Cuando volví a ver a Matías supe que no tenía remedio. Una fisura que le desordenaba los rasgos había ganado su rostro en apenas dos semanas. La llamada de Pedro Álamo y la extraña petición de que fuera a su casa, un viernes en la noche, tuvo efectos imprevistos.

Entró al Chef Woo y enseguida reconocí la nervadura de tics, como de campo magnético, de los adictos. Matías sabía que yo me daría cuenta de su recaída, pero el haber faltado a nuestra cita anterior le daba una especie de licencia para volver a consumir.

—¿Cómo va La Noche? —la novela, como un viejo amigo, tenía nombre de pila—. Necesito que me pongas al día.

Puse demasiado entusiasmo en la frase. Incumplí el principio homeopático para la derrota: dejar que el derrotado se hunda hasta el hartazgo y solo darle ánimo cuando él mismo decida que es tiempo de regresar.

—No va —dijo.

—Bueno, hay semanas así. Te tengo un material que te puede servir.

Matías no mostró interés.

—Es un largo artículo que salió cuando reventó el caso. Es de Alejandro Peralti, no sé si lo conoces. ¿Te suena?

Matías bebió de su cerveza y depositó con suavidad la botella en la mesa.

—No —dijo.

—Se hizo famoso por *Cuerdos de atar*. El libro, entre otras cosas, es un compendio de breves biografías de psiquiatras, tanto de la realidad como de la ficción, que han terminado locos o presos o señalados por múltiples perversiones o crímenes horrendos. Su publicación produjo una verdadera conmoción entre la comunidad médica, porque Peralti también era psiquiatra.

—Qué loco —dijo Matías. Pareció despertar.

—Sí. Lo expulsaron del Colegio de Médicos de Argentina y también le quitaron la licencia. No tanto por el libro, o no solo por eso, sino porque se descubrió que el método y la terapia que utilizaba con sus pacientes eran, cómo decirlo, demasiado *alternativos*. El tipo combinaba programación neurolingüística, yoga y marihuana.

—Un iluminado. De haberlo sabido, jamás me hubiera visto contigo.

—Lo que hagas con tu vida es decisión tuya. La última vez que pasó lo mismo, acordamos que yo no me metería más en tus asuntos.

—Es temporal.

—Eso dices siempre.

Matías es uno de los pocos escritores que en verdad pueden afirmar que la escritura es un vicio. Sus proyectos literarios han estado asociados, de manera indefectible, al consumo de alguna droga y a ciertas lecturas.

Al principio, como era de esperarse, fue el alcohol. Ruta Poe-Hemingway-Bukowski. Después, marihuana, hachís y opio (nunca le creí que llegara a fumar opio). Ruta De Quincey-Baudelaire. Y la más reciente, cocaína, LSD y anfetaminas. Ruta Ramos Sucre-Hunter S. Thompson-Philip K. Dick. Geniales, adictos y todos muertos (en el caso de Ramos Sucre, Matías inventó un silogismo entre la cocaína, el insomnio y la obra del cumanés).

Esa travesía la reconstruimos durante la terapia. Para Matías era un mapa de su vida que se había ido dibujando de una manera inconsciente.

Cuando lo conocí estaba en las estribaciones *dickeanas* de su suplicio. Me dio a leer *Los tres estigmas de Palmer Eldritch*. Fue su modo de ir directo al grano. Pocas cosas saqué en claro de esa lectura, más allá de las obvias: que Philip K. Dick era un adicto y un paranoico. Y además: que los lectores de Philip K. Dick también son adictos y paranoicos. Matías se había suscrito a un club de fans de PKD (usaban estas siglas para referirse a él) en Internet donde debatían sobre los momentos cumbres de su vida.

Tiempo después, Matías insistía en que yo lo había salvado. No recuerdo haber hecho mayor cosa. Me limitaba a devolverle, con unos contornos más definidos, la escala de valores que él mismo me transmitía. Una escalera deshecha, con largos tramos ausentes, pero que seguía apuntando hacia las alturas.

Matías tenía un hijo que representaba para él una fuente constante de culpas y de esperanzas. Lo había concebido en Santa Elena de Uairén, pueblo situado en la frontera con Brasil, con la que había sido, según sus palabras, la mujer de su vida. Nunca supe el nombre de la mujer, ni por qué se había ido a vivir tan lejos, así como tampoco supe las razones por las que se había visto obligado a marcharse para siempre de aquel lugar, para a su vez emprender el típico periplo mochilero latinoamericano del cual la mayoría de los jóvenes mochileros latinoamericanos regresan callados y enfebrecidos.

Su hijo se llamaba, o se llama, Santiago. Eso sí lo sabía. También sabía que lo tuvo a los veinte años. En los días de nuestras primeras consultas, Santiago tenía la misma edad que Matías cuando se fue a vivir a Santa Elena de Huairén. Ese paralelismo acentuaba el desamparo de Matías. En el fondo de los bajones de la droga, y también en las cimas de las alucinaciones, la imagen abandonada, desvaída, de Santiago se le aparecía. Era una moneda que de acuerdo al ánimo lo instaba a hundirse por completo o a salvarse.

En un inusual arranque freudiano, le sugerí que esa imagen dolosa de su hijo, agudizada por los veinte años transcurridos, era una muy evidente proyección: Santiago, en esas apariciones, era una representación del propio Matías, de su juventud y de sus sueños, de la desesperación por ver aquello en que se había convertido su existencia, pero también de sus aún persistentes deseos por recuperarse.

—Me estás diciendo que Santiago no es Santiago —dijo.

—Santiago es Santiago, pero ya no es tu hijo.

—¿En las imágenes o en la realidad?

—En ambas. ¿Cuánto tiempo tienes que no lo ves, que no sabes nada de él?

—Tengo catorce años sin verlo. Pero sé que hace dos se fue a vivir a los Estados Unidos.

—¿Qué hace allá?

—No sé.

—¿Cómo se llama su novia? ¿Tiene novia o novio? ¿Le gusta el café? ¿Cuál es su equipo de béisbol favorito? ¿Sabes si acaso le gusta el béisbol?

—No lo sé.

—¿Ves lo que te quiero decir? Matías, el corazón, como cualquier otro órgano, se desarrolla, pero llega un instante en que su constitución se fija para siempre. Hay afectos que llegan demasiado tarde, en momentos en que es casi biológicamente imposible recibir o tener en cuenta algunos sentimientos. Ni siquiera el rencor, pues los años hacen que nos separemos de las heridas que nos han hecho y, sobre todo, de las que hemos provocado. Es el tiempo en que, más allá de las distintas imágenes que utilicemos para engañarnos, comenzamos y no paramos de oficiar el duelo por nosotros mismos.

A esto me limité. A ayudarlo a que desacralizara la imagen o la historia de su hijo. A eso y a hablar sobre Philip K. Dick. Hablar sobre PKD lo tranquilizaba mucho más que los ansiolíticos que le receté. Poco a poco, la terapia se transformó en una lectura dirigida. No sé si nos pusimos de acuerdo en las condiciones, o si estas surgieron de forma tácita, pero yo solo debía cumplir con las lecturas semanales que me asignaba y él debía mantenerse limpio.

Accedí, cosa que no suelo hacer con ningún paciente, a cartearme vía email durante la semana para compartir «cuestiones urgentes». La expresión era de Matías y fue una excusa para mandarme artículos, entrevistas, links sobre páginas especializadas en PKD, en ciencia ficción, música electrónica, cine y drogas sintéticas.

Mentiría si dijera que estas conversaciones literarias tenían un exclusivo fin terapéutico. O, al menos, solo para Matías. Yo pertenezco a la raza de los que escogieron una carrera científica cuando en realidad solo querían practicar las artes o contemplarlas o sentir su roce. A esa raza que cuando encuentra a algún escritor lo aborda con la premura nostálgica del exiliado. Como si la literatura fuese una patria que, dadas las dramáticas circunstancias de la vida, se vio en la obligación de dejar atrás.

Jamás he hecho esto que acabo de describir. Soy demasiado tímido o demasiado orgulloso para siquiera pensar en aproximarme a un escritor. Nunca he pedido un autógrafo. Mucho menos me he atrevido a acercarme para mostrarle mis textos, esas dudosas medallas hechas de intenciones, que uno va acumulando con el tiempo. Jamás lo he hecho, pero he visto a desconocidos en esa situación, a amigos y a colegas. Los he visto, he sentido un poco de pena, por ellos y por mí, porque los comprendo perfectamente.

Mi estoicismo de años se vino abajo con Matías. Primero, aventurando comentarios lacónicos y certeros durante las consultas literarias, luego soltando la mano y escribiendo en largos, abigarrados correos electrónicos, las opiniones librescas que habían permanecido enmohecidas en mí durante muchos años.

Transcurrieron tres meses en los que no solo hablaba de literatura, sino que además me pagaban por ello. Justo cuando el placer de la conversación se comenzaba a enturbiar por la culpa, Matías me hizo la pregunta que en el fondo había estado esperando que alguien me hiciera.

«¿Escribes?», me preguntó en uno de sus correos.

Respondí que sí. «Lo mío no llega ni a ejercicio literario. Creo que nunca pasé de los estiramientos. Sin embargo, aquí te mando algo.» Dos cuentos completos, de relativa extensión, y una cantidad considerable de textos breves, misceláneos, que no superaban la página.

«Tienes visión», fue lo que dijo. Nunca supe qué quiso decir con eso. Tampoco le pregunté. Luego me invitó a que me inscribiera en su taller de escritura creativa. Entendí que era una manera de continuar nuestras conversaciones en otros ámbitos.

—¿Has consumido algo en estos meses? —le pregunté un día.

—Unos porritos.

—¿Cuántos?

—Pocos. Una que otra noche, cuando no puedo dormir.

—Tienes que eliminarlos.

—Ok.

Así dejó de ir a la consulta y yo empecé a asistir a su taller.

—¿Pasó algo? —dije. Matías llevaba varios minutos en silencio.

—¿Por qué preguntas?

—Tú sabes por qué. Hace unas semanas las cosas marchaban bien, te veías muy entusiasmado con la novela. Y ahora esto.

—Todo se fue a la mierda.

—Ajá, pero ¿por qué?

—Por culpa de Anthony Hopkins.

—¿Me estás jodiendo?

—No.

—Si no quieres hablar más, me dices.

—No quiero hablar más, pero te estoy diciendo la verdad.

—Ok. ¿Se puede saber qué te hizo Anthony Hopkins?

—Me hizo ver que las cosas se fueron a la mierda. O mejor dicho, que las cosas siempre se van a la mierda y uno nunca sabe bien por qué. Nunca sabe, pero al mismo tiempo no puede sino preguntarse por qué. Sin ir muy lejos, ¿qué fue lo que al final le pasó a Rosalinda Villegas? ¿Qué fue lo que sucedió en ese consultorio?

—Forcejearon y todo terminó en un mal golpe.

—Así de simple.

—Sí, es simple y aburrido y absurdo, si quieres. Pero lo más probable es que haya sucedido así.

—¿Y por qué arrojar el cuerpo en Parque Caiza?

—Cobardía, desesperación. Lo de siempre, Matías.

No parecía convencido.

—No termino de entender qué es lo que no te cuadra —dije.

—¿Viste las primeras declaraciones del doctor Montesinos?

—Sí, en su momento.

—Tienes que volver a verlas. Búscalas en Internet. Son una joya. Cuando le preguntaron por los rastros de sangre de Rosalinda que encontraron en su consultorio, dijo que allí iban a encontrar rastros parecidos de muchos pacientes. Él aplicaba terapia electroconvulsiva y con frecuencia se producían hemorragias. Eso fue lo que dijo. ¿Te das cuenta? Son una maravilla esas declaraciones. El periodista luego le preguntó por la supuesta relación sentimental que mantuvo con Rosalinda, tal y como ella lo confesó en el último post de su blog. Y Montesinos, con una modestia macabra, desestimó el vínculo afirmando que muchos de sus pacientes, por mecanismo de transferencia, se enamoraban de él. «Pacientes femeninas», aclaró, y luego soltó una carcajada. Pero lo mejor de todo está al final de la entrevista, donde sucede lo insólito, ya que, a su manera, vanidosa y torcida, el doctor Montesinos confiesa. Por tener más de setenta años, le correspondería casa por cárcel de ser hallado culpable. «¿Qué piensa hacer usted si eso llega a concretarse?», le pregunta el periodista. A lo que Montesinos responde, con una gran sonrisa de confianza, o que busca aparentar confianza, que él tiene una vastísima biblioteca en su casa. «Me podré dedicar por fin a releer a los clásicos. Quizás me decida a cumplir sin interrupciones mi vocación más secreta: escribir.» Escribir —repitió Matías—. ¿Ahora sí te das cuenta?

No sé si yo estaba en una mala noche, o si lo que fuese que Matías estuviera consumiendo le otorgaba una lucidez oscura, pero no terminaba de comprender lo que me estaba diciendo.

—¿Y cuándo aparece Anthony Hopkins? —pregunté.

Matías acusó el corte y demoró a propósito la respuesta. Pidió dos cervezas más.

—Esa misma noche, cuando me cansé de los videos y las declaraciones me puse a ver televisión. Apareció Jodie Foster corriendo por un campo de entrenamientos del FBI. La agarré justo en el comienzo y la vi hasta el final. *The Silence of The Lambs,* muy mal traducida como *El silencio de los inocentes.* Los diálogos entre Foster y Hopkins, entre la agente Starling y el doctor Lecter, me castigaron. Hannibal Lecter. Ese sí es un personaje. Te apuesto a que ninguno de los psiquiatras que menciona el tal Peralti le llega siquiera a los talones.

—Peralti lo menciona, claro. Dice que el personaje creado por Harris es como un mito que establece el límite. Solo la figura de Radovan Karadzic se le aproxima. Y ni aun así.

La historia de Karadzic es la más atractiva que contiene el libro. Radovan Karadzic, psiquiatra, fue uno de los responsables de las matanzas étnicas en los Balcanes en la primera mitad de los noventa. Un nacionalista que llegó a ser presidente de Serbia, la República Serbia en territorio bosnio, que anhelaba, en el colmo de la redundancia y de la obsesión por lo idéntico, una Serbia solo para los serbios.

En 1996, cuando la situación política se le revierte, Karadzic desaparece. Estados Unidos ofrece una recompensa millonaria por su captura. Doce años después, es detenido para enfrentar acusaciones por crímenes de guerra y genocidio. ¿Dónde estuvo escondido Karadzic durante esos doce años? Como la carta robada de Poe, Karadzic se escondió en el lugar menos pensado por sus enemigos: en la propia ciudad de Belgrado.

Karadzic había vivido allí bajo otro nombre, Dragan Dabic, vendiendo compuestos vitamínicos y propalando con discreción y éxito las virtudes de la medicina alternativa. ¿Cómo había sido posible esto?, se preguntaba Peralti. ¿Qué clase de sociedad amparaba a un genocida convertido en gurú de ciencias infusas, cuya larga barba blanca lo asemejaba a Papá Noel? «La gente asegura que era simpático y entrañable. Escribía cuentos para niños», concluye, con ironía, Peralti.

—Un genocida disfrazado de Papá Noel está muy bien —dijo Matías—. Un genocida psiquiatra es aún mejor. Pero un psiquiatra caníbal es insuperable. Mientras veía la película, no podía dejar de comparar a Lecter con el doctor Montesinos. Cuando se confirmó que Montesinos estaba involucrado y requisaron su apartamento, encontraron un DVD. Contenía imágenes de mujeres en un baño, viéndose en el espejo, retocándose el maquillaje, orinando y a veces cagando. Las imágenes estaban registradas desde una cámara escondida. Una cámara escondida en el baño de uno de los consultorios del doctor Montesinos. También escuché la historia de un visitador médico al que al parecer Montesinos le cortó, o mandó que le cortaran, los frenos del carro, provocándole un accidente en el que casi muere. Y así, varias historias más, o rumores de historias. Todas ellas censurables, es cierto, pero de una maldad tan ramplona, de una perversidad tan genital, que dan lástima. O risa, o repulsión. Pero nunca miedo, nunca terror.

—¿Hubieras preferido que Montesinos ganara las elecciones presidenciales y se hubiera convertido en un genocida? ¿Sería mejor para tu historia?

—Sí. Eso creo.

Pensé que Matías tenía ganas de ser provocador. Luego recordé las palabras de Pedro Álamo y por primera vez me pregunté sobre la conveniencia de mi amistad con Matías.

—Sin un terror concreto y ejemplar no hay experiencia —continuó—. De modo que sí, creo que la opción de un Montesinos presidente y genocida hubiese sido mejor para la historia. No tanto o no solo para *mi* historia, para la que yo quería contar, sino para esta que estamos viviendo. Fíjate en los muertos. Casi doscientas mil personas asesinadas en los últimos diez años por eso que los periodistas llaman con sangre fría «delincuencia común». Doscientos mil asesinatos que no fueron cometidos en nombre de ninguna ideología, ni por una orden dictada, ni con un objetivo político o étnico.

»Siempre se habla de que hay una crisis de liderazgo. Y cuando se dice esto solo se piensa en términos de un liderazgo positivo. Nadie hasta ahora en este país se ha dado cuenta de que también la maldad necesita representantes dignos. Hombres y mujeres que estén a la altura de nuestro odio y de nuestro resentimiento. Nuestro presidente es un payaso, un payaso salido de una novela de Stephen King, pero un payaso. Un poder como este, que produce risa y que sin embargo te mata, es más corrosivo que un poder serio, de esos que provocaban terror con la sola presencia de sus líderes o de sus símbolos. Es un poder que en lugar de clavar el puñal, deja que otro lo haga y se limita a contemplar el cuerpo caído que se desangra. Y a veces ni eso, porque en general ese poder decide que es mejor dar la espalda.

»Esto es una dictadura, Miguel. Aquí todo el mundo lo sabe. Con mucha nitidez o de forma confusa, todos lo percibimos. Pero no hay forma de decirlo sin quedar en ridículo, como esos niños a los que hacen llorar los payasos.

—Y entonces, ¿qué piensas hacer? —dije.

—Por ahora, seguir escuchando Morphine. En serio, oír sus discos me sirve de anestesia. Me quedo dormido escuchándolos. La historia de Mark Sandman es fascinante. Y ejemplar, para seguir con lo que veníamos hablando. Le tocó en suerte el destino que todos los artistas anhelan: morir sobre el escenario.

8. Los faros

El papel que el motorizado le entregó a Pedro Álamo *decía* lo siguiente:

Texto comprimido por censura

EGQTCSUKCTCOIAIDNUBA
CAAVOCAZCAKYCQIDC
DGCDSCCOADQSQLCKCC
ECHCNZPTAROILVCOAID
TVJDOCKEMDATDJDO
CKMDAUYDLCCVGTATO
TIRULARGCACKKIEDAPA
DPBTIDBPZSKTTOAIDVT
ALAIAQDATCOTAPTCATV
TDCACQSNCDCOOYCBBT
DCQAIACITDKKOIDKKUET
OAIDTCOAVCCCCKDTARO
TOIATVIAIOINUBATOY
TOBDCOCACDAECDCOIAI
AICACACACZCOICBBLGO

Álamo permitió que Miguel Ardiles se llevara el papel. Era una copia transcrita del *original* que le despachó el motorizado aquella madrugada.

—Nos podemos ver el próximo viernes, si te parece. ¿O necesitarás más de una semana?

Miguel pensó en Matías. Haber faltado a uno de sus encuentros calificaba como alta traición. Faltar a dos seguidos hubiera sido para él un abandono absoluto.

—Para el próximo viernes no puedo —dijo Ardiles.

Álamo pareció halagado por la respuesta.

—Muy bien. Entonces te doy dos semanas para resolverlo.

En esas dos semanas, Miguel Ardiles no solo no solucionó el acertijo, sino que agregó a su vida otros dos problemas ajenos.

Al papel del supuesto motorizado le dedicó unos cuarenta y cinco minutos. No descifró nada, ni encontró ninguna clave que revelara un mensaje secreto. Lo único que consiguió fue marearse mientras se daba cabezazos contra aquella muralla de letras. Comenzó a pensar en la posibilidad cierta de que Pedro Álamo fuese un paranoico y un esquizofrénico.

El viernes siguiente al de su larga conversación con Álamo, se reencontró con Matías Rye. Esa noche, Ardiles salió del Chef Woo preocupado. Matías había abandonado la novela, había vuelto a consumir y, lo peor de todo, había sustituido el foco de su atención. O le había dado prioridad a uno nuevo, que iluminaba con más intensidad el anterior. Luz blanca sobre luz negra. El brillo de una idea en medio de la noche, alejándose infinitamente hasta confundirse con la tela clara, aturdidora, de la mañana.

Mark Sandman era, oficialmente, el nuevo *phare* de su existencia. Su vida y su obra eran las que, en esta ocasión, le parecían ejemplares. Bajo este influjo, en medio de esa neblina de tabaco que suele asociarse con el blues, el rock y el jazz, Matías decidió abandonar todo proyecto de escritura *intencional* y sustituirlo por un estricto régimen de improvisación.

—¿Y qué pasó con la noche, la muerte del policial clásico, el retorno a lo gótico? ¿Dónde quedó todo eso?

—Afuera.

—Lo olvidaste, entonces.

—No. Solo lo he dejado afuera. En la periferia, no sé si me explico. Antes, eso era el contenido de mi escritura. Ahora, la oscuridad, el miedo y la intuición son el ambiente que la rodea. Es un túnel por el que desfilan y se pierden mis palabras. Y mis palabras son como detectives borrachos que persiguen a otras palabras que son más inteligentes y más rápidas.

Miguel no insistió en el tema. Pensó en Sherlock Holmes, aburrido en su casa de Baker Street, sin casos para resolver, inyectándose morfina. Pensó que todos los locos, los drogadictos y los santos eran detectives borrachos, salvajes y alucinados.

—¿Cómo dices que murió Sandman? —preguntó Miguel.

—En el escenario. En el 99, durante un concierto en las afueras de Roma.

—Pero ¿de qué murió?

—Un infarto.

—¿Natural?

—Todos los infartos son naturales, Miguel.

—Si sufres de alguna cardiopatía o tienes ochenta años, sí. Si te hueles un saco de perico o se te va la mano inyectándote mierdas, no.

—No creas. Sobre todo en esos casos, es natural. Para la lógica del cuerpo, es natural.

—Ya veo por dónde vienes. Si es natural, incluso en ese sentido que le das, es bueno.

—No es bueno ni malo. Simplemente es.

Miguel Ardiles tuvo que llegar a su casa y conectarse a Internet para poder preocuparse a sus anchas. En efecto, Sandman había muerto el 3 de julio de 1999 en pleno concierto en Italia. Y, tal como sospechaba, una sobredosis de heroína fluía como causa no confirmada de la muerte.

Heroína.

Dejando de lado destilaciones irreductibles como la piedra o el bazuco, y los demasiados matices de las drogas sintéticas, la heroína era el último de los paraísos artificiales que a Rye le quedaba por visitar.

Solo entonces, a destiempo, Miguel Ardiles reparó en la invitación que Matías Rye le había hecho cuando se estaban despidiendo.

—Deberíamos acampar por tu casa —dijo Rye.

—Mi apartamento tiene dos habitaciones. Puedes quedarte un par de días, si lo necesitas. Pero, la verdad, no creo que sea una buena idea.

Matías empezó a reír hacia dentro. Como los idiotas, pensó Ardiles.

—Dije acampar por tu casa. Por las montañas de Parque Caiza. Una noche, nada más.

Miguel sonrió.

—¿Qué haríamos? ¿Leer a Lovecraft? —dijo Miguel.

—Sí. O matar un pájaro y luego comerlo. O escuchar Morphine. O ver la noche —dijo Matías.

—Paso —dijo Miguel. Y casi sin darse cuenta, por primera vez, se despidió de Matías con un fuerte abrazo.

Antes, Matías había tenido ideas similares. Leer *Criaturas de la noche,* de Centeno, en las entrañas del Ávila, usando la Silla de Caracas como sillón de terciopelo verde. Comerse un papel de LSD, tragarse un éxtasis y escribir una novela de doscientas páginas, no menos, no más, en una sola noche, guiándose por el *I Ching.* Y otras ocurrencias que Miguel no recordaba. Algunas las llevó a cabo. O por lo menos hizo el intento. Los resultados no fueron encomiables, pero tampoco muy desastrosos: resacas, páginas sueltas, gripes, algún robo menor.

Después de dar vueltas en la cama, Miguel Ardiles se levantó y fue hasta la ventana. La autopista se dejaba presentir a lo lejos por un rumor sucio, como de turbina. Solo se veían los otros edificios pequeños de la urbanización, las áreas comunes mal iluminadas. Y en el fondo, la noche. La oscuridad total. Los matorrales tupidos, casi líquidos en su maleabilidad, donde arrojaban los cadáveres. Mujeres asesinadas y abandonadas. Con ninguna los asesinos se habían tomado el trabajo de enterrar el cadáver. Sin tener del todo claras las razones, esto último lo indignaba. Era una descortesía postrera, pensó Ardiles, asomado a la ventana. Como si a una mujer, aun después de muerta, se la pudiera desairar una vez más. Dejarla plantada, no enterrada. Esperando que los vecinos percibieran su perfume muerto, esa humedad divina, ahora depreciada, que no se quiso o no se supo destilar.

Ardiles fue hasta la biblioteca, tomó el libro de Peralti y volvió a la cama. Leyó párrafos al azar. Entre sus páginas había una fotocopia del artículo que Peralti había escrito a propósito del caso del doctor Montesinos. Lo leyó de principio a fin. Subrayó dos frases que antes no le habían llamado la atención y buscó el cuaderno donde consignaba citas de los textos que leía y comentarios de su propia mano a partir de esas lecturas.

Ardiles tenía la extraña afición de recolectar argumentos en contra de sí mismo. Coleccionaba frases irónicas o descreídas, propias o de otros, que criticaban la práctica médica y psiquiátrica. Eran su cable a tierra.

«El psiquiatra es un médico que siempre llega tarde», había anotado Miguel una vez. «Es como un conductor de ambulancias que hace el turno de la medianoche, cuando busca en las rondas sórdidas salvar los fragmentos golpeados que todavía palpitan en medio de la calle. Fiambres de corazón que pueden ser arrollados por tiempo indefinido, sin importar lo pequeños y maltrechos que se encuentren.»

Así se ve Ardiles a sí mismo: como alguien que jalona pedacitos de vida hacia la orilla.

Esta especie de *jet lag* moral lo sintió Ardiles de forma directa con el caso del adolescente del barrio Plan de Manzano. Estaba acusado de narcotráfico. Tenía en sus manos, en el momento de la detención, un morral deportivo repleto de droga. La madre del muchacho alegaba que los malandros del barrio lo habían engañado, que le habían montado una trampa, que su muchacho jamás había puesto un pie fuera de Plan de Manzano, que su hijo tenía retraso mental. Al parecer, ante la amenaza de una requisa policial, unos tipos le pidieron al muchacho que les guardara el morral, a sabiendas de que Ramiro (¿así se llamaba?, dudó Miguel) ayudaba siempre a todo el mundo.

Ramiro tenía dificultades para hablar. Apenas entendió las preguntas que le hizo Miguel. Y era evidente que no comprendía en absoluto el lío en que estaba metido. La madre de Ramiro estaba desesperada. Al muchacho lo tenían recluido en La Planta, junto a violadores, asesinos y delincuentes *comunes*. Miguel Ardiles confirmó que Ramiro era un muchacho con retraso mental, que apenas entendía las cosas que habían sucedido, que era imposible que estuviese comprometido en ningún asunto ilícito de forma voluntaria y que era urgente, considerando su minusvalía y porque su vida estaba en riesgo, que fuese llevado a una institución médica hasta que el juicio se llevara a cabo.

Como el informe debía ser enviado lo más pronto posible y en unos términos que no dejaran lugar a dudas, Miguel Ardiles se había atrevido a ir más allá de lo estrictamente clínico para incidir sobre el caso.

Un par de semanas más tarde, Miguel recibía una llamada de la jueza a la que se le había asignado el caso. Ella, entre lágrimas, le contaba que a Ramiro lo habían matado. Los típicos enfrentamientos entre los reclusos por controlar el negocio de la droga. Ardiles imaginó la punta de un chuzo atravesando las entrañas de Ramiro y su informe seguramente reposando, ya inútil, entre los muchos papeles que se encontraban en la oficina de la secretaria del director de la cárcel.

Era la primera vez que Miguel escuchaba a un juez (o a una jueza) llorar. Él no había llorado, pero pronto aprendería.

El niño tenía seis años. Cicatrices largas y cortas atravesaban su cuerpo. Esa era, a grandes arañazos, la historia de su vida. Desde su nacimiento, la madre lo odió. A partir de los tres años comenzó a maltratarlo con método. Al principio, amarrándolo al lavamanos al final del día y hasta la mañana siguiente. Luego, cuando consiguió la jaula, lo convirtió en un animal aún más doméstico. El niño era el menor de una camada de hermanos que se había dispersado. Algunos habían muerto, otros se habían ido al interior del país y otros cruzaron la frontera hasta Colombia. Uno de ellos, durante una visita imprevista, descubrió lo que pasaba. Le aterró lo que encontró. Aunque su madre nunca había sido una persona cariñosa, tampoco podían decir que los había golpeado, mucho menos torturado. Como mucho, les propinó las palizas necesarias para que no terminaran siendo unos delincuentes.

La madre alegó que lo hacía porque el niño estaba loco y le gustaba pellizcarse, cortarse, golpearse contra la pared. Eso explicaba, según ella, los moretones y las cicatrices. Después se descubrió que el niño era el producto de una violación.

El psicólogo y el neurólogo habían salido de sus cubículos llorando. Primero uno y después el otro. Miguel los observó con cierto desprecio. A la antipatía natural que aquellos dos le despertaban, se sumó la falta de entereza que estaban demostrando.

Después de comer una galleta y beber un poco de agua, el niño entró a la oficina de Miguel para cumplir con su última entrevista de la jornada. Media hora después de que se hubieran llevado al niño de la Medicatura, Miguel Ardiles salió de su consultorio. Se encontró en el pasillo al psicólogo y al neurólogo, quienes todavía conversaban sobre los detalles del caso. Miguel no pudo ocultar el rojo en sus ojos, el ribete mucoso de la nariz congestionada.

Miguel Ardiles nunca se quejaba. Nadie lo había obligado a tener ese trabajo. Solo se preguntaba, con curiosidad casi deportiva, cuánto más podría resistir. Después de tantas cosas vistas en los últimos años, era indecente reflexionar sobre los motivos que lo habían llevado a ser quien era, por qué era psiquiatra forense y no escritor. Las penas de los otros hicieron que sustrajera de su vida su propia historia. Como esas piedras de base que sirven para la construcción de grandes estructuras y que luego se retiran, dejando un vacío benéfico, invisible para el resultado final. O como un narrador en tercera persona, un cristal que solo se justifica por su transparencia. Pues los cristales, cuando se rompen, distorsionan las cosas. O cortan, que es aún peor.

La noche de insomnio quedó atrás y ahora es martes. El viernes pasado tuvo el preocupante encuentro con Matías Rye. Este viernes volverá a la casa de Pedro Álamo. Al ver la agenda de citas pautadas para el día en su consulta privada, Miguel Ardiles piensa que, más que un día, ese martes es una bisagra. Una bisagra de puerta vieja, de esas que se abren como grietas en las películas de terror.

Ve el nombre completo de la paciente y aunque no conoce su apellido, pues ni Matías ni Pedro lo han mencionado, sabe que es ella: ese martes conocerá a Margarita Lambert.

9. Revelaciones del señor Morrison

Ese viernes, la segunda y última velada que Miguel Ardiles pasó en casa de Pedro Álamo, este parecía haber olvidado la tarea que le asignara a su expsiquiatra. No hizo ninguna mención al texto que le entregara el motorizado aquella madrugada y tampoco le mostró el mensaje descifrado. Luego comprendió que, después de dos semanas tratando en vano de localizar a Margarita, Álamo había decidido acatar su destino.

—No responde los correos, su número de celular aparece como bloqueado, no ha ido más al taller —dijo Álamo.

Su expresión era afable. Trajo de la cocina una bandeja con pasapalos, una botella de whisky, dos vasos con hielo y una jarra de agua.

—Sírvete —dijo, mientras iba hacia su habitación.

Reapareció con dos Macs. Las colocó en la mesa principal, las enchufó y las encendió. Las sesiones empezaron a cargarse y lo invitó a sentarse frente a una de las computadoras.

—Tetris —anunció contento, después de unos segundos de suspenso.

Álamo se conducía como un místico. Olía tragedias y configuraciones trascendentales en medio de la normalidad, o bien mostraba una impavidez absoluta en los momentos críticos. Y aquel era un momento crítico.

Ardiles quiso decirle que Margarita había ido a su consulta, que era muy hermosa y que estaba en peligro. Pero no se atrevió a alterar el orden que Álamo había construido para la velada. No solo porque no es recomendable despertar a un loco de su delirio, o a un maniático de sus rutinas, o a un sonámbulo de sus incursiones nocturnas. Sino porque le pareció que esa misma actitud de ignorar el abismo estaba prevista en el guion de la noche.

Se conectaron a una página de juegos en red y comenzaron a jugar. Ardiles tuvo que registrarse primero. El texto *El Gaucho Rubio vs. Darío Mancini* apareció en el recuadro superior de ambas computadoras. Álamo no le preguntó por la escogencia de su *nickname*. Él, en cambio, no pudo aguantarse y le preguntó por el suyo.

—Me vino en sueños, hace mucho tiempo. Nunca te he hablado de mis sueños. No es pudor. No es eso. Es solo que mis sueños son la parte más importante de mi vida, y precisamente de eso no se puede hablar. Además, con lo que sucede en la superficie basta y sobra. La superficie te dice de qué otro modo pudieron haber sido las cosas.

Álamo hizo una pausa para darle un dato: presionando *shift* se podía guardar una pieza incómoda y usarla después, en una ocasión más oportuna.

—Soñar con la vida de un tal Darío *Mancini*, que es casi lo mismo que *Lancini*, pero no, dice mucho sobre mi propia vida. Me ha hecho ver en cada letra un acorde único. O una etapa distinta de la migración de nuestras almas, si lo quieres ver de otra manera. Lancini, Mancini, Nancini, etcétera, ¿me sigues? Hay ciertos nombres bajo los que se agrupan ciertos patrones de existencia que otras personas, con nombres distintos y almas idénticas, buscan a lo largo de su vida. La mayoría de las veces, esos seres leves no llegan a identificar nunca el modelo que siguen por instinto. Son los que sienten con más rudeza el absurdo de vivir. Por otro lado, hay un porcentaje mínimo de seres igualmente perdidos que, ante la ausencia de un faro que los guíe, se forjan a sí mismos como modelos. Esos serían los seres pesados, los héroes. Y por último, está otro porcentaje sustancial que yo llamaría los médiums y con los cuales me identifico, son algo así como la clase media en el ámbito espiritual. Son aquellos que sí reconocen el modelo de vida a seguir, que lo repiten en la medida de sus medianas posibilidades, pero que no dejan huella en el mundo. Sus existencias son pequeños vacíos necesarios para que las grandes verdades reverberen como un murmullo constante a lo largo del tiempo.

Solo en una ocasión, tres años atrás, Álamo pudo comprobar la autenticidad de una parte de sus sueños. Estaba en la librería El Buscón, haciendo tiempo antes de entrar al cine, cuando su mano y la de otra persona coincidieron en la tapa de un libro. Se trataba de *Pájaros de Hispanoamérica,* de Augusto Monterroso.

—Disculpe —dijo la señora.

Era una señora hermosa, muy elegante, de cabello castaño.

—No se preocupe, adelante —le dijo Álamo.

—Tómelo usted, ya yo lo tengo. Miraba por mirar.

—Gracias. Igual, solo quería revisar un dato.

Álamo buscó rápidamente el índice onomástico, luego fue a la página 43 y presionó varias veces una línea como si llamara con urgencia un ascensor.

—Sí, aquí está. Mejor me lo llevo.

—Es bueno. Son retratos de otros autores escritos por Monterroso. Aunque repite muchos textos que aparecen en sus libros anteriores.

—Entiendo. Pero hay tan poca información sobre lo que estoy buscando que prefiero tenerlo.

—¿Qué busca?

—Referencias sobre Lancini. Darío Lancini, no sé si lo conoce.

La señora comenzó a reír.

—Lo peor es que no puedo decir que lo conozca del todo —dijo al rato.

Y volvió a reír.

—Perdone, es que me parece maravilloso que pasen estas cosas. Yo soy la esposa de Darío. Mucho gusto, Antonieta Madrid.

Pedro Álamo se quedó petrificado. Tuvo que hacer un esfuerzo para reaccionar y tenderle la mano.

—Pedro Álamo —dijo.

Una sombra cruzó los ojos de la señora.

—¿Escritor? —le preguntó.

—No —dijo Álamo—, soy publicista. Pero me encanta la obra de su marido.

—Venga para que lo conozca. ¡Darío! —llamó la señora.

Se acercaron a donde se encontraba un hombre mayor, delgado y de largos bigotes: fue así como Pedro Álamo pudo conocer a Darío Lancini.

—Yo estaba temblando, Miguel —dijo Álamo—. Comencé a sudar. Sentí que el sonrojo me cubría el rostro por completo.

—Da la casualidad, Darío, de que el señor estaba buscando información sobre ti.

—Soy su más grande admirador —dijo Álamo.

Esas fueron sus primeras palabras a Lancini.

—¿Puedes creerlo? —le dijo Álamo a Ardiles—. ¿Puedes creer que le dije semejante güevonada?

A Álamo le alivió descubrir que Lancini era igual de tímido. Al escuchar aquello se había puesto tan rojo como el propio Álamo.

—Los dejo para que conversen —dijo Antonieta, y siguió revisando las mesas de libros.

Se produjo un silencio incómodo.

—O no —dijo Álamo—, creo que la única persona incómoda con aquel silencio era yo. Lancini me miraba y la transparencia verdosa de sus ojos me decía que encontraba divertido aquel silencio; que, de hecho, podría permanecer en esa situación, callado, para siempre.

—Buscaba —dijo Álamo— un texto en el que Monterroso habla de usted y de otros palindromistas mexicanos. ¿Usted vivió en México?

—Sí —dijo Lancini.

Se hizo de nuevo el silencio. Álamo estaba a punto de despedirse, derrotado, pero se obligó a hablar.

—¿Y ahora en qué está trabajando? —dijo por decir algo.

—¿*Ahora?* —repitió Lancini. La palabra parecía producirle una gracia especial—. *Ahora* trabajo en los textos bifrontes.

—¿Qué es eso? —dijo Álamo.

A Lancini se le iluminaron los ojos. Le explicó en qué consistían y usó como ejemplo el primer verso de la primera *Égloga* de Garcilaso de la Vega:

—«El dulce lamentar de dos pastores» también puede ser leído como «El dulce lamen tarde dos pastores». Es un ejemplo menor, pero sirve para que entiendas —dijo Lancini.

A partir de ahí, la conversación comenzó a fluir. Entonces lo puso a prueba.

—«Helena no hace sino amarte» —dijo Lancini—. A ver, ¿cómo sería?

—«Helena no hace sino amarte» —repitió para sí Álamo—. ¿El enano? —comenzó.

—Ajá —dijo Lancini, haciendo un gesto aprobatorio, de profesor de latín.

—El enano hace. El enano hace. No sé qué hace el enano.

—Intenta de nuevo.

—El enano hace. El enano hace sí. ¿El enano asesino? ¡El enano asesinó a Marte! —exclamó Álamo.

—Bien. Lo cual da una imagen poderosa —dijo Lancini, carraspeando una risa—. Que un enano asesine al dios de la guerra no es algo despreciable.

Álamo no cabía en sí de la alegría.

—Otro —dijo Lancini—. «Él hace dormir a una vecina lastimada.»

Esta vez Álamo no pudo encontrar la respuesta, hacer los cortes exactos para que surgiera una nueva oración.

—«El Hacedor mira un ave sin alas timada» —dijo Lancini.

Así transcurrió una media hora, en la que Pedro Álamo y Darío Lancini compartieron juegos de palabras.

—¿Jugaron suficiente? —dijo Antonieta, de pronto. Parecía una madre que viniese a recoger a su pequeño.

Se despidieron con un afectuoso apretón de manos. En ese instante, Álamo metió la pata.

—Yo quería volver a conversar con él —le explicó a Ardiles—, quería comprobar si todo lo que había soñado durante años se correspondía con la realidad. Pero no creí que Lancini quisiera perder más tiempo conmigo, porque al final yo no era nadie. Entonces se me ocurrió inventar que además de publicista yo era periodista y que quería entrevistarlo, hacer un perfil de su obra y de su vida.

—No —dijo Lancini, tajante—. Yo soy Nadie.

Antonieta y Darío salieron. Pedro Álamo los vio, a través de las paredes de cristal de la librería, mientras se alejaban, de regreso a la trama de sus sueños.

A pesar del desafortunado final, Álamo quedó exultante esa tarde. Pudo comprobar que Lancini sí había vivido en México.

Miguel no entendía su emoción por un dato que seguro podía encontrarse en Google, en alguna biblioteca o preguntando.

—De Lancini no se sabe casi nada —aclaró Álamo—. En 1975 publicó *OIRADARIO*. Veintiún años después, en 1996, la editorial Monte Ávila lo reeditó, esta vez con el título a lo bifronte, *Oír a Darío*. Esa última edición es importante porque tiene la foto de Vasco Szinetar y la carta de Julio Cortázar. Más allá de eso, de las referencias de Monterroso y de uno que otro artículo desperdigado, es poco lo que se sabe de él. Y ese día comprobé que una parte de mis sueños coincide temporal y geográficamente con la vida de Lancini. Si esto es así, no hay nada que impida pensar que las otras partes de mis sueños coinciden también.

—Todo eso por el simple hecho de que Lancini estuvo en México —dijo Ardiles.

—Por eso y por Antonieta. No olvides a Antonieta. ¿No te parece un indicio suficiente que Antonieta Madrid sea la esposa de Lancini?

—Me cansé. Me duelen los dedos.

—Yo podría jugar toda la noche. Pero no te preocupes, vamos al sofá.

Ardiles se echó en el sofá que daba a la ventana. Álamo ocupó un sillón negro con asiento reclinable.

—Un indicio de qué —dijo Ardiles.

—Antonieta Madrid fue uno de los tres jurados que premió mi cuento —dijo Álamo.

Esa coincidencia, cuyo símbolo eran aquellas dos manos posadas como al azar sobre un mismo libro, le confirmaba una vez más el fundamento real del vasto sistema de signos e intuiciones que había sido su vida. La premiación del cuento no fue solo una travesura de Oswaldo Trejo. Era evidente que ese texto tenía algo que atrajo a Antonieta Madrid desde el principio. Un algo nunca del todo definido, ni siquiera comprensible, a lo que quiso estar siempre ligada otorgándole el premio.

—Desde muchacho tengo la impresión de que la literatura es un acto de amor no correspondido, que se construye con deliberación para *no* ser correspondido. Siempre me he sentido incómodo con las expectativas que generan las novelas, por ejemplo. Esa promesa de pasiones y aventuras que desde el inicio están condenadas. Me parece injusta la manera en que se elevan sentimientos por el puro placer de ver cómo se derrumban. Con los escritores sucede lo mismo: depositan en uno una frase o una imagen que puede llegar a cambiar nuestras vidas, y cuando estamos de regreso de la revelación y queremos buscar su origen, resulta que murieron hace muchos años, como dicen que sucede con las estrellas extintas y las estelas de su fulgor.

»Pero los escritores también sufren lo suyo. La mayoría de ellos ha vivido y escrito sin haber encontrado ni una sola vez una respuesta, un cambio de luces que les confirme que hay alguien en algún punto incierto de la otra orilla. Yo, a pesar de ser un escritor anónimo y fracasado, encontré en vida a mi lector ideal. Alguien que sintonizó su alma por completo con mi texto, aun cuando las circunstancias para la producción y sobre todo la recepción de ese texto no fueron del todo exactas. Para 1982, de acuerdo con mis coordenadas, Antonieta y Darío estaban de regreso en Venezuela, después de su estadía en Atenas, con la juntura de sus vidas soldadas. En ese entonces yo iniciaba el reconocimiento consciente de lo que podía ser mi camino. Escribí el cuento, me hundí en mi propio infierno y fui en parte rescatado por Sarita Calcaño. Pero ya ves cuál lado de la historia nos tocó: a mí, la persistencia absurda en una vida sin objeto, y a Sarita, la calle y la locura.

Miguel Ardiles observó su reloj y decidió que por esa noche ya era suficiente. Esta vez se despidieron sin ceremonias. A Ardiles le irritó ver que Álamo mantenía la misma sonrisa pueril.

En el carro, mientras salía de Santa Inés y tomaba la autopista, Ardiles siguió pensando en las palabras de Álamo. Un amasijo de aire con que se había construido un personaje y al que le había designado un rol de sombra, de existencia simbiótica que solo buscaba las migajas dejadas por cuerpos mayores. ¿Y él?, se preguntó. ¿Cuáles eran el personaje y el rol designados por su voluntad o su inconsciente para regir su vida? Hacía tanto tiempo que se había transformado en un umbral por donde transcurrían otras historias, que la imagen que tenía de sí había perdido consistencia. Cada tres o cuatro meses pasaba por un desasosiego similar. Sintió la necesidad del roce.

Abandonó la autopista, tomó el distribuidor Altamira y fue a visitar al señor Morrison.

Cuando entró, sonaba a todo volumen el rock cristiano que le gustaba a la Magdalena. Miguel Ardiles siguió con familiaridad sus giros y contorsiones, que por efecto de acumulación (el nombre, la música, su belleza) le producían siempre un erizamiento casi místico.

Aún faltaba un buen rato para que Gioconda hiciera su rutina. Se apostó en un lugar de la barra y prestó atención al flujo de las mujeres. Si quería estar con ella, debía pescarla a tiempo.

—¿Qué hubo, doctor? —le dijo una mujer. Llevaba un bikini delgadísimo, amarillo, y lentes de pasta. Combinación letal, se dijo Ardiles la primera vez que la vio.

—¿Dónde estabas? —dijo Ardiles.

—Por la vida.

—¿Te quedas hoy conmigo?

—No sé. Es muy temprano todavía.

—Pídete un trago.

—Tan bello. Ahora estás de primerito en la lista.

—Quédate solo conmigo.

—Al final, igualito te marchas. Ahórrate esa plata.

Le dio un beso en la comisura de los labios y continuó su andar de pez en medio de aquella corriente de aire perfumado y aceitoso.

Un rato después, una voz de mujer anunciaba por el sonido interno a Gioconda. Comenzó a sonar «Nothing Else Matters», de Metallica. Era la parte romántica. Esas secuencias eran todas iguales. Sin embargo, Gioconda, con sus lentes de pasta, sugería una vida interior más compleja que la de las otras muchachas. Después de varios encuentros, de diálogos que poco a poco se iban saliendo de los estereotipos del porno, pudo entrever algo de la personalidad de Gioconda. A excepción de los lentes de pasta, era como cualquier otra prostituta.

Metallica dio paso a Rammstein. El paseo en el bosque termina y Gioconda, sin esperanza, cae en el infierno. Salen dos *dominatrix* a escena y comienza la rutina *hardcore*.

Cuando termina la canción, las tres chicas se retiran, riéndose como si fueran cajeras de banco al final de la jornada.

Al tercer whisky, Ardiles revisa la cartera. Tiene dos de sus tarjetas de crédito. Se decide y llama a Gioconda.

—Vamos —le dice—. Hoy tenemos terapia.

—Lo que diga el doctor —dice Gioconda.

Ardiles va primero a la caja, paga y luego se retira hacia los apartados. Lleva a Gioconda del brazo.

En la pequeña habitación, Gioconda coloca los lentes en la mesa de noche y se desnuda con dos movimientos rápidos, dos pases magnéticos que lo dejan hipnotizado.

—Mesmer era un pendejo —dice Miguel.

—¿Quién es ese? —pregunta Gioconda.

—Un pendejo —dice Miguel.

Gioconda desnuda a Miguel, le toma el pene y comienza a chuparlo. Cuando está listo, le pone un condón y se monta encima de él. Al rato, Miguel se sale, la voltea y la penetra por detrás.

—Deme duro, doctor, duro —dice Gioconda, gimiendo.

Sabe que los gritos de Gioconda son fingidos y eso, extrañamente, lo enardece aún más. En pocos segundos acaba. Se levanta y se dirige al baño. Luego se retira el condón y lo observa a contraluz. Su propia esperma, en medio del látex, le parece falsa. Le hace un nudo al preservativo y lo echa en la basura. Siente que en un millón de dimensiones paralelas Dios lo ha estrangulado.

—Ponte el cinturón —le dice a Gioconda, al salir del baño.

Gioconda se sorprende, pero al instante salta de la cama, emocionada. Rebusca en tres cajones de una cómoda hasta encontrarlo.

—¿Está limpio? —pregunta Miguel.

—Limpiecito. Igual déjame lavarlo —dice Gioconda, y esta vez es ella quien entra al baño.

Cuando regresa a la habitación, Gioconda ya lo tiene puesto. Lo que Miguel llama «el cinturón» es en realidad un suspensorio, solo que la liga es ancha y negra, como los cinturones que usan los que levantan pesas en el gimnasio. En medio sobresale un pene de goma, enorme y verde.

Como si se lo hubieran cortado al duende de García Lorca, piensa Miguel.

Gioconda se acerca a la cama y Miguel se voltea. Fija su atención en los lentes de pasta que reproducen en versión reducida la escena. Parecen dos televisores encendidos en la vitrina de una tienda de electrodomésticos en la madrugada. El movimiento y el ligero grosor de los cristales arrinconan aún más la imagen.

Si pudiera agarrar la montura y soplar, piensa Miguel, seguro los cristales se desprenderían como burbujas.

10. Un tallo de papel

Como había previsto Gioconda, Miguel Ardiles se fue antes de que amaneciera. Las letras del Mr. Morrison apenas se leían entre los colores de aquella hora. Chequeó los bolsillos (celular, llaves, cartera, grabadora), pagó al parquero y se montó en el carro. Tomó la avenida Blandín, luego bordeó la plaza La Castellana, se fue por una calle en descenso y cayó en la avenida San Juan Bosco. Faltaban pocos minutos para las cinco de la mañana.

Se detuvo en el semáforo que da a la avenida Francisco de Miranda. Aprovechó la luz roja para conectar el iPod y buscó el álbum de Morphine que Matías le había recomendado. En un sentido, los correos casi diarios de Matías lo reconfortaban. Ya no le guardaba rencor y había aceptado que la interrupción de la rutina era también una forma de aventura. Sin embargo, se mantenía en guardia.

M> Morphine> The Night> Play

Sonaron los primeros acordes. La mezcla del saxofón, la batería y el bajo de dos cuerdas le cerró los ojos. Un chorro de lentitud directo a las venas. Y se hubiera quedado dormido al volante, frente a aquel semáforo toda la mañana, o hasta que algún policía le pidiera los documentos o un cornetazo lo despertara, de no ser por el bramido del motor que sintió en la oreja. Abrió los ojos de repente, como se abren después de esos sueños untuosos de pocos segundos, y vio al motorizado.

Era un hombre blanco, inmenso, la cabeza cubierta por un casco rojo que dejaba ver una barba también roja. Llevaba unas bermudas muy cortas de las que emergían unas piernas pálidas y robustas. Le entregó una tira de papel, lánguida como un tallo, luego aceleró la moto y cuando cambió la luz del semáforo se perdió a toda velocidad en dirección a la autopista.

Por un tiempo indefinido, Miguel Ardiles quedó en la misma posición: la mano derecha en el volante, el rostro fijo en el parabrisas, y en la mano izquierda, que colgaba de la ventana, el papel.

—¡Muévete, mamagüevo!

Ardiles dio un respingo.

Un carro con cuatro hombres borrachos y con reguetón a todo volumen se le había parado al lado. Los hombres rieron a carcajadas y se fueron por la Francisco de Miranda en dirección a Petare. Fue entonces cuando terminó de despertar y enrumbó hacia Parque Caiza.

Al meter la llave en la cerradura de la puerta de su casa, tenía un plan trazado. Era sencillo y lógico. Se acostaría a dormir, soñaría con todo lo sucedido y al despertar no encontraría el papel por ninguna parte.

Pero, se dijo después, y si al despertar, como prueba de su tránsito por la noche, tuviera en su mano el tallo de papel, ¿entonces qué?

Miguel Ardiles no podía dormir con semejante amenaza. Tampoco tenía fuerzas para mantenerse despierto. Metió la mano en uno de los bolsillos del pantalón y palpó la grabadora. Era hora de darse un baño, preparar un litro de café e incursionar, entre la claridad del nuevo día, en la noche: entrar en el sueño con los ojos abiertos.

Despejado a medias por la ducha y sorbiendo la primera taza de café, volvió a leer el papel:

Inseguridad. Hambre. Desempleo. Caos y violencia. Injusticia. Inflación. Militarización. Cortes eléc-

tricos. El castrocomunismo nos ha invadido. Es la se-
ñal de que el Año de la Misericordia ha llegado. El
perdón de todos los pecados se acerca, pero primero vie-
ne la venganza de Dios. No te acostumbres a vivir en
la oscuridad. Hay que encender el Fuego. Los Soldados
de Cristo traeremos de regreso el reino de la Luz.

El texto estaba firmado con un seudónimo infantil pero efectivo: el Quitasueño.

En sí mismo, el mensaje no le llamaba la atención. Miguel Ardiles estaba habituado a escuchar los
delirios paranoicos de varios de sus pacientes. Recordaba el caso de una señora que tenía miedo de que su marido pudiera morir aplastado por una lámpara que se
desprendiera de un techo cualquiera. La señora había
transformado la vida de su esposo, lo más preciado que
tenía, en un infierno de adoración y cuidados. A estos
casos se sumaban otros más cotidianos pero no menos
dramáticos: depresiones, colapsos por estrés, ataques de
pánico. La fuente de la angustia era, con variaciones, la
misma: la situación del país. Un país que, como las
lámparas de la señora, siempre parecía a punto de caer-
se y hacerse pedazos.

Las opciones eran pocas. Ansiolíticos, antidepresivos, terapia. Acompañarlos en la decisión de marcharse o de aguantar. Y a los que decidieran aguantar,
enseñarles el quejumbroso oficio de ser víctima.

Al igual que el mensaje, la figura del motorizado, a primera vista, tampoco era tan particular. El vengador anónimo, tanto en el cine como en la realidad,
con el rostro de Charles Bronson o de cualquier otro, es
un personaje sintomático de las ciudades salvajes donde el Estado ha perdido el control. Pero este «vengador»,
Ardiles tuvo que admitirlo, era distinto a los demás. Al
parecer, no era alguien que salía a matar gente, a restituir
por mano propia y a discreción una idea de justicia. Era

alguien, pensó Miguel, que salía de noche a entregar mensajes a desconocidos. Palabras que atravesaban la oscuridad para depositarse en la boca de los que hacen la última ronda, con la convicción de que quienes sepan escuchar se reunirán como los miembros aislados de un solo cuerpo, un Golem rencoroso que busca despertar.

Más allá de la denuncia de las carencias básicas y de la alerta bíblica ante la invasión *castrocomunista,* el texto conducía a una pregunta concreta con estribaciones metafísicas: ¿en qué momento nos acostumbramos a vivir en la oscuridad? Las ciudades principales como Caracas, Maracaibo o Mérida, al día siguiente del anuncio del plan de cortes eléctricos, se habían levantado. Fue apenas un rumor de ira que bastó para que el Gobierno reculara y poco después decidiera suspender el plan. En la práctica, el plan de cortes diarios de tres horas de servicio eléctrico se siguió aplicando en los estados, ciudades y pueblos del resto del país.

En Caracas fueron los alumbrados públicos los que no volvieron a encenderse. Algo en la ciudad y en sus habitantes quedó lesionado con ese retorno a la noche.

¿Cómo se había dado la adaptación? ¿Cuál había sido el mecanismo?, se preguntaba Miguel. No se trataba del desarrollo de una visión nocturna. Era más bien un sentido del desastre, que nos llevaba a trazar parábolas violentas y accidentadas, de murciélago, si la noche nos sorprendía en la calle.

Miguel Ardiles encendió la computadora, conectó la grabadora a través de un cable USB y vació el archivo de audio. Luego lo guardó en la carpeta con los archivos del último mes. Tenía varias conversaciones acumuladas. La última en ser transcrita fue la de la primera consulta a la que había asistido Pedro Álamo. Advertido por Matías, sabía que Álamo era un paciente con cosas interesantes para contar. El comienzo promisorio, que lo llevó a considerarlo de entrada como un posible «caso», se vio interrumpido con la insólita incorporación de sí mismo en la trama de las semanas siguientes.

Ese sábado se dedicó a escuchar las grabaciones. Las voces de Matías, de Álamo, de Margarita y la suya propia aportaban desde una turbulencia terrosa los diálogos de una historia que estaba en curso y que era necesario comprender. Y comprender significaba para Miguel Ardiles asumir que por primera vez formaba parte de una historia. Esa era tal vez la explicación de la extraña escena de la madrugada: aquel motorizado lo invitaba a aceptar su papel.

Los archivos estaban llenos de «fallas de origen»: interferencias ruidosas, largos segmentos en los que no era posible captar lo que se decía y quién lo decía, interrupciones repentinas por haberse copado la memoria de la grabadora. Todo un ecosistema de obstáculos que hacía de aquellas conversaciones un territorio hostil y reacio a una transcripción definitiva. Pero estas dificultades lo estimulaban. De hecho, Miguel Ardiles pensaba que los psiquiatras eran los *script doctors* de la intimidad. Los traumas de la infancia, los rasgos de la personalidad, las experiencias críticas, todo aquello que es el origen del problema que el paciente trae a consulta, son los elementos que este trata de esconder en su relato. O, cuando no los esconde, no los sabe expresar. Un paciente, piensa Miguel Ardiles, es alguien que no sabe o no puede contar su propia historia.

¿Y la de Miguel Ardiles? ¿Cuándo va a aparecer en esta novela la verdadera historia de Miguel Ardiles? Hacía mucho tiempo había resuelto este problema de una manera profesional. Ser psiquiatra en lugar de ser psicoanalista le permitió evitar el escollo de la confesión. La secta fundada por Freud estableció que los psicoanalistas también debían asistir a terapia. Esta disposición, tan parecida al enigmático voto de obediencia al Papa de los jesuitas, le resultaba demagógica. Bajo su manto democrático se escondía un hecho que, para usar la jerga bíblica del motorizado, constituía un verdadero misterio de iniquidad: el propio Freud nunca se sometió a análisis con otro terapeuta.

Sin embargo, Miguel Ardiles se había permitido la amistad con Matías Rye y con Pedro Álamo. Al igual que cualquiera de sus pacientes, necesitaba hablar. Ese había sido el impulso inicial, años atrás, para la escritura de casos. Tenía los textos de Freud sobre la histeria como referente narrativo y también los libros de Oliver Sacks.

Grabar en secreto a sus pacientes, tanto a los que veía en la consulta privada como a algunos casos que atendía en Medicina Legal, era censurable desde todo punto de vista. Pero la experiencia de las transcripciones le decía que había algo que se perdía durante la consulta, un sentido distinto que emergía al tamizar las mismas palabras una y otra vez. Incluso Marilyn Monroe llegó a captar el magnetismo particular que se producía cuando una persona hablaba para otra persona pero en absoluta soledad. Los casetes que grabó y entregó a Ralph Greenson, su último psiquiatra, que a su vez fue quien la encontró muerta, son el testimonio de que la verdad es un espectáculo para una sola persona.

El problema no era tanto encontrarla, pensaba Miguel, como mantenerla viva y reconocible fuera de uno mismo.

El primero en sabotear esta empresa era Miguel Ardiles. Desde la redacción de los borradores incorporaba situaciones y matices ficticios. No era algo consciente. Se producía en el instante en que Ardiles trataba de llevar al discurso ciertos argumentos y emociones que no podían expresarse bien con palabras. En el camino entre una palabra y otra, entre las ideas que en su cabeza perfilaban una densa geometría como los árboles de un bosque, lo que se quería decir quedaba camuflado por lo dicho. La duda, ese presentimiento de haber errado la dirección entre dos senderos iguales, bastaba para alterar todo lo escrito.

A las nueve de la noche, Miguel Ardiles está exhausto. Ha dedicado todo el sábado, en una vigilia ardorosa, a escuchar más de una vez los fragmentos de audio. Ha tomado notas de algunas cosas dichas por Matías Rye, Pedro Álamo y Margarita Lambert. Ha *googleado* las informaciones existentes sobre la crisis eléctrica del país, siguiendo con un repaso a la historia de la electricidad en Venezuela y llegando a conceptos básicos de física que no escuchaba desde el bachillerato. El resultado no es estimulante. Ve las partes, intuye el conjunto, pero no logra engranarlos. Miguel Ardiles ve su cerebro, seco de ideas y falto de sueño, como una más de las centrales hidroeléctricas colapsadas.

El lenguaje es como la electricidad, piensa Ardiles, un poco volado por el cansancio. Solo que no existe un Nikola Tesla de la lingüística. La sustitución que Tesla hizo del uso de la corriente directa por la corriente alterna permitió que la electricidad pudiera viajar con eficacia desde las grandes centrales generadoras hasta distancias inconcebibles para entonces. Mikhail Dolivo-Dobrovolsky también expuso sus descubrimientos en la Exposición Electrotécnica Internacional de 1891. Suceso que fue recogido por una revista científica que leyó Ricardo Zuloaga en el mismo año, y que lo llevaría poco después a construir a las orillas del río Guaire la primera central hidroeléctrica de Hispanoamérica y a desarrollar el sistema de tendidos eléctricos para la ciudad de Caracas.

Algo parecido a los sistemas de Dolivo-Dobrovolsky y de Tesla pero aplicado al lenguaje, se dijo Ardiles. Quizás los embragues yo, tú, él eran lo más similar a la corriente alterna trifásica. Solo que el grado de separación de las ondas entre ellos tiende a reducirse hasta la confusión absoluta de los sujetos y los puntos de vista. El lenguaje era un impulso eléctrico que en el recorrido por los cables de las palabras se desentendía de su matriz generadora y se desbocaba en el espacio abierto, con la indiferencia y la amplitud del polvo.

Ya empiezo a desvariar, pensó Ardiles.

Guardó las anotaciones del día en un documento Word, movió los archivos de audio desde su carpeta original y arrumbó todo aquello en una carpeta nueva.

En el momento de nombrar la carpeta, no dudó. La transgresión y un opaco sentido del deber le dictaron las letras que agruparían lo relacionado con aquel sistema imperfecto que lo atraía con la misma fuerza con que se resistía a enseñarle sus leyes secretas: *The Night*.

II. Teoría de los palíndromos

*«Según el diccionario, la significación
extragramatical del término palíndromo es
"correr hacia atrás". Por lo tanto, no se trata de
dar la espalda al horizonte y desandar lo
andado, lo cual por su misma aparente
simplicidad resulta del todo imposible, sino de
proseguir el movimiento en sentido inverso,
haciendo que lo tangible se distancie, a medida
que lo desconocido, el letal e inconfesable
abismo, se aproxima interminablemente.»*

SALVADOR GARMENDIA

11. Un ocho casi perfecto

La vida de un fumador está condensada entre dos momentos fundamentales: el primer y el último cigarrillo. Lo sucedido antes de la primera bocanada torpe, que apenas logra carburar el tabaco, es pura inconsciencia. Lo que sucede después de la última, cuando ya solo se piensa en una próxima pitada que nunca va a llegar, es un ansia infinita.

Darío Mancini Villalaz* fumó su primer cigarrillo el 5 de julio de 1943, cuando cumplió once años, en Santiago de Chile. En 1941 Silvia y Anita habían decidido cerrar con unas vacaciones en Europa la exitosa gira por América del Teatro de las Hermanas Villalaz. Después de recorrer varias ciudades de la Alemania del Tercer Reich, llegaron a Colonia y de ahí fueron a Italia, a la ciudad de Bríndisi, donde vivían unos primos lejanos. Desde aquel puerto del Adriático tomaron un barco que las trajo directamente a Venezuela, donde vivía su hermana Matilde.

A poco de empezar, Silvia y Anita interrumpieron el recuento de su viaje. Matilde se veía demacrada.

—¿Y Aldo? —le preguntó Anita.

—Afuera.

—¿Dónde?

—No sé. El último negocio que hizo fue un desastre. Salió a ver cómo se recuperaba.

---

* Este es el primer ejemplo de una extraña manía de Álamo: cambiar, a veces por una sola letra, el nombre real de las personas que menciona. La noche que jugamos Tetris me dio una explicación relacionada con el supuesto origen onírico de todo lo que narra en esta parte de sus escritos. Según él, soñó de forma episódica y en tercera persona con la vida (que solo él y yo conocemos) de Darío Lancini.

—¿Cuándo se fue? —preguntó Silvia.

—Hace dos meses.

—¿Y cuándo regresa?

—No lo sé.

Los ojos de Matilde, tan claros y húmedos, parecían a punto de evaporarse.

Anita y Silvia decidieron llevarse a Darío. Ramón era muy pequeño. Aixa, Luis y Matildita, en cambio, pronto podrían empezar a trabajar.

En Panamá, las hermanas Villalaz fueron recibidas con honores «por haber dejado en alto el nombre de la patria». El presidente Arnulfo Arias Madrid les ofreció encargarse del Departamento de Declamación del recién creado Conservatorio Nacional de Música y Declamación. Anita Villalaz aceptó la oferta, pero Silvia declinó. Debía regresar a Santiago de Chile, donde vivía con su esposo y sus hijos. Darío la acompañó.

En la mañana del 5 de julio de 1943, durante el recreo, Darío se retorcía las manos a causa del frío. Sebastián, el matón de su clase, lo vio y le ofreció un cigarrillo a escondidas. Darío aceptó y de esa manera tácita se selló un pacto de protección que tuvo vigencia hasta la penúltima semana del año escolar. Durante esos meses había puesto en práctica lo que a partir de entonces sería su principio de vida: pasar desapercibido. Lo logró por un buen tiempo. En parte, gracias a su fisonomía. Darío venía de Venezuela, pero nada en sus rasgos delataba la procedencia. Tenía una piel muy blanca, con tendencia al enrojo, el cabello castaño, liso, con ribetes amarillos y unos ojos azules, verdes o grises, dependiendo del clima.

La última semana de clases, Sebastián invitó a Darío a volar cometas con los otros muchachos. Hasta el momento, Darío se había conformado con alejarse durante cada recreo hasta el mismo rincón para fumar un cigarrillo y regresar solo cuando la maestra llamaba para entrar. En algunas ocasiones, Sebastián lo acompañaba y conversaban. Por una parte, era un sacrificio. En aquellos minutos de conversación, Sebastián dejaba de ser el centro de la atención, el campeón indiscutible en volar cometas y en cualquier otro juego o deporte en los que siempre terminaba imponiéndose. Dejaba de alimentar la admiración creciente que Marcela, su polola, sentía por él. Pero, por otra parte, había algo en Darío, en las palabras que intercambiaban, que lo reconfortaba. Una particular gratificación que a esa edad era imposible identificar. Sebastián vivió, sin saberlo, su primera (quién sabe si única) fascinación intelectual. Ese momento, vedado para las almas rencorosas, en que el genio de otra persona se convierte en el enigma central de la propia existencia.

Los chilenos se burlaron del papagayo de Darío. Empezando por el hecho de que llamara a su cometa así, «papagayo». Él, a diferencia de la espuela de una sola hojilla que ellos usaban, confeccionó una en forma de cruz, anudando con adhesivos dos pequeñas cuchillas a la cola. Le dijeron que no levantaría vuelo con ese peso. Darío no replicó y reforzó con una vuelta de tira la juntura.

Estaba el salón en pleno. La semana anterior habían presentado los últimos exámenes y se encontraban en un tiempo extra, esos días dorados en que se va a la escuela exclusivamente a jugar. Eran los mayores de su etapa. El año siguiente entrarían en el liceo, muchos de ellos en otras instituciones, y en todo caso serían los menores del próximo nivel. Sin palabras, pero con la conciencia de los rituales, se estaban despidiendo.

Cuando todos estuvieron listos, se colocaron detrás de una línea dibujada con tiza en la entrada del patio central. Sebastián dio la orden, comenzaron a correr y los cometas alzaron vuelo. Todos menos el de Darío, que se desmayó al instante sobre la tierra. Las niñas estudiaban en un edificio aparte que se comunicaba con el de los varones por el patio de recreo. Ellas solo podían observar y al ver lo que pasó con el cometa de Darío se rieron. Darío recogió el papagayo, volvió a la línea de partida y reemprendió la carrera. El papagayo planeó, borracho, en un zigzag de mariposa. Parecía que volvería a caer, pero una maniobra de Darío con el pabilo, como de lanchero encendiendo un motor, le permitió meterse en una corriente de aire y levantarse.

Los movimientos iniciales fueron de baile y desfile. El cometa de Sebastián planeaba en unas alturas que resultaban inaccesibles para los varones y un deleite remoto para las niñas. Darío, como si se hubiera embarcado en su propio artefacto, volaba en una órbita aparte, trazando figuras que solo él percibía. Cuando estaba a punto de cerrar un número ocho, un papagayo se aproximó al suyo, rasante. Apenas fue un cruce de pabilos, pero el mensaje era claro. Los demás muchachos, como zamuros que huelen la carroña, aproximaron sus volantines para rondar la arena de batalla. Darío vio venir otra amenaza pero esta vez estaba preparado. Con dos pases de magia, esquivó el ataque y a la vuelta rajó de arriba abajo el celofán de su contrincante.

Uno a uno fueron cayendo los cometas de sus compañeros, trepanados de muerte por la santa cuchilla de Darío. Sebastián, como un capo en espera de que sus matones hicieran el trabajo, contemplaba la masacre a distancia. Una vez que quedó despejado el cielo, ambos, asteroide y ave, cometa y papagayo, se aproximaron. Los demás chicos, con los despojos coloridos, y las niñas, apretándose las manos, atestiguaron el duelo.

Darío triunfó.

El problema con Sebastián no fue por la derrota. Al menos, no por la derrota en sí. Darío recogió como un ancla lunar el papagayo y lo regaló a sus amigos, quienes enseguida estudiaron la cola con minuciosidad.

Las niñas lo recibieron coreando su nombre.

—¡Da-rí-o! ¡Da-rí-o! ¡Da-rí-o!

Darío se puso rojo como un tomate. Se acercó y les dijo:

—Ya. Paren —pero lo decía riendo, en medio de un ataque de pena y de risa, que no hizo sino que ellas aumentaran la bulla.

Al día siguiente, Sebastián lo llamó aparte.

—¿Un cigarrillo? —le preguntó Darío.

—El último. Ya mañana salgo a veranear con mis viejos.

Fueron hasta el rincón de siempre.

Esta vez era Sebastián el que guardaba silencio. Darío le preguntó algo sobre la ciudad donde pasaría el verano con su familia, pero Sebastián no le contestó. Solo después le dijo:

—Marcela cortó conmigo.

—¿Por qué?

Sebastián se quedó callado varios segundos. Tenía las manos en los bolsillos mientras chutaba con demasiado esmero las piedras ínfimas de la grava.

—¿Por qué? —insistió Darío.

—Marcela dice que está enamorada de ti.

Sebastián trató de sonreír, pero le salió una mueca. Darío no entendía.

—¿De mí?

—De ti, güevón.

Darío insistía en silencio, computando las palabras, tratando de comprender el acertijo. Al volver en sí, vio que Sebastián lo tomaba de los hombros. Era la ocasión del abrazo de la despedida.

Recibir el puñetazo en la barriga, perder el aire y caer de rodillas fue cuestión de segundos. Apenas pudo ver las piernas de Sebastián alejándose.

No sintió rabia hacia él, ni hacia Marcela. Solo se molestó consigo mismo por haber cedido, por no haber estado a la altura de ese ocho casi perfecto, lo único que justificaba aquel cielo extranjero.

12. Autopsia psicológica

—¿Una autopsia psicológica? ¿Y se puede saber qué es eso? —preguntó Oswaldo Barreto.

—Es uno de los métodos que utiliza la psiquiatría moderna para investigar los suicidios consumados —dijo Miguel Ardiles—. Se trata de generar un perfil psicológico del suicida a partir de los testimonios que brinden las personas de su entorno más cercano.

—¿Un suicidio consumado? ¿Qué entiende usted por suicidio consumado?

—Un suicidio efectivo, que puede comprobarse.

—¿Efectivo? ¿Es que puede haber acaso un suicidio no efectivo? ¿Un suicidio a medias?

—Bueno, usted sabe cómo es de confusa la jerga penal.

El viejo pareció calmarse.

—¿En qué puedo ayudarlo?

—Estoy investigando el caso de Pedro Álamo, un economista que se suicidó hace un par de semanas.

—¿Cómo murió?

—Se ahorcó. En la India. Fue hasta un lugar llamado Maharashtra a realizar una investigación sobre una ola de suicidios entre los campesinos de la zona y terminó él mismo suicidándose.

Barreto se limitó a enarcar las cejas y a mesarse la perilla. Era un viejo magro y duro. El cuerpo, una cadena de nudos, fuertes como alambres. Le recordó al Barón de Münchhausen. Al menos, el de la versión de Terry Gilliam en las primeras escenas, cuando irrumpe, derrotado y vigoroso, en un teatro donde se escenifica falazmente su vida. Pero Ardiles no se llamaba a engaño. Aunque conocía poco del personaje, sabía lo suficiente para andarse con cuidado. Una palabra de más, un gesto de descortesía y el viejo podía malograrlo.

—No conozco a ningún Pedro Álamo —dijo Barreto.

—Me lo suponía. Poca gente lo conocía, en realidad. Yo mismo he tenido que hacer las veces de detective para encontrar un rastro. Le dije a su hijo que mejor desistiéramos, pero el muchacho insiste en hallar la verdad. El pobre se vino desde Santa Elena de Uairén, abandonó su trabajo, vendió el carro y se instaló en Caracas para seguir de cerca el caso de su padre, a quien, de paso, solo vio un par de veces.

Barreto volvió a enarcar las cejas.

—Usted dirá —dijo al rato.

—Álamo solo tenía un hijo. No se le conoció esposa, ni amantes, ni amigos. Los ancianos que le arrendaban el anexo donde vivía tampoco me han dado mayor información. De modo que tengo que aferrarme a cualquier cosa. Y hurgando entre los papeles que dejó, encontré unos cuadernos. Unos cuadernos donde lo menciona a usted.

Oswaldo Barreto, que había permanecido reclinado en su silla, se incorporó. Frunció el ceño, cambió el cruce de las piernas y preguntó:

—¿Señor?

—Su segundo apellido es Miliani, ¿cierto?

—Sí.

—Y usted fue representante del Partido Comunista, ¿no?

—Sí.

—Y participó en el secuestro y el asalto de un avión DC-9 de Aeropostal en diciembre de 1980.

—¿Quién carajo es usted?

El viejo se había puesto de pie. En ningún momento había alzado la voz, pero un silencio tenso acusaba el registro. Un par de gatos, que hasta ahora daban vueltas por la cocina, se acercaron y comenzaron a mirarlo. En una de las paredes colgaban sendos retratos de Jean-Paul Sartre y Simone de Beauvoir que también parecían escrutarlo.

—Lo que le dije. Me llamo Miguel Ardiles, soy psiquiatra forense y a veces presto servicios de asesoría a particulares en el área penal. Aquí tiene mi carnet, si quiere confirmarlo —y le extendió el carnet.

Barreto, sin tomarlo, miró el documento un par de segundos. Volvió a sentarse.

—Le explico. Pedro Álamo dejó escrita una especie de biografía sobre Darío Lancini.

—¿Sobre Darío? —lo interrumpió.

—Sí.

—¿Qué podía saber ese hombre sobre Darío Lancini? ¿Qué podía saber nadie sobre Darío?

—Yo solo estoy tratando de averiguar datos sobre la vida de Lancini para ver si de esa manera me aproximo a Álamo. En realidad, le confieso, solo quiero construirle una buena historia al hijo de Álamo. Un relato que le permita regresar tranquilo a su casa.

—¿Qué se dice de mí en ese texto?

—Se habla de un tal Oswaldo Miliani. Miembro del Partido Comunista, graduado en Derecho en la Sorbona, profesor de la Universidad Central de Venezuela, exguerrillero.

—Fui el primer venezolano en hacerlo.

—¿Qué cosa?

—En graduarse en Derecho en la Sorbona.

—No estaba al tanto.

—¿No lo dice el señor en su biografía?

—No. Pero sí dice que usted y Lancini compartieron en 1962 un apartamento en Vista Alegre.

—¿Cómo sabe usted eso?

—En el piso siete de las Residencias Venezuela.

—¿Quién le dijo eso?

—Es lo que está en el cuaderno.

—¿Lo tiene con usted?

—No. Ese y los otros cuadernos los tiene el hijo. Solo tengo acceso a una fotocopia. Se la puedo traer después, si le interesa.

—Me interesa.

—No había asociado a Oswaldo Miliani con usted hasta que leí su artículo a propósito de la muerte de Lancini. Luego busqué en Internet y di con una noticia del año 2000, sobre la captura de unos asaltantes de blindados.

—Yo nunca asalté un blindado.

—En el artículo hablan sobre todo de un tocayo suyo, Oswaldo Ojeda Negretti, que hasta ese año comandó la más poderosa banda de asaltantes de bancos y de camiones blindados. La policía empezó a seguirles la pista a partir del robo de mil quinientos millones de bolívares que llevaron a cabo en julio de 2000 en un sector de Barcelona, en el estado Anzoátegui. Ahí se dieron cuenta de que Ojeda Negretti estuvo implicado en el conocido asalto al blindado de Transvalcar, y de ahí se remontaron al primero de los golpes, ese sí, verdaderamente famoso: el secuestro en pleno vuelo de un DC-9 de Aeropostal, en diciembre de 1980. Entre los arrestados estaban los hermanos Jorge y Oswaldo Ojeda Negretti, los hermanos Mauricio y José Rivas Campos, y Oswaldo Barreto Miliani.

La lista de los arrestados la leyó Miguel Ardiles de una copia impresa de la noticia que le extendió a Barreto. Este tomó el papel y lo depositó con suavidad en la mesa a la que estaban sentados, sin siquiera verlo.

—Así llegué a usted. Necesito saber más sobre Darío Lancini para poder escribir mi informe. Darle al hijo de Álamo un espejo donde contemplar algunos rasgos de su padre.

—¿Qué sabe usted de Darío?

—Sé que escribió *Oír a Darío*. Álamo lo consideraba el mayor palindromista del idioma español.

—¿Qué más? Hágame una línea de tiempo.

Ardiles sacó su libreta y comenzó a enumerar en una secuencia cronológica, con largos saltos, lo que sabía de Darío Lancini: la época de su infancia transcurrida en Santiago de Chile; los cinco años que pasó en la cárcel durante la dictadura de Pérez Jiménez; el periplo por Ciudad de México, París y Varsovia; la escritura de palíndromos; su encuentro definitivo con Antonieta Madrid; el inicio de los viajes y la vida diplomática; el largo, sostenido e inquebrantable silencio con que Lancini decidió cifrar su vida hasta el final.

—¿Eso es todo? —preguntó Barreto.

—Es lo que pude armar a partir de las anotaciones del cuaderno.

—Eso no da para una biografía.

—Puede que las anotaciones estuvieran pensadas para una novela.

—¿Y por qué alguien querría escribir una novela sobre Darío Lancini? A fin de cuentas, Darío lo único que publicó en vida fue un librito.

Barreto se levantó y desapareció parcialmente en la penumbra de la cocina.

—Creo —dijo Ardiles— que para Álamo él era un verdadero artista. Era un genio que solo quiso que lo dejaran tranquilo con el secreto que había descubierto en las palabras.

Los ojos de Barreto brillaron desde el claroscuro de la cocina. Volvió con una botella de whisky y unas aceitunas.

—¿De verdad quiere escribir sobre Lancini? ¿Está consciente del problema en que se está metiendo? Se lo digo porque Darío Lancini es la persona más compleja, ética y estéticamente, que he conocido en mi vida.

13. La cárcel

El soldado Aldo Lancini sobrevivió a la Primera Guerra sin máculas: no lo hirieron, no mató (o lo que es lo mismo: nunca vio a quién mataba) y no cayó preso. La guerra fue un inmenso piano que se desplomó a su lado. Apenas lo impregnó un polvillo que era el polen de la muerte. Decidió que, al regresar a Calabria, tomaría la mochila y se marcharía a recorrer mundo. La única pertenencia que llevó consigo, además de la mochila con ropa, fue su juego de ajedrez.

Mientras estaba en el frente, en más de una ocasión se había distraído de los bombardeos o del cerco de la lluvia jugando partidas imaginarias de ajedrez contra sí mismo. No había manera de ganar sin perder. Esa era, para él, la ley del miedo. Esa ley la olvidaba al salir del campamento y solo era capaz de reencontrarla cuando el terror o el tedio lo arrinconaban en una esquina de su mente. De esas partidas emergía como de una trinchera más honda, directo al campo de batalla.

Durante el primer año, vivió de jugar al ajedrez por dinero. Luego, en los distintos puertos de Europa y América ya lo reconocían y nadie quiso jugar más contra él. Se volvió una figura familiar. Así empezaron los primeros encargos. A un comerciante en Buenos Aires le atrajo la factura de su juego de ajedrez. El diseño del tablero y el acabado de las piezas.

—Los fabricaba el viejo Bonanno —le dijo Aldo—. Tendría que ver si todavía está vivo.

—Bueno. Si lo está, traeme cincuenta.

El viejo Bonanno estaba vivo. Y vivió un par de años más. Como era un fumador empedernido, Aldo Lancini comenzó después a comerciar con tabaco. Durante algunos años se dedicó a abastecer las casas de fumadores de las principales ciudades costeras del sur y del norte de América.

En 1925 se estableció en Caracas, en un sector que a partir del ensanchamiento de la avenida Sucre fue llamado Nueva Caracas. Dos años más tarde, en un viaje en barco de Panamá hacia los Estados Unidos, conoció a Matilde Villalaz. Ambos quedaron transidos en una larga mirada que ralentizó el ajetreo de cubierta. Nunca se lo confesaron, quizás nunca tomaron conciencia de ello, pero lo que más les gustó del otro, lo que los atrajo desde el principio, fueron sus respectivos ojos, que eran idénticos. Más de una persona, al verlos caminar juntos, se habría confundido pensando que eran padre e hija. Que Matilde, veintiún años menor, había heredado los ojos de Aldo. Solo quien conocía a Aldo hubiera podido afirmar que fue él quien heredó algo de Matilde, un brillo en la mirada que lo arrojó, enfebrecido, en el puerto de Nueva Orleans.

A Anita nunca le gustó el asunto. Con el tiempo, se confirmaría que tenía razón. Pero en el momento se opuso por puro recato. Las hermanas Villalaz habían sido educadas por las monjas del Colegio Nuestra Señora de Sion, en Costa Rica, y luego por las monjas franciscanas en un internado de Nueva Orleans. De hecho, el primer sueño de infancia de Anita fue convertirse en monja. Aquel viaje, para asistir al entierro de Sister Prisca, su adorada maestra de canto y actuación, era un retorno a la castidad de aquella época y de aquellos anhelos.

—Quiero ver cómo le explicas a papá que fuiste a un entierro y regresas casada con un viejo —le dijo Anita a Matilde.

La pareja se casó en Panamá y de inmediato se fue a vivir a Venezuela. El matrimonio no duró mucho. Lo necesario para engendrar cinco hijos, que fueron llegando como testimonios de un vínculo que en esas reiteraciones del contacto se fue disolviendo. De sus viajes y sus dispersiones, Aldo Lancini les dejó la única marca que no dependía del afecto y que era casi imposible de borrar. No contento con darles su apellido, les dio también el primer y el segundo nombre. Así, los llamó Alda Aixa, Aldo Luis, Alda Matilde, Aldo Darío y Abdem Ramón. Nadie sabe qué habrá llevado a Aldo Lancini a romper al final esa cadena de declinaciones que fueron sus hijos. Lo cierto es que a medida que crecieron, su figura se fue transformando en un puerto lejano y ese primer nombre se convirtió en una denominación de origen, la letra pequeña en la etiqueta que nadie lee.

Antes de ese cigarrillo fumado a los once años en Santiago de Chile, sucedieron muchas cosas en la vida de Darío Mancini.* Solo que el propio Darío no las recordaba. Dos momentos quedaron en pie después del vendaval de la infancia, ondeando como jirones de una bandera clavada en el sueño. Del primero solía burlarse Arnaldo Acosta Bello, su hermano siamés, cuando le pedía que contara la historia de la Vía Láctea, sentados alrededor de la tabla redonda en los sótanos de la Cervecería Alemana.

El cuento era más bien breve. Era, en realidad, su primer recuerdo. Darío decía tener un recuerdo de

---

* Cuando le escribí a Álamo preguntándole por qué mantenía el «Mancini» solo para Darío y no lo aplicaba también para el padre, me respondió lo siguiente: «Así lo soñé, querido Miguel. Ya escribir es una pretensión un poco tonta. Corregir un sueño es sencillamente insolencia. Pero sé que en el fondo no me crees, así que es mejor no hablar más de estas cosas». Para ese momento, aún desconocía lo que Pedro Álamo entendía por *soñar*. Todavía no había revisado los cuadernos que corresponden a la Máquina de los Sueños.

su lactancia. Recordaba haberse despegado del pecho de su madre y recibir un chorro de leche en el rostro.

El otro recuerdo era más probable y también más confuso. Darío tiene cinco o seis años. Su hermano Ramón, tres o cuatro. Ambos están en un cuarto con muchas literas, en medio de una gran habitación con piso de mosaicos, en una casa larga como un túnel, oscura y desconocida. Los otros niños se encargan de aterrarlos durante el día. Las sombras de los árboles del patio hacen lo propio durante la noche. ¿Cuánto tiempo vivieron en aquella casa? ¿Días, semanas, meses? ¿Existió esa casa en realidad o fue todo una pesadilla? Nunca le preguntó a su madre. Tampoco se le ocurrió conversarlo con Ramón.

Luego de la estancia en Chile, a su regreso a Venezuela, vinieron la adolescencia y las andanzas en Catia con su hermano Ramón y con Jacobo Borges. Indeciso entre las primeras lecturas y los escarceos con el dibujo, buscaba una arista para aferrarse al mundo. A veces la forma se trababa y amenazaba con petrificarse. Entonces era el mundo el que estaba mal y había que transformarlo. En uno de esos días de desconsuelo, aceptó la invitación que Juana Iro de Matos les había hecho a él y a sus dos hermanos para asistir a una reunión clandestina de Acción Democrática en Plan de Manzano.

Al llegar, Darío y sus hermanos se encontraron con que la reunión de partido era en realidad una conjura para asesinar a Marcos Pérez Jiménez. Esa vez apenas alcanzó a ver sobre una mesa algunos planos con un par de pistolas haciendo de pisapapeles. A los pocos minutos de estar ahí, decidió retirarse. Aún tenía fresco en la memoria lo que había pasado en el 49, la reunión, casi idéntica, a la que también lo había llevado como por azar Manuel Muñoz Palencia. Esa fue su primera visita a la Oficina, como llamaban a la sede de la Seguridad Nacional en El Paraíso. Gracias a la habilidad de Manuel, habían logrado fugarse esa misma noche. Pero ahora estaban en 1952 y las cosas habían cambiado para siempre.

Los primeros en caer fueron sus hermanos Luis y Ramón, el 7 de abril, cuando el Gobierno ordenó una requisa sorpresiva en la casa de Flor Maíz, compañera de la causa, donde conspiraban. La SN encontró veintiún niples que debían ser llevados a la casa de Plan de Manzano. Apenas un mes y once días después, el 18 de mayo, detienen a Darío en su propia casa. Sabían que había visitado la casa de Plan de Manzano y que él estaba al tanto del complot. Además, le decomisaron más de doscientas hojas de propaganda subversiva que incitaba a los obreros a una gran manifestación de apoyo a los estudiantes universitarios; libros y textos de literatura comunista; un folleto; un rollo de loneta blanca; tinta, pomos y creyones para pintar; cartas, fotografías y un retrato de Lenin firmado por el propio Darío.

Al principio, no se ensañaron con ellos. Los mandaron sin mayor demora a la cárcel Modelo. Una semana más tarde los alcanzaría José Vicente Abreu, después de recibir su dosis de planazos, de días y noches sin comer ni un pedazo de pan y sin tomar una gota de agua, de estar parado durante horas sobre el cilindro, de recibir descargas eléctricas en los testículos. Todo al ritmo de la misma pregunta:

—¿Dónde está Ruiz Pineda?

Y del mismo insulto (al menos, de lo que la SN consideraba entonces el mismo insulto):

—¡Adecos! ¡Comunistas!

Desde el asesinato de Delgado Chalbaud, en noviembre de 1950, las protestas se sucedían como escaramuzas que apenas despeinaban la superficie del mar, pero que insinuaban su fondo. La Junta de Gobierno, ahora en manos de Pérez Jiménez, había destituido a las autoridades de la Universidad Central, creando un

Consejo de la Reforma y después, en octubre de 1951, se decidió a clausurarla.

Frente a la vieja casona de San Francisco, los estudiantes se reunían, hacían un remolino de consignas y panfletos que luego se disolvía con la llegada de las fuerzas de choque. Una tarde de febrero de 1952, la SN apareció más temprano que de costumbre y arrió con un cardumen de estudiantes revoltosos. Los procesaron desde las sedes de El Paraíso y de El Obispo hasta la cárcel Modelo. Jesús Sanoja Hernández, Manuel Caballero y Rafael Cadenas, junto a otros presos, fueron llevados al calabozo número 3. En los meses que siguieron, recibirían a Darío Mancini, Arnaldo Acosta Bello y Pepe Fernández Doris. Se trataba de la primera reunión de los Caballeros de la Tabla Redonda. No podían saberlo: ellos, que se sentían llamados para una gesta sutil, primero debían enfrentar el dolor.

Aprendieron a conjugar el mutismo. Se hizo cotidiana una palabra que acallaba las otras: *esbirro,* áspera y espesa, como el silencio de piedra que se les ordenaba guardar. Al grupo de los estudiantes lo desterraron poco tiempo después. Caballero y Sanoja partieron a México y de ahí siguieron hasta París, donde un grupo de exiliados venezolanos, comunistas y adecos en su mayoría, sobrevivían en una *maison meublée* en el número 26 de la rue de Constantinople. Allí se sumaron a la redacción y a la publicación de gacetas, panfletos y periódicos de denuncia contra la dictadura. Ya entonces se hablaba de *Guasina,* palabra de la misma familia que *esbirro,* que heredaba de esta el silencio y lo convertía en ciénaga.

Cadenas recaló en Trinidad, estancia que fue un claustro sensual a cielo abierto.

Desde el exilio, se enteraron de las sucesivas tragedias que marcaron el año 1952. La situación de la universidad, el continuo envío de presos a Guasina y, en especial, el asesinato de Leonardo Ruiz Pineda, quien fue acribillado por una patrulla de la SN el 21 de octubre.

Para los que quedaron presos, la cárcel se transformó en una ruleta rusa. El día a día era como un interminable cigarrillo frente al paredón. El 3 de noviembre de 1951, de las cárceles de Caracas, Tucupita, Barcelona, Cumaná y Carúpano surgió el primer contingente para Guasina. Después de ese día, todo se redujo a eso: los que enviaban a Guasina y los que no.

El 25 de julio de 1952, el vapor *Guayana* salió del puerto de La Guaira con dirección al Delta del Orinoco. En su bodega viajaba arrumado el tercer grupo de presos que enviaban a los campos de concentración de Guasina y Sacupana. En el vapor, entre muchos otros condenados, iban José Vicente Abreu, Arnaldo Acosta Bello y Luis y Ramón Lancini.

En la Modelo había quedado Darío, atenazado por la tristeza, preparándose para lo peor.

En diciembre las cosas se pusieron tan mal que, en un sentido, empezaron a mejorar. El 2, día de las elecciones a la Asamblea Constituyente, Pérez Jiménez se decidió a asestar el golpe y se hizo nombrar presidente provisional. Luego se haría coronar presidente constitucional. Una de sus primeras disposiciones fue la clausura de los campos de Guasina y Sacupana. Esos presos, junto con los que permanecían en la cárcel Modelo, fueron trasladados el 21 de diciembre de 1952 a la Nueva Cárcel de Ciudad Bolívar, donde se reencontraron.

En aquella nueva cárcel, Darío escuchó los testimonios del horror. No fueron muchos. Guasina se aseguró de dejarles a los sobrevivientes un nudo imposible en la garganta. Los que hablaron hablaron poco y fue suficiente.

Darío perdió el sueño. Comenzó a recorrer con la vista los muros de la cárcel, sus pasillos, los patios, las habitaciones que no conocía, como un sereno. En la alta noche, fumaba cigarrillos imaginarios y se iba con el humo imaginario atravesando paredes, siempre hasta la reja de la entrada y de regreso. A veces, desde su colchoneta, se veía a sí mismo repasar los rostros de sus compañeros, llegar hasta su propio puesto y velar hasta que el sueño borrara el sueño.

Una mañana se puso a dibujar. Hizo retratos de los compañeros más cercanos: Catalá, Consalvi, Velásquez, Abreu, Acosta Bello.

—¿Qué haces? —le preguntó Erasto—. ¿Esos dibujos son tuyos?

—Sí —respondió Darío.

Nunca le agradó Erasto. Demasiado hablador para su gusto. Siempre hacía demasiadas preguntas.

—Son igualitos —continuó—. Ese es Simón Alberto. Este tiene que ser José Agustín. Y este otro, José Vicente. ¿Quién es ese que no tiene ojos?

—Yo —dijo Darío.

—¿Y quién es Sebastián? ¿Por qué firmas así?

Darío no respondió. Se puso a repasar unas líneas del fondo de uno de los retratos y Erasto regresó a su esquina del calabozo.

Hubo un dibujo que atrajo a todos los compañeros. Aparecía la cara del guardia Cabrera, pero no con su fiereza habitual sino, más bien, desvalido. Lo cercaba un bosque de rostros sin ojos. Quien veía el dibujo sentía que en cualquier momento Cabrera se pondría a gritar.

—Sí —dijo Arnaldo.

Se había formado un bosque parecido alrededor del propio dibujo.

—Un paisaje insomne que hable para él —agregó.

Darío volteó y vio a Erasto, que estaba un paso atrás del grupo. Tenía una expresión de miedo, parecida a la del personaje del dibujo.

En abril de 1956, la dictadura concedió visas para que setenta estudiantes que permanecían exiliados pudieran regresar al país. Sanoja y Cadenas volvieron. Con otros miembros de Acción Democrática y del Partido Comunista, dirigieron una carta a la Comisión de Derechos Humanos de la ONU para pedir la liberación de los compañeros que sumaban varios años de castigo.

Darío Mancini, que llevaba cuatro años de encierro, escuchó la noticia del regreso de sus amigos y de las gestiones que estaban haciendo. No prestó demasiada atención. Pensar había dejado de ser una distracción o un ejercicio mental y se había convertido casi en un acto físico, un modo de respirar. Pasaba varias horas al día echado, como un faquir, desanudando tramas de aire. A veces jugaba largas partidas de ajedrez con su padre, otras recordaba pasajes de *La condición humana*, de Malraux, que sabía de memoria, otras se veía a sí mismo encerrado en una casa pintando, otras se veía duplicado en un espejo tirando cartas y leyéndole el futuro a su propia imagen.

Aunque no era muy hablador, le gustaba escuchar a los otros. Disfrutaba en particular, durante los paseos en el patio, de los delirios de Luis Ordaz, un joven adeco que afirmaba que algún día sería presidente de la República. La primera vez que le confesó sus aspiraciones, Ordaz recibió un símbolo: una cagada de pájaro en la frente. A Darío aquella imagen le pareció hermosa. Una metáfora perfecta de la vida. Con un gesto, Ordaz le agradeció que no se hubiera reído. Se limpió la mierda de la frente y continuó hablando de su proyecto para conquistar el poder.

A mediados de 1957 estuvo en Venezuela, en visita oficial, el presidente de Panamá, Ernesto de la Guardia Navarro. Entre los temas que trataron estaba el asunto de los presos políticos. A De la Guardia Navarro le interesaba en especial el caso de unos hermanos de apellido Lancini Villalaz, que llevaban cinco años presos, hijos de una mujer panameña residenciada en Venezuela que a su vez pertenecía a una familia muy importante de su país.

—Caramba, doctor De la Guardia, me pone en un aprieto —dijo el General Pérez Jiménez—. ¿Qué haría usted si encuentra a un grupo de hombres armados planificando su asesinato?

—Lo mismo que usted, General. Los metería presos. Pero la tía de esos muchachos es una artista muy reconocida en Panamá. Su tío abuelo es Nicanor Villalaz, el creador de nuestro escudo nacional. Imagínese. Lo menos que puedo hacer es este pequeño favor que la familia me pidió. Pero yo lo entiendo, General. Así que no se hable más del asunto.

La gestión, a pesar de todo, sirvió. En septiembre de 1957, después de cinco años, Luis, Ramón y Darío obtuvieron la libertad.

—¿Es verdad que fue el mismísimo presidente de Panamá el que intercedió? —Ordaz estaba eufórico.

—No sé —dijo Darío—. Eso dicen. Lo cierto es que salimos mañana.

—Voy a recordar el nombre de ese hombre. Sabré honrarlo en su momento. ¿Qué piensas hacer?

—Tenemos que salir del país. Creo que voy a ir a México. Sanoja habló con unos amigos de por allá.

Se sentaron en el último de los bancos, al lado de las matas de mango.

—Pero ¿qué piensas hacer con tu vida?

Ordaz observaba con detenimiento el cruce de las hojas y las ramas.

—No tengo idea. Pintar, me imagino.

—¿Pintar? No jodas, Darío, con todo lo que ha pasado y te vas a poner a pintar.

—¿Qué tiene de malo?

—Pronto tendremos todo el país para echarle bola, para poner esta vaina a andar. Nos vamos a tomar esta vaina y la vamos a hacer andar.

Un latigazo sonó entre los árboles.

—¡Ajá!—gritó Ordaz, levantándose de un brinco.

Unas plumas empapadas en sangre cayeron en el banquito, entre sus pies.

—¿Tú pusiste esa trampa? —preguntó Darío.

—Al fin la cacé, coño.

Darío no lo podía creer.

—Pero eso fue hace cuatro años, Luis. ¿Cómo puedes pensar que es la misma paloma?

—No importa. Alguna lo tenía que pagar.

14. Ritmo y sintaxis

¿Conoce a Aragon? Sí, Louis Aragon. Pero ¿lo ha leído? Por supuesto que no lo ha leído. Un psiquiatra forense que lea a Aragon es muy sospechoso. *«Les médecins-chefs des maisons de fous.»* Así, con esas palabras de Artaud, llamaba Aragon a los psiquiatras. André Breton dijo que a los veintidós años Aragon ya lo había leído todo. Aragon es uno de los más grandes poetas y el escritor más prodigioso con que haya contado alguna vez el Partido Comunista francés.

En agosto de 1965 me encontraba en Praga como representante del Partido. Una noche, Pierre Hentgès nos invitó a Roque Dalton y a mí a su casa.

—Quiero que conozcan a Aragon —dijo Pierre.

Resulta que Roque y yo teníamos meses discutiendo la posibilidad de traducir al español *Elsa,* uno de los mejores poemarios de Aragon, que había publicado unos años antes. En esa cena lo conocimos y hablamos de muchas cosas, entre ellas de la traducción de su libro. Al final, por la agitación propia de aquellos tiempos, nos dispersamos y no publicamos nada. Pero nunca se me va a olvidar la impresión que me produjo conocer no solo a Aragon, sino también a Elsa Triolet, que por supuesto lo acompañó esa velada.

Elsa Triolet fue la mujer (la compañera, decíamos entonces) de Louis Aragon. El amor de su vida y su musa, el tema constante de lo mejor de su poesía. *Les yeux d'Elsa, Elsa, Le fou d'Elsa, Il ne m'est Paris que d'Elsa.* Esos son los títulos de los libros de Aragon. Después de haber leído esos poemas, a lo largo de los años, comprenderá que Elsa Triolet era para mí poco menos que la encarnación de la verdad y la belleza.

Al principio, no comprendí. Elsa Triolet resultó ser una señora común y corriente. Aunque es cierto que para ese entonces eran muy mayores (ella misma moriría solo cinco años después), no encontré en Elsa, a excepción de sus legendarios ojos, nada especial que pudiera explicar aquella poesía exquisita. Ningún magnetismo o dimensión oculta.

Le cuento esto porque me llama la atención que alguien, por el simple hecho de haber leído *Oír a Darío*, quiera escribir o saber de la vida de Darío Lancini. Como si la literatura tuviera algo que ver con la vida. La vida sí tiene que ver con la literatura, pero eso es distinto.

En esos años me reencontré con Vida Javeyid, mi primera esposa. Fue ella quien dio lugar a una conversación interesantísima al final de esa cena que, años después, me permitió entender lo que no había entendido la única vez que vi a Elsa Triolet.

Alguien trajo a colación la frase que Breton le dedicó a la inteligencia de su célebre amigo, a su vasto conocimiento de todas las literaturas, las artes y las lenguas. Aragon la desestimó afirmando que el único idioma que en verdad conocía era el francés.

—No puede ser —dijo Vida.

—¿Por qué no? —respondió Aragon.

—Entonces, usted es un farsante.

—¿Por qué lo dice?

Vida hizo referencia a un poema, ya no recuerdo cuál, en el que Aragon citaba unos versos en persa.

—Es así —respondió Aragon—, pero no tengo la menor idea de lo que dicen esos versos.

—¿Y cómo se atreve a incluirlos? —preguntó Vida.

—Por su sonoridad y por su ritmo. ¿Recuerda cuáles son los versos? ¿Podría recitarlos?

Entonces Pierre buscó los libros de Aragon que tenía en su biblioteca y junto con Vida se dieron a la tarea de buscar el poema. Cuando lo encontraron, Vida leyó. Todos los rodeamos, atentos a su voz y a la reacción de Aragon a medida que ella leía. Cerca de ellos estaban Pierre y su esposa, Elsa Triolet y Roque. En segundo plano estaban Lily Brik y su esposo, y un poco más atrás, Eduardo Gallegos Mancera y yo.

Cuando terminó de leerlo, Aragon le pidió a Vida que recitara esta vez solo los versos en persa. Fue entonces cuando empezó a hacer magia, a descifrar a su manera el sentido de aquellas palabras por su sonido, por el juego de las vocales y las consonantes, por el lugar donde debía recaer el acento, según las leyes universales de la poesía que solo unos cuantos seres en la historia del mundo conocían de forma tan misteriosa y exacta como Louis Aragon.

Gracias a la impertinencia de Vida, esa noche recibimos una inolvidable lección. Pero ahora que lo pienso, fue en realidad Lily Brik quien debió de haber asimilado de una manera más profunda las palabras de Aragon.

Lily Brik era la hermana mayor de Elsa. Lo más probable es que su nombre no le diga nada. Lily Brik fue la amante, la auténtica viuda de Vladimir Maiakovski. Elsa y Maiakovski se conocieron en 1915, y a través de ella, él conoció a Lily. Maiakovski y Lily se enamoraron. Elsa quedó destrozada por esa traición y decidió escapar del dolor casándose con un aburrido oficial de apellido Triolet, quien la llevaría fuera de Rusia, dando inicio al periplo de su vida.

El asunto fue un escándalo no solo porque Lily le arrebató el hombre a su propia hermana, sino por el hecho de que Lily estaba casada con uno de los mejores amigos de Maiakovski, el formalista ruso Osip Brik.

Osip Brik fue un hombre de pocas palabras. En comparación con la producción de Roman Jakobson o de Viktor Shklovski, fue casi nada lo que alcanzó a publicar. Sin embargo, Osip Brik tiene un ensayo que resultó decisivo para el método formalista. Se llama *Ritmo y sintaxis*. Déjeme buscarlo para leerle un par de cosas.

«Se llama ritmo —dice Brik— a toda alternancia regular, independientemente de la naturaleza de lo que alterna». Luego agrega: «El movimiento rítmico es anterior al verso. No se puede comprender el ritmo a partir de la línea de los versos; por el contrario, se comprenderá el verso a partir del movimiento rítmico». Qué ironía, ¿no le parece? Que Lily Brik haya tenido que escuchar de boca del marido de su hermana, esa misma hermana a quien traicionó robándole a su amante, quien a su vez era el mejor amigo de su primer esposo, esta confirmación de las palabras de su primer esposo, palabras que con probabilidad presenció en sus primeras formulaciones y que hacia el final de su vida reaparecieron revelándole en su intermitencia el sinuoso *pa dam pa dam* que guía siempre nuestros pasos.

Pero la frase que yo quería leerle es esta: «El verso es solo el resultado del conflicto entre el sinsentido y la semántica cotidiana, es una semántica particular que existe en forma independiente y que se desarrolla según sus propias leyes». Ahí está expresado el enigma que es la literatura en la vida. El concepto de motivación también lo decía, aunque de forma demasiado mecánica: el mundo es una excusa para activar el engranaje literario. Sabemos esto y sin embargo insistimos en establecer relaciones, en buscar anticipaciones, tantear puertas secretas que conecten ambas realidades. La verdad quema. Es una luz que ciega y quema. La buscamos, estamos condenados a buscarla, pero rogamos no llegar a verla de frente. Por eso, nos decantamos por sus múltiples reflejos y a veces nos basta con el rastreo de ese brillo encadenado.

Usted, por ejemplo, quiere buscar al tal Álamo a través de Lancini y para ello debe primero buscar a Lancini a través de Álamo. Sin darse cuenta, su autopsia se ha transformado en un palíndromo. No estoy haciendo juegos de palabras. No es un juego esto que le digo. Visto de cerca, un palíndromo es un laberinto. Si lo ve de lejos, parece más bien una celda, de cárcel o de monasterio. En la perfección de su idéntico camino de ida y de vuelta, los palíndromos pueden encerrar grandes verdades, así como tonterías mayúsculas o alucinaciones sabias. El asunto es que quien descubre los palíndromos se condena a sí mismo a una esclavitud perpetua. El caso de Darío es ejemplar. Estaba tan obsesionado que era distraído y temerario, y por eso siempre estaba bajo amenaza.

—Tenemos que hablar —me dijo Gallegos Mancera al final de la velada con Aragon.

—¿Qué pasó?

—Darío puso la cagada. En el camino te cuento.

15. El amo y el esclavo

Entre 1953 y 1958, Oswaldo Miliani estudió Derecho en La Sorbona. En sincronía con su título obtenido, Venezuela se licenciaba como la nación de la «formidable unidad nacional». Marcos Pérez Jiménez había logrado salir hacia República Dominicana, donde fue recibido por Rafael Leónidas Trujillo. Comenzaba el regreso de los exiliados. Miliani volvió en abril de 1959 y, sin esperar a ver si las promesas de esa democracia incipiente eran o no ciertas, se abocó al trabajo sindical y a la conjura. Bastantes esfuerzos había dedicado Rómulo Betancourt a deslindarse de su pasado comunista, desde los años de la Revolución de Octubre, como para que ellos pudieran abrigar alguna expectativa favorable.

Llegó a la Universidad de los Andes, acompañado de Vida, su esposa, y dos años después se trasladaron a Caracas. A finales de 1961, Vida decidió marcharse. Oswaldo empezó a dar clases en la Escuela de Periodismo de la Universidad Central. En esa época, los cubículos de los profesores de Humanidades quedaban en lo que hoy son las salas de consulta de la Biblioteca Central. Desde que Vida lo había dejado, Oswaldo vivía allí. Dormía sobre una colchoneta, rodeado de libros, exámenes de estudiantes, y también armas largas y explosivos que distribuía entre la guerrilla.

Al lado del cubículo de Oswaldo, estaba el del profesor y escritor Humberto Camejo Salas, laureado poeta, fundador de la Escuela de Letras, defensor del realismo y el criollismo como tendencias autóctonas de la literatura venezolana. Camejo Salas sería el principal opositor de la llamada Renovación Universitaria, que se iniciaría en la Escuela de Letras y seguiría luego en toda la universidad en el año 1969, al grito de «¡Cervantes, camarada, tu muerte será vengada!».

Todo lo que sucedía afuera de la Ciudad Universitaria tenía una réplica dentro, un estremecimiento que muchas veces lo que hacía era retornar a su punto de origen clandestino. En los sesenta, la Universidad Central de Venezuela fue el espacio de encuentro entre la montaña y la ciudad. Un laboratorio donde se ponían a prueba los límites del nuevo sistema. Allí se permitían la libre expresión de las ideas o el reparto descarado en Tierra de Nadie del botín del último asalto a un banco.

De modo que era normal que Camejo Salas estuviera al tanto de las actividades de Miliani. Este, en cambio, nunca supo en qué andaba su vecino de cubículo. La planificación de una huelga, la toma de un puesto de frontera del Ejército, la impresión de panfletos llamando a la revolución, le parecían actividades menos oscuras que el bombillo siempre encendido de la oficina de Camejo Salas.

A comienzos de 1962, Oswaldo recibió una llamada de Vida. Le decía que, después de pensarlo mucho, había decidido volver. Solo necesitaba que le comprara el boleto de avión.

Oswaldo no tenía dinero. Fue a la Caja de Ahorros del profesorado y pidió un préstamo. Luego de varias semanas de trámite y largas conversaciones con Vida, le informaron que podía pasar a buscar el cheque por la taquilla de la Facultad de Humanidades. El préstamo fue de doce mil bolívares, una fortuna para la época. Se dirigió a un banco cercano a la universidad, cobró el cheque y, antes de ir a la agencia de viajes, pasó por una oficina postal. No aguantó las ganas de enviarle a Vida un telegrama con la buena noticia. De regreso en su cubículo encontró la respuesta de Vida. Luego se dijo que era imposible, hacía apenas unos minutos había enviado él su telegrama. Leyó el de ella («Suspendido viaje. Quizás después. O no») y se dijo que todo era posible.

Derrotado y millonario, Oswaldo se marchó de la universidad sin saber qué hacer. Salió por la puerta de plaza Venezuela y caminó hasta Sabana Grande. Pensó en ir a uno de los burdeles de la avenida Casanova, buscar a la prostituta más bonita del local y ofrecerle matrimonio. Pensó en entrar a la librería Suma, gastar la mitad de la fortuna en libros y con la otra mitad pagar un alquiler que le permitiera vivir encerrado hasta que terminara de leer. Pensó en depositar la plata en un banco y luego asaltarlo. Pensaba en muchas cosas más cuando se encontró con un hombre flaco, de grandes bigotes y mirada de estanque mágico.

—¿Qué hubo, Darío?

—Todo bien, muy bien —le contestó con una gran sonrisa.

A Darío lo conocía poco, en realidad. Sabía que había estado preso durante la dictadura y que, al igual que él pero desde México, fue uno de los muchos venezolanos que regresaron en el 58.

—Y tú ¿cómo estás, qué cuentas? —le preguntó Darío.

Oswaldo, en un arrebato de confianza, le confesó que estaba mal. Y le contó el desencuentro con Vida. La promesa del regreso y el telegrama.

—Yo estoy más o menos en las mismas, pero al revés —dijo Darío. Como Oswaldo no entendía, agregó—: Sabes que Magdalena se fue.

Magdalena Salma y Darío Mancini eran amantes. Magdalena era psiquiatra, pero había dejado la práctica de la medicina para convertirse en actriz. En 1961 alcanzó su éxito definitivo con la puesta en escena de la pieza *El amor de los cuatro coroneles,* de Peter Ustinov. Durante los cuatro meses que se presentó la obra en el Mini Teatro del Este, en cada una de las funciones, Darío Mancini estuvo en primera fila contemplándola. La coincidencia de amigos y conocidos que habían visto a Darío en distintas presentaciones hizo circular los primeros rumores. Poco después se dijo que el apartamento que tenía Darío en Vista Alegre, que utilizaba como taller y como casa, lo pagaba Magdalena.

Todos sabían algo de la relación, pero nadie podía afirmar nada de manera rotunda. No solo porque nadie a su vez podía jactarse de ser amigo de Darío, sino también por elemental discreción: en ese momento, Magdalena aún estaba casada con Humberto Camejo Salas.

Después de *El amor de los cuatro coroneles* y de un papel secundario en una telenovela que se tornó decisivo en la trama, Magdalena sintió que el mundo artístico en Venezuela la limitaba. Le había llegado, además, una oferta de trabajo desde México. Lo único que la retenía era Darío. Le pidió que se fuera con ella, pero él no quiso. Allí había transcurrido su exilio hacía apenas tres años, un periodo sobre el que se negaba a decir palabra. Ahora solo quería vivir tranquilo en Caracas y dedicarse a pintar. Fue el mismo Darío quien, con el corazón atravesado por el frío de las decisiones correctas, montó a Magdalena Salma en un barco con destino a México.

Los primeros meses Darío los dedicó a pintar, a trabajar con trazo enérgico en lienzos que al final reflejaban un curso de sangre tumultuoso e inservible. El poco dinero que tenía lo gastaba en los materiales que alimentaban aquel despecho cromático que poco o nada tenía que ver con el arte. Para el instante de su encuentro con Oswaldo Miliani, Darío debía tres meses de alquiler. Manuel Caballero le había prometido mudarse con él y correr con los gastos.

—Pero Manuel llega en dos meses —dijo Darío, preocupado y risueño.

—¿Cuánto debes? —preguntó Oswaldo.

—Setecientos cincuenta bolívares.

Darío observó cómo Oswaldo sacaba del bolsillo de su chaqueta el fajo de billetes más grande que había visto en su vida. Sin ver a los lados, con una maroma de bandido que mostraba el dinero y que al mismo tiempo lo ocultaba, Oswaldo contó los billetes y le entregó los setecientos cincuenta bolívares.

—Yo no puedo aceptar esto, Oswaldo —dijo Darío.

—Tomá, te digo.

—Vamos a hacer una cosa. Yo tomo el dinero pero solo si te vienes al apartamento. Allí hay bastante espacio para los dos.

Oswaldo pensó en su cubículo cada vez más abarrotado.

—¿Y Manuel? —preguntó.

—Después le explicamos que hubo un cambio de planes.

Oswaldo lo pensó unos segundos más. Al final le dijo:

—Darío, pero tú sabes que yo estoy metido en vainas.

—No me preocupa en lo más mínimo.

Esa misma noche, Oswaldo Miliani se fue a vivir con Darío Mancini en el apartamento que este ocupaba en el piso siete de las Residencias Venezuela, ubicado en Vista Alegre y que había pagado hasta el momento la todavía no tan famosa actriz Magdalena Salma.

Antes pasó por la universidad a recoger algunas de sus pocas pertenencias. En el cubículo de al lado vio encendida, como siempre, la bombilla. Le angustió pensar en lo poco que iluminaba esa luz, lo ciego que parecía Camejo Salas sobre las circunstancias de su propia vida. O quizás, pensó luego, esa bombilla alcanzaba otras cosas más allá del hombre y el escritorio que estaban debajo. Oswaldo Miliani trató de imaginar el punto de llegada de esa luz que se erguía en aquel pasillo de sombras como un faro en medio de la noche, pero no vio nada.

En la noche celebraron con una botella de vino tinto la nueva convivencia. La fecha, 23 de abril de 1962, día de la muerte del camarada Cervantes, les pareció un buen augurio. Avanzada la velada, Oswaldo tocó el asunto de Camejo Salas.

—¿Nunca se enteró?

—Me imagino que sí. En todo caso, yo jamás quise preguntarle nada a Magdalena.

—Es raro, ese Camejo. Pasa todo el día encerrado, como si estuviera construyendo en secreto una bomba nuclear. Después uno lee los bodrios en verso que publica, tan simples, tan pendejos. No me gusta.

—Es escritor. Buenos o malos, todos los artistas llevan una doble vida. Son esencialmente hipócritas.

—Lo mismo se puede decir de cualquier persona.

—Lo que digo es que para los artistas, y en especial para los escritores, el mundo es una excusa que les permite llevar esa segunda vida. Y esa segunda vida suele ser un cuarto en el que se encierran para burlarse de los demás.

—¿Y tú?

—Yo no soy ni escritor ni artista.

Oswaldo no supo cómo interpretar aquello, pero le bastó para entender que Darío era una de esas pocas personas que habían llegado de verdad a conocerse a sí mismas.

Las mujeres solían ser las primeras en percibir como un olor este sentido de la armonía. Durante el tiempo que compartieron el apartamento, desde el 23 de abril de 1962 hasta agosto de 1963, Oswaldo pudo comprobar el efecto que Darío provocaba en las mujeres. Darío era una especie de profeta tímido que solo con la mirada, o con la gentileza de sus gestos o con la serenidad que transmitía su silencio, invitaba a peregrinar por simetrías y desiertos.

El tono místico se acentuaba por el hecho de que Darío no se aprovechaba de este poder. Veía en la atracción mutua, inconsciente e inevitable de los seres un hecho moral inobjetable. Sin embargo, descreía de la seducción por considerar que siempre tenía un fondo de engaño y de violencia. Este credo, que Oswaldo apenas podía intuir, Darío debía de tomarlo muy en serio, pues la única vez que lo vio enfurecido fue por este motivo.

Aún no se habían abierto las puertas del ascensor y ya Oswaldo podía escuchar los gritos de Darío. Se apresuró a abrir la puerta y encontró a John Navarro y a su esposa protegiéndose el uno al otro del vendaval.

—¡Eso no es amor! ¡Eso no es amor! —gritaba Darío, destemplado—. Se me van de aquí ya. ¡No los quiero volver a ver!

Oswaldo se hizo a un lado para dejar pasar a la pareja de amigos, quienes trataron de hacerle un gesto que englobara todo: la pena, la perplejidad, el arrepentimiento.

Al tercer cigarrillo, Darío dejó de temblar y pudo explicarle en pocas palabras lo sucedido.

Navarro y su esposa visitaron a Darío para contarle que tenían un problema. Un problema conyugal. Darío no tenía la menor idea de cómo podía ayudarlos, pero les dijo que estaba a la orden. Fue entonces cuando Navarro le confesó que su esposa le había confesado que estaba enamorada de él.

—¿De quién? —preguntó Darío.

—De ti, Darío —dijo John.

Darío no podía creerlo. No podía creer que por cuarta, quinta o sexta vez en su vida, aquello le estuviera sucediendo.

—¿Eso es verdad? —le preguntó Darío a la mujer.

Esta, sin atreverse a mirarlo y soltando unas lágrimas, asintió.

—¿Y se puede saber qué hacen ustedes aquí?

—Después de pensarlo mucho y considerando nuestra amistad, Darío, decidimos que lo más sincero era venir a conversarlo contigo.

—¿Lo más sincero, John? ¿Es que acaso tienen mierda en el cerebro? ¿Es que después de tanto tiempo de casados no tienen idea de lo que es el amor?

Así empezó la arremetida de Darío que Oswaldo presenció en su momento final.

Esta claridad mental se traducía en una relación caótica con los objetos y con el espacio. Darío dejaba un rastro de medias usadas, pinceles, libretas, camisas, libros y colillas de cigarrillo a lo largo y ancho del apartamento, como mendrugos de pan que arrojara para no perderse. Al sentarse, en lugar de aproximarse él con su silla, movía la mesa hacia sí, provocando terremotos domésticos que desesperaban a Oswaldo.

Era frecuente que Oswaldo lo interrumpiera para pedirle que recogiera los platos de la mesa donde él trabajaba, o que le devolviera una tijera que Darío, por supuesto, ya no recordaba haberle pedido.

Una de esas veces que lo interrumpió, lo hizo para pedirle ayuda.

—¿Qué hice ahora? —preguntó Darío, con las manos negras de pintura.

—Nada, viejo. Es que necesito conversar algo contigo, vainas de la universidad, de mis clases.

Oswaldo llevaba meses enfrascado en la lectura de la *Fenomenología del espíritu* y había un pasaje que se le hacía más difícil. Por más que le daba vueltas al asunto, por más que leía y releía, no terminaba de entender la parábola del amo y el esclavo como aproximaciones distintas al orden del pensamiento. La gratuidad o el fin, el principio del placer y el sometimiento eran categorías que se le confundían en el cruce de tahúr con que Hegel ejercitaba la dialéctica.

Darío le pidió que le leyera el pasaje, que además era breve, y escuchó con atención. Luego, como quien no quiere la cosa, empezó a desarrollar una primera interpretación que dejaba de lado por completo el contenido y se concentraba solo en la estructura del pensamiento. Al final de ese recorrido, daba media vuelta a lo dicho y le demostraba cómo cada una de las afirmaciones negaba la otra en un sentido que no era ni ascendente ni descendente sino sencillamente dinámico, después de lo cual era comprensible que en esa lotería de Babilonia que era la razón pura a veces uno asumiera la posición de amo y otras la de esclavo.

—No sabía que eras hegeliano —fue lo que atinó a decir Oswaldo.

—Yo tampoco. Eso que me leíste es lo único que conozco de Hegel.

—Vos sos un genio, Darío —le dijo Oswaldo, medio en broma medio en serio.

—Créeme que ni Hegel ha tenido el tiempo que tuve yo para pensar. Yo pasé cinco años de mi vida, seguidos, pensando —dijo Darío.

Esta anécdota hegeliana sucedió en abril de 1963, cuando Oswaldo estaba por cumplir un año en el apartamento de Darío. Un mes antes, Teodoro Petkoff había caído preso durante una acción urbana. Lo tenían en el cuartel San Carlos, donde, como hubiera dicho el propio Darío, iba a tener mucho tiempo para pensar.

Sin embargo, Oswaldo comenzó de inmediato a planificar la fuga.

Una vez definido el plan, cada uno se puso a estudiar su papel y su función. A Teodoro le hicieron llegar a través de Beatriz, su esposa, unos artículos médicos donde se explicaba la sintomatología de una úlcera gástrica a punto de reventar. Antonieta estaría al volante de su Vauxhall junto con Beatriz y Marina, la hermana de Oswaldo, esperando a Teodoro a la salida del Hospital Militar. Oswaldo debía conseguir la cuerda y hacerle llegar a Teodoro los tubos de sangre apenas un par de días antes de la fecha señalada para la operación.

La mañana del 29 de agosto de 1963 todo estaba dispuesto. Antes de salir, Oswaldo se quedó viendo, pasmado, el rostro de Darío, quien se barruntaba que algo estaba pasando.

—Préstame tu cédula —le dijo Oswaldo.

Darío se la entregó sin siquiera preguntarle para qué la quería. Solo quiso saber cuándo la tendría de vuelta.

—Esta misma noche, si todo sale bien —dijo Oswaldo.

Los días previos, a la hora en que los demás presos se habían acostado, Teodoro sacaba los tubos de la nevera que tenían en la celda y los contemplaba a la luz que se filtraba desde los focos del patio. Se preparaba para lo que suponía sería una reacción inmediata.

El primer contratiempo de esa mañana fue que la sangre no le supo mal ni le dio náuseas. Se bebió hasta la última gota y no pasó nada. No obstante, debía seguir adelante y, a pesar de que se sentía bien, se lanzó al suelo y comenzó a pegar gritos y a retorcerse. Los compañeros dieron la alerta y avisaron a los médicos. De inmediato, lo llevaron a la enfermería del cuartel San Carlos. El médico recomendaba su traslado al Hospital Militar, pero no tenía pruebas concluyentes de que el prisionero estuviese de verdad enfermo. El coronel Pulido Tamayo, máxima autoridad del cuartel, estuvo yendo y viniendo en el transcurso de la mañana para seguir de cerca la evolución de Teodoro. Cada vez se acercaba a la camilla y le susurraba cosas al oído:

—Eres un mentiroso de mierda, Teodoro. Te voy a joder cuando se te pase el dolorcito de barriga.

En cada oportunidad, Teodoro hacía un amago infantil para espantarlo, como si fuera una más de las múltiples pesadillas de su dolor.

Cuando ya han transcurrido dos horas de aquel contrapunteo de muecas e insultos, Pulido Tamayo toma la decisión:

—Llévenlo de regreso a su celda.

El médico lo ayuda a ponerse de pie y Teodoro sabe que es su última oportunidad. Invoca todas las fuerzas posibles, las visualiza como una masa de gusanos en la base de su estómago luchando por salir. Al pasar frente al coronel Pulido Tamayo pega un grito, mientras siente el chorro de sangre que surge como una fuente milagrosa, directo al pecho del oficial.

Una vez en el Hospital Militar, se activa la segunda fase. En la recepción, Beatriz se asegura de que Teodoro ha sido ingresado por la explosión de una úlcera gástrica. Llega hasta el carro de Antonieta y se monta en el asiento del copiloto. Del asiento trasero se baja Marina Miliani, vestida con una bata floreada y un suéter de algodón. Su barriga y sus andares son los de una mujer con siete u ocho meses de embarazo. En el brazo porta una cesta con pan, mermelada, embutidos y un termo con café todavía caliente.

En la recepción le indican que Teodoro Petkoff se encuentra en la habitación 717, en el piso siete. En el ascensor se soba la barriga, rogando que cada mes de embarazo equivalga a un piso. Al abrirse las puertas del ascensor ve el puesto de control ocupado por un cabo muy joven con un arma larga. Detrás de él se ve el pasillo, largo y limpio, sin más vigilancia. Si logra pasar la requisa, el plan seguirá su curso. El soldado le revisa hasta el cabello, pero por respeto no le toca la barriga. Luego abre la cesta, abre el frasco de mermelada, corta el pan en varios pedazos, abre el termo. Huele la infusión y, por su expresión, Marina se da cuenta de que la guardia ha sido larga.

—Déjame por lo menos una tacita —dice Marina—. Ahora vengo a buscarla.

El soldado se sirve una taza de café en el cuenco de la tapa del termo, da el primer sorbo y la deja pasar.

Frente a la puerta de la habitación 717, Marina toca seis veces, aguarda diez segundos y entra. Teodoro la espera de pie. Se abrazan, intercambian atropelladas palabras de afecto y estrategia.

—Hay que apurarse —dice Marina. Entonces mete un brazo debajo de la bata y de la barriga se saca una cuerda de varios metros. Teodoro toma la cuerda, levanta el techo de plafón y la esconde. Marina agarra una de las almohadas y se la coloca en el lugar donde antes estaba la cuerda. Los minutos siguientes los pasa apelmazando la almohada para que se asemeje a la barriga con la que entró. Antes de salir de la habitación, le entrega una cédula.

—¿Y esto? —pregunta Teodoro.

—Te la manda Oswaldo. Por si te la piden al salir.

Una vez solo, Teodoro vuelve a la cama y siente pasar las horas con una lentitud exasperante. A las seis, cuando comienza a oscurecer, se asoma por la ventana. Deja pasar una media hora más, luego procede. Saca la cuerda del techo, la ata a una pata de la cama y la lanza por la ventana. La cuerda no parece cubrir toda la distancia. Desde donde se encuentra, no percibe con claridad si cuando se acabe la cuerda tendrá que saltar un piso o tres. Es en ese instante cuando comienza a sentir las náuseas que no sintió al beber la sangre. El plan, hasta el momento, marcha bien. Ahora depende de él que sea un éxito, que el riesgo que han corrido sus compañeros no haya sido en vano y que esa fuga, la primera de las tres que tiene predestinadas como guerrillero, se concrete para que así la leyenda de Teodoro Petkoff empiece a andar.

Chequea una vez más el nudo en la pata de la cama, toma la cuerda y se descuelga por la ventana. Mientras desciende, Teodoro recuerda la trama de *La montaña mágica*. No hay mucho parecido entre Caracas y Davos, o entre el Hospital Militar y el sanatorio al que llega Hans Castorp. Pero cualquier distracción al vértigo es buena y Teodoro se entrega a la recapitulación de la novela. Lo hace tan bien que sin mucho problema ha alcanzado el suelo. Se acomoda la ropa, trata de peinarse el cabello, se atusa el bigote y camina hacia la salida. Lleva en el bolsillo de la camisa una cédula de identidad con una foto suya que no sabe cuándo se la tomó ni cómo hizo Oswaldo para conseguirla. Después se detiene en el nombre, Darío Mancini, le viene a la mente el rostro de aquel pintor que estuvo preso en la cárcel Modelo y se sorprende por el parecido. El guardia de la entrada no le pide la cédula y lo deja salir sin prestarle atención.

La primera fuga de Teodoro Petkoff se convirtió en uno de los episodios más comentados en la historia de las luchas armadas en América Latina de los años sesenta. A esta acción sumó, en 1969, una gesta no menos arriesgada: la escritura del libro *Checoslovaquia: el socialismo como problema,* una de las más lúcidas y tempranas críticas hechas por un comunista a la invasión de Praga en 1968. El libro causó tal impacto que el mismo Leónidas Brejnev declaró a Petkoff desertor en el XXIV Congreso del Partido Comunista de la Unión Soviética. Esta deserción lo llevaría a fundar en 1971 su propio partido político, el Movimiento al Socialismo, al que Gabriel García Márquez donó en 1972 los veinticinco mil dólares del Premio Rómulo Gallegos otorgado a *Cien años de soledad*. Desde aquella época, García Márquez sería un admirador de la trayectoria de Teodoro Petkoff, hasta el punto de apoyar su candidatura presidencial en el año 1983 con un texto titulado «Teodoro», donde recapitulaba, con algunas imprecisiones, la famosa fuga del Hospital Militar.

Las imprecisiones de García Márquez son secundarias. Por ejemplo, habla de sangre de vaca cuando en realidad fue sangre humana lo que Teodoro bebió. Pudiera parecer grave la omisión de dos detalles decisivos, si no fuera porque nadie sino el mismo Teodoro llegó a percibirlos. ¿Cómo pudo recordar capítulo por capítulo y palabra a palabra una novela tan vasta como *La montaña mágica* y, además, en esas circunstancias? Aparte de esto, Teodoro tampoco podía explicar el hecho de que, al tocar con sus pies el piso, la cuerda se hubiera extendido hasta crecer como una serpiente desmadejada.

Una llamada telefónica interrumpió la lectura de Darío. Colocó el grueso tomo color gris boca abajo, sobre la mesa de noche y fue hasta la cocina a atender.

—Baja en cinco minutos y ábrele a Teo. No se queden hablando en la entrada —dijo Oswaldo.

Una vez abajo, a pesar de la orden, Darío se distrajo unos segundos. Ya Teodoro llamaba el ascensor, pero Darío aún permanecía en la puerta del edificio observando a Antonieta mientras se alejaba, con Beatriz y Marina, en su carro.

En el ascensor, se estrecharon la mano y guardaron silencio. Sus miradas se encontraron en el espejo y al verse reflejados tantas veces soltaron una carcajada.

—Antes de que se me olvide —dijo Teodoro sacando la cédula del bolsillo de la camisa y dándosela a Darío.

—¿Te sirvió? —le preguntó Darío.

—Por suerte, no tuve que usarla.

Al entrar en el apartamento, Teodoro fue directo al baño a darse una ducha.

—¿Tienes hambre? —gritó Darío del otro lado de la puerta.

—No —respondió Teodoro—. Un cafecito basta.

Cuando lo vio salir, recién bañado y vestido, Darío pensó que Teodoro era una versión aguerrida de sí mismo.

—¿Qué pasa? —le preguntó Teodoro, tomando de un trago el café hirviente.

—Nada. Estaba pensando qué habría sido de mi vida si yo hubiera intentado escapar de la cárcel.

—Te habrían matado. Recuerda que, a pesar de todo, los adecos tienen que guardar las formas. A fin de cuentas, a eso se reduce la democracia.

El teléfono volvió a sonar y esta vez, sin perder tiempo, fue el mismo Teodoro quien contestó.

—Ok. Voy bajando —dijo.

En la puerta del edificio se despidieron.

—Gracias por el café.

—De nada —dijo Darío.

En la cocina, se sirvió el fondo de café que había quedado en la greca.

Un tipo cojonudo, este Teodoro, pensó Darío, sin saber que no se volverían a ver las caras nunca más.

Darío regresó a su cuarto, se echó en la cama, tomó de la mesa de noche el libro y continuó con su lectura de *La montaña mágica*.

16. La pintura, el arma

—«*Those to whom evil is done, do evil in return*», escribió Auden —dijo Oswaldo Barreto—. Guasina, por ejemplo, empezó siendo un campo de concentración para nazis. ¿Puede creerlo? Para nazis y para los evadidos de la cárcel de Cayena, como el tal Papillon. También están los que nunca le han hecho daño a nadie y de todas formas el mal los persigue. Hasta con más saña, se diría —agregó.

A Darío estuvieron a punto de meterlo preso otra vez, sin que tuviera la culpa, después de la fuga de Teodoro. A Oswaldo lo agarraron al instante. Durante los primeros interrogatorios no hubo sorpresas: dónde está Teodoro, dónde están las armas, quiénes son tus contactos en las FALN. Lo habitual. Pero se preocupó de verdad cuando las preguntas comenzaron a acertar.

—Tú vives en las Residencias Venezuela, en Vista Alegre, ¿verdad? Esa es tu concha —dijo uno de los policías.

—Ahí es donde se reúnen y organizan todo —dijo otro.

Oswaldo negaba, sin demasiado énfasis, anteponiendo una inducida cortina de estupidez a su alrededor.

Después de las preguntas y la primera tanda de golpes, entró un policía que Oswaldo no recordaba haber visto antes. Era el relevo. Tocaba el cambio de rutina.

Era fuerte, elegante, barbado. Estuvo observándolo varios minutos en silencio, las manos metidas en los bolsillos del pantalón.

—¿Cómo está Darío? —le soltó de repente.

Oswaldo tuvo que hacer un esfuerzo para no moverse.

—No conozco a ningún Darío —dijo al rato.

—¿Estás seguro? Llevas un año viviendo con él. Lo tienes que conocer.

—No sé de quién me está hablando.

—Claro que sabes. Dime una cosa, chico, ¿Darío sigue usando bigote? ¿Sigue pintando?

Algún gesto hizo Oswaldo que lo delató. Aquello le bastó al policía para dar por terminado su trabajo. Se encaminó hacia la puerta.

—¿Quién le digo que lo estaba buscando? —dijo Oswaldo.

El policía se detuvo y luego dio media vuelta. Tenía una sonrisa de ganadero.

—Un amigo. Dile a Darío que le manda saludos su amigo Erasto Fernández.

Esa misma noche Oswaldo le dio el mensaje a Graciela, una de sus hermanas. Ella se encontró con Gallegos Mancera, quien de inmediato habló con Darío.

—Tenemos que gestionarte una beca y sacarte del país —dijo Gallegos Mancera.

—Eduardo, yo tengo treinta y un años —dijo Darío.

—¿Qué importa? La beca en realidad es una asignación mensual. Nada del otro mundo, pero por lo menos no te vas a morir de hambre.

—¿Por hacer qué?

—Lo que necesite el Partido.

—No sé qué es peor.

—La cárcel, Darío. La cárcel es peor. Conociéndote, sé que te vas a ladillar, pero con salir a dar una vuelta por París se te pasa, ¿verdad?

—¿París?

—Ahora entiendes las ventajas de pertenecer al Partido. Deja el apartamento de Vista Alegre y trata de no meterte en líos.

—Gracias, Eduardo.

—No me des las gracias a mí. Dale las gracias al Partido. Si no fuera por el Partido, estarías preso otra vez. O revisándoles el culo a las gallinas en el mercado de Guaicaipuro.

Desde México, pasando por Panamá, Darío y Arnaldo habían regresado a Venezuela en febrero de 1958. Arnaldo consiguió trabajo para ambos como inspectores de aves en los mercados de Guaicaipuro y Coche.

—Fue difícil. Es un puesto muy solicitado por los poetas —dijo Arnaldo—. Sanoja, Pepe y Rafael también aplicaron, pero los jodimos.

Darío asintió, sin reparar mucho en lo que decía Arnaldo ni preguntarse qué hacía en realidad un inspector de aves.

Trabajaron en los mercados durante un año. Las palabras, las imágenes y los olores de esos pasillos especiosos se les enredaban en el cuello, asfixiándolos con dulzura. Darío pintó cuadros con motivos étnicos y frutales. Mujeres negras, robustas, con pechos en forma de cacao y culos de bachaco. Obreros y campesinos pujantes, siempre pujantes, agarrando al desfalleciente mundo como si fueran a alzarlo en brazos.

A comienzos de 1959, Arnaldo y Darío fueron nombrados Caballeros de la Tabla Redonda y abandonaron el trabajo de inspectores de aves. El nombre del grupo no fue producto del afrancesamiento de Manuel Caballero, como insinuó alguno, ni una imposición discreta de su propio apellido, como dio a entender otro. Tenía que ver con la forma de la mesa que solían ocupar en el sótano de la Cervecería Alemana, en el bulevar de Sabana Grande.

En mayo imprimieron el primer número de la revista del grupo. Allí, Darío publicó «De la pintura como arma», un artículo donde afirmaba que pintar «significa fundamentalmente fijar posición, tomar partido, hacer militancia activa al lado de la vida... Crear no es nunca compatible con la indiferencia. Puede ser una constante agonía, que no es otra cosa que afirmar la vida, pero jamás tranquilidad en aguas estancadas. ¡El arte tiene raíz social, colectiva!».

A estos arrebatos de realismo social, sucedían periodos de aislamiento. Meses en los que sus camaradas no sabían en dónde se metía, ni qué hacía, ni de qué vivía.

De pronto volvía a aparecer por los lados de Sabana Grande, en la Cervecería Alemana, en el Chicken Bar o en el Paprika, más delgado y ojeroso. De esas incursiones regresaba con nuevas colaboraciones para la revista, textos esteticistas y melancólicos que reivindicaban el derecho a la soledad de artistas como Van Gogh o Reverón.

Erasto Fernández coleccionaba la revista. Leía con atención cada uno de los artículos, fuesen de Jesús Sanoja Hernández, de Manuel Caballero, de Joaquín González, de Darío Mancini o de cualquier otro. Todos los leía, entre una tortura y otra, entre un allanamiento y el siguiente.

Seguía con fruición la polémica entre los de Tabla Redonda y Juan Liscano. Liscano sí era un verdadero poeta, útil a la sociedad con sus inolvidables jornadas folclóricas. El mismo Uslar, si a ver íbamos, era mejor escritor que todos aquellos comunistas juntos. También intentaba decodificar entre los poemas, los artículos, los dibujos y las reseñas, la clave de conspiraciones futuras. El número 9, publicado en abril, le había molestado en particular. Era, sin duda, el más antigubernamental y subversivo de los que habían editado hasta entonces. El silencio que mantuvieron a lo largo del año anterior, en 1962, le hizo fantasear con la idea de la clausura de la revista. Junto con el PCV y el MIR, pensó que el TR (como los llamaba) también había quedado inhabilitado.

Con los dibujitos que había hecho para ese número y con el dato que acababa de confirmar en el interrogatorio, bastaba para mandar a Darío otros cinco años a la cárcel. No estaba de más hacer una visita al apartamento de Vista Alegre. Era casi seguro que a esa hora ya debía de estar abandonado. En el fondo, el pitazo que le dio a Darío a través de Oswaldo fue un favor por los remotos tiempos de Ciudad Bolívar.

Para la noche del 1 de septiembre de 1963, Darío no solo no había desocupado el apartamento, sino que incluso organizó una pequeña fiesta de despedida. Aún no tenía fecha definida, pero desde que hablara con Gallegos Mancera consideraba que ya estaba a las puertas de la gran ciudad. Algunos creyeron que se trataba de una de las extrañas bromas que Darío a veces les jugaba y no asistieron. Los tres o cuatro que sí, creyeron que el viaje a París se refería, en realidad, a la increíble fuga de Teodoro, que estaba en boca de todos.

La última en llegar fue Antonieta. Erasto no pudo reaccionar. La entrada de esa mujer, delgada, hermosa y ladina con su botella de vino en la mano, lo había dejado boquiabierto.

—¿Quién es usted? Sus papeles —dijo Erasto al fin.

—Es mi modelo —se adelantó Darío, aferrándose al primer cuadro que encontró, de los muchos que estaban regados a lo largo del apartamento.

Erasto se acercó al cuadro que Darío sostenía como por la cintura. La tela representaba a una mujer desnuda, de cabello castaño oscuro como el de Antonieta, pero gorda. En todo caso, con mucha más carne que *La maja desnuda*.

Erasto lo observó con atención durante un par de minutos y luego recorrió de la cabeza a los pies la figura delgada, gacelesca, de Antonieta. Se rascó la cabeza y estuvo unos segundos más comparando el cuadro y la supuesta modelo, hasta que se dio cuenta de la expresión de Darío.

—¿Tú de qué te ríes?

—De nada, Erasto.

—Comisario Fernández para ti, güevón. Recojan y vámonos.

Antonieta salió del aprieto rápido. Al llegar a la sede de la DIGEPOL, llamó a su papá, quien llamó al tío Pedro, quien era amigo del ministro Montilla y logró que la sacaran sin mayor problema. Solo le esperaba el escándalo con que la recibirían en la casa.

A los otros se los llevaron para los interrogatorios de rutina.

—Al artista me lo dejan a mí —pidió Erasto.

Fernández esperaba a que terminaran de tomarle los datos a Darío, quien con el tono educado de siempre, sin levantar la voz pero haciéndose entender con claridad, respondía cada una de las preguntas.

Cuando Darío se levantó, esposado, Erasto lo tomó del brazo y a empujones lo hizo entrar en uno de los cubículos.

Ramón llevaba casi dos horas en la sala de espera de la DIGEPOL, sin tener noticias de su hermano. Fue hasta un teléfono público que estaba en la esquina de la acera, hizo un par de llamadas y al regresar vio a Darío. Venía por el pasillo, tranquilo, sonriente, como si nada anormal hubiera pasado. Ramón vio en el fondo del pasillo, detrás del mostrador de recepción, la silueta de Erasto Fernández. Ambos se reconocieron.

—¿Qué hubo, Abdem? —saludó Darío.

—¿Estás bien? —preguntó Ramón.

En ese instante, Erasto se aproximó.

—Ya sabes lo que te dije —dijo Erasto. Le temblaba la voz.

—No te preocupes —dijo Darío.

Erasto estaba pálido. Regresó a los fondos del pasillo con paso cansado.

—¿Estás bien? —volvió a preguntar Ramón cuando ya estaban en la calle.

—Sí, Ramón. En serio, estoy bien.

—¿Qué te dijo?

—Tengo quc irme.

—¿Qué más te preguntó? Soto dio unas declaraciones terribles. Anda como loco por lo de la fuga de Teodoro.

—No hablamos de eso.

—¿De qué hablaron entonces?

—De pintura, de arte. Pendejadas.

Ramón comenzó a reírse. Eran las salidas típicas de Darío. Dejó de sentir aquella opresión de ancla en la boca del estómago. Luego recordó la palidez del rostro de Erasto, la brisa de miedo que agitó por un segundo sus gestos y pensó que a lo mejor Darío no estaba bromeando. Quizás, en efecto, solo hablaron de eso. Las dos impresiones le parecieron ciertas, pero no encontró el vínculo. De todas formas, no había tiempo que perder. Debía ayudar a su hermano a salir del país si quería salvarlo de la cárcel.

Sabía esto, y también sabía que no lo volvería a ver en mucho tiempo.

17. La princesa y el circo

Las princesas son mujeres que hieren, sin querer, a los demás. Hacen tanto daño con su belleza que con el tiempo se vuelven tímidas. Vuelcan hacia su interior la Gracia, como si así pudieran esconderla. Su personalidad es transparente y dócil como un celofán que apenas protege la rosa.

A los cinco años, María Antonieta solo sabía que era una princesa, que era feliz y eso le bastaba. Tenía un palacio donde vivía muchísima gente que la quería y la cuidaba. Allí vivían sus padres, que la querían más que nadie, y vivía también Catalina, que, aunque no era su hermana, de hecho ni siquiera era de la familia, como tantas veces se le había tratado de explicar, siempre estaba un paso detrás de ella, ayudándola en lo que fuera.

El palacio contaba con un jardín interminable, con matas de jazmín que le susurraban su perfume. Había en los límites del jardín, como en un cuento de hadas, un reino tenebroso: el cementerio de caballos. Hasta ese lugar no se podía ir, pues el cementerio estaba custodiado por un dragón que, cuando despertaba, provocaba el pánico en todo el palacio.

Durante un tiempo, María Antonieta fue la reina indiscutida de aquel Versalles (en esa época dorada, ser reina o princesa era una cuestión de ánimos y no de jerarquías). Después llegarían otras princesas y un príncipe y el palacio se transformaría en una casa muy concurrida, el punto de encuentro de dos grandes familias andinas, venidas a Valera desde Boconó y Trujillo.

Cuando eran muy pequeños, su padre les enseñó a leer y les dio entrada a su biblioteca: «El lugar más seguro del mundo». Aunque desde ese momento y para el resto de sus vidas fueron lectores constantes, María Antonieta fue la única de los siete hermanos en captar la profundidad del mensaje. Su padre parecía querer decirles que aquella era la manera más segura de estar solos.

A partir de entonces, la lectura fue el salvoconducto que le permitía encerrarse en la biblioteca por muchas horas y esquivar las visitas, al menos algunas, de las decenas de tíos, primos y tíos abuelos que tenía. Los mayores le repetían la misma pregunta: «¿Cuántos años tienes?». Para luego comentar, siempre con las mismas palabras: «Euricia, qué bella está la niña».

Cuánto le hubiera gustado, por ejemplo, que alguien le preguntara: «¿En qué se parece un cuervo a un escritorio?». Pero los adultos no preguntaban esas cosas. Tampoco contestaban las preguntas de ella. «Si Catalina no es mi hermana, ¿quiénes son sus papás y por qué no vive con ellos? Si tiene los mismos años que mi prima, ¿por qué no puede jugar con ella?»

Euricia y Eduardo, cada vez que escuchaban aquel «si», se preparaban.

—¿Dónde está Catalina? ¿Es verdad que se fue con el circo? —preguntó María Antonieta una vez.

—¿Quién te dijo eso? —le contestó la madre.

—Lo dice Josefina. Ramiro también lo dice.

—Pues, voy a tener que hablar con ellos para que dejen de inventar historias.

—Cuando vuelva el circo, ¿me puedo ir con ellos?

Euricia peló los ojos, mirando a Eduardo con terror.

—Sigue con la preguntadera, María Antonieta, y la próxima vez que vengan ni de lejos los vas a ver. De esta casa solo sales casada.

Su madre se marchó molesta, dando por cerrado el tema. Su padre le guiñó un ojo.

La adolescencia fue un cuartel de invierno. De temperamento tranquilo, la única falta que María Antonieta y sus hermanas cometieron cada tres meses fue ponerse aún más bellas. El abuelo Alfonso seguía con preocupación los despuntes de sus nietas, María Antonieta la primera, quien iba dejando de ser una flacucha y empezaba a desarrollar sus formas.

Alfonso Granada Urrieta era un viejo militar de los Andes. Después de la traición de Juan Vicente Gómez a Cipriano Castro, se dedicó a sus haciendas, a criar caballos y a enterrarlos. Mucha gente creía que el cementerio de caballos de los Urrieta era una leyenda. Cuando alguno se quebraba una pata, era el general Granada en persona quien le daba, con pesar, el tiro de gracia. Luego, con su propia pala, cavaba la tumba del animal y lo sepultaba. Por escenas como esta, al abuelo Alfonso le tenían terror en la casa.

Sin embargo, la vida no le dio la oportunidad de probar su escopeta con ninguno de los pretendientes de sus nietas. Murió un día, en algún momento entre la una y las cinco de la tarde, sentado en el sillón de la sala contigua al comedor que ocupaba después del almuerzo. La sobremesa soñolienta del abuelo Alfonso nunca se extendía más allá de los tres cuartos de hora, pero el temor a despertarlo y a provocar su ira fue mayor que el hecho extraño de que llevara cuatro horas sentado en el sillón, veteado el rostro por el claroscuro de la sala, en la misma posición y con el mismo gesto en la cara, entre dormido y despierto.

María Antonieta, después de dudarlo mucho, se acercó hasta el sillón, tocó al abuelo por los hombros y comprobó que el dragón de su infancia estaba muerto.

Franqueada por el destino la puerta del rosedal, aparecieron los primeros pretendientes. Desde que lo conoció, María Antonieta no dudó en preferir a Mauricio Caminos. Su familia vio con buenos ojos las atenciones del joven y antes de que pudiera acostumbrarse a caminar acompañada o a sostenerle la mirada a un hombre diez años mayor que ella, ya el matrimonio estaba decidido. María Antonieta no recordaba haber sido consultada por sus padres ni por Mauricio, pero era tanta la alegría de las dos familias que supuso debía alegrarse también.

La luna de miel fue un viaje por Centroamérica, México y los Estados Unidos. Al regreso, un par de meses después, estaba embarazada. María Antonieta y Mauricio estuvieron casados siete años y durante ese tiempo tuvieron cuatro hijos.

En tardes donde el cansancio extremo y cierta placidez se confundían en un mismo sopor, María Antonieta sacaba cuentas: siete años, cuatro hijos, tres años embarazada, dos días y medio dando a luz, cuatro años y nueve meses criando a los bebés, sin saber lo que era una noche seguida de sueño.

Nunca hubiera pensado que todo ese derroche de energía que la dejaba exhausta era la felicidad. Que eso que ella había recibido en un abrir y cerrar de ojos era lo que buscaban muchas mujeres, a veces a lo largo de los años y sin la garantía de encontrarlo. La vida podía ser desconsiderada al arrojar sobre unos pocos hombres y mujeres aquellos fardos de plenitud.

Entonces sintió la angustia. Fue un día que Mauricio se había llevado a los niños a visitar a los abuelos y tuvo la casa para ella sola. Al fin tenía ese remanso de paz que le había sido esquivo por tantos años y ahora no sabía cómo manejarlo. Solo supo hundirse en el silencio de aquel espacio vacío, sin música, sin el tumulto rumoroso que toda alma viva siente en soledad.

Al día siguiente mandó hacer su propia versión del lugar más seguro del mundo. Cerró con una pared una antesala que nunca se utilizaba, habilitó una puerta y construyó la biblioteca.

Su padre le permitió traerse buena parte de los libros que había leído en la infancia y en la adolescencia. Los maestros rusos y los clásicos franceses e ingleses del siglo XIX colmaron el primer estante. Rómulo Gallegos, Teresa de la Parra, Andrés Bello y otros autores venezolanos ocupaban con timidez dos repisas del segundo estante. Las otras dos repisas fueron llenadas poco a poco en el transcurso de los meses siguientes con las obras de Jean-Paul Sartre, Virginia Woolf, Marcel Proust, Sigmund Freud, Franz Kafka, Henry Miller y James Joyce, entre otros autores.

Leyendo a esos autores entendió que se podía ser feliz y amar a ciertas personas y al mismo tiempo querer ser feliz de otra manera y querer amar otras cosas. Amar, por ejemplo, una idea con la misma pasión con que se puede amar a una persona concreta. Entendió que ese nudo contradictorio donde revoloteaban tantos deseos distintos se llamaba *plexus* y estaba situado como un pliegue de sombra entre el estómago y el corazón.

Mauricio observaba. La veía entrar en su biblioteca con una ansiedad nueva, para verla salir horas después con la mirada enfebrecida por una intuición lejana. Mauricio comprobó que muchas cosas estaban pasando. Cada vez más familias de Valera, de Trujillo, de Boconó, de Mérida o de San Cristóbal se mudaban a Caracas. Él mismo, por cómo se estaban moviendo los negocios, debía viajar con mucha frecuencia a la capital. La caída de Pérez Jiménez había sido como el pitazo de una carrera en la que todos sabían que debían participar, aunque no estuviera definida la meta ni el recorrido. Dos años después, cuando María Antonieta le dijo que quería separarse e irse a vivir a Caracas con su familia, Mauricio no se sorprendió y aceptó el curso que tomaban las cosas. Siempre quedarían los recuerdos y los hijos. Siempre podría decir que tuvo a la belleza sentada en sus piernas, con su promesa de hechizo, dolor y fuga y que fue valiente y que no la despreció.

Encerrada en su biblioteca, María Antonieta no solo leía. A veces dejaba la mirada quieta en un punto ciego, mientras horadaba el aire. En esos celajes encontraba escenas absurdas. Versiones de sí misma que así como la reconfortaban también la dejaban taciturna. Imaginaba, por ejemplo, que esa biblioteca era la de su padre y ella seguía teniendo dieciséis años. Mauricio entraba a la biblioteca y hacían el amor protegidos por un biombo. Su padre entraba de repente a la biblioteca y los sorprendía. Se enfurecía tanto que se transformaba en su abuelo, sacaba una escopeta y le disparaba a Mauricio. En las noches, se aferraba de pronto al pecho de su marido para conjurar esas imágenes que aún no comprendía.

En otras ocasiones se dedicaba a leer una y otra vez las cartas de Oswaldo, amigo suyo y de su familia que llevaba un tiempo viviendo en París. Se fascinaba con las noticias de un mundo que le resultaba tan atractivo como de pequeña fue para ella el de *Alicia y el país de las maravillas*. Oswaldo le hablaba de autores y libros que acababa de descubrir, a veces le mandaba algunos ejemplares por correo. Ella lo sorprendía con referencias y lecturas que eran insólitas en alguien que apenas había salido de una ciudad como Valera, envuelta en un eterno aire de otra época.

En abril de 1959, Oswaldo regresó al país. Estuvo un mes en Caracas y luego consiguió un puesto de profesor en la Universidad de los Andes. Desde Mérida podía viajar con frecuencia a Valera, para visitar a la familia y a los amigos. En 1961 consiguió trabajo como profesor en la Escuela de Periodismo de la Universidad Central y se mudó otra vez a Caracas.

La noche antes de su partida, Oswaldo y María Antonieta conversaron.

—¿Y vos qué pensás hacer, Antonieta? —Oswaldo la llamaba así—. Hablé con doña Euricia y me dijo que también se van para Caracas a finales de año.

—Sí. Cada vez se hace más difícil para papá y mamá encargarse de la venta de los terrenos.

—Tienes que venirte, entonces.

—No puedo. Y además, irme a Caracas a hacer qué.

—Lo que vos querás, Antonieta.

—Estudiar.

—Ahí lo tienes.

—Me gustaría estudiar. Pero no me puedo ir.

—Si te quedas, vas a terminar siendo una más de esas señoras que no hacen otra cosa que jugar bridge y canasta.

María Antonieta no sabía jugar bridge ni canasta, pero calculó que para cuando los muchachos se hubieran casado y marchado del hogar, ya sería una experta. Se imaginaba a sí misma, en sus divagaciones en la biblioteca, como una Miss Marple andina. De día una simpática abuelita y de noche una detective sagaz que resolvía crímenes. Pero ¿cuáles crímenes podría resolver en Valera? Un robo de ganado, un escopetazo en la cara de un campesino, una puñalada trapera bajo un puente. Delitos explicables por los celos, la codicia y el miche. Dependiendo del ánimo, esas fabulaciones podían hacerla llorar o provocarle un verdadero ataque de risa.

En octubre de 1961 recibió una carta de Oswaldo. Había hablado con Beatriz Rivera, una amiga profesora de la Escuela de Educación de la Universidad Central, y la había inscrito en esa carrera. Solo tendría que formalizar personalmente la inscripción. Comenzaba clases en marzo del año siguiente. Oswaldo hablaba de su «plan» con el mismo acento de intriga con que hablaba de la revolución. No recordaba haberle dicho a Oswaldo cuál carrera quería estudiar. Ella misma no lo sabía.

Aunque todo era una locura, en el fondo agradecía, de nuevo, no tener que tomar ninguna decisión. Solo debía seguir el rumbo que le señalaban, como fuegos de artificio en lontananza, los entusiasmos ajenos.

«La paz se acabó en esta casa», decía ahora a cada rato la señora Euricia, aunque entre la mudanza y la nueva vida en la capital, aquella casa no hubiera tenido todavía el primer instante de calma.

Jorgito, que se había hecho comunista en el bachillerato, sobre todo por influencia del tío Alejandro, apenas llegó a Caracas se puso en contacto con las «células» de la ciudad. Así se agrupaban y así se llamaban, como si fueran esporas. Y la verdad es que algo de esporas tenían por el modo de juntarse.

—Las malas juntas siempre se le han pegado a Jorgito como cadillos en la ropa —se quejaba la señora Euricia.

—Siempre —corroboraba la abuela Estela.

Jorge pasaba el día en la universidad y regresaba de noche a casa, para cenar y luego encerrarse en su cuarto. A veces lo acompañaban otros muchachos, «compañeros de lucha», los presentaba Jorge, y la señora Euricia y doña Estela se persignaban cada vez que escuchaban aquellas palabras. «Compañero», «lucha», «camarada», «célula», «comité» eran términos que solo presagiaban desgracias.

María Antonieta no se preocupaba por la militancia de Jorge. En su cuarto, él y sus camaradas lo que hacían era hablar de Cuba, de la URSS y de la revolución mientras fumaban porros. Ella lo sabía porque desde que los descubrió, quiso probar y después no perdía ocasión de fumar con ellos. De política, revoluciones y guerrillas, María Antonieta no opinaba. Le bastaba con asistir, callada, a las reuniones que organizaba Oswaldo, quien de verdad estaba, como se dice, metido en la candela. Expresión recurrente en Jorgito y sus amigos, tan ufanos y a la vez tan alejados de todo fuego que no fuera el del yesquero con que encendían los porros.

Aunque eran incapaces de reconocer las emanaciones de ese cuarto, algo se olían la señora Euricia y doña Estela, pues hasta María Antonieta, siempre tan obediente y recatada, ahora se la pasaba con una gente de muy mal aspecto, incluso de peor facha que los amigos de Jorgito.

—Ahí viene el circo —decía la abuela cuando veía el auto de Oswaldo entrar al estacionamiento de las Residencias Valencia.

—Parece un carro de payasos —completaba la señora Euricia, al verlos bajarse. Y se iba a tocarle la puerta a María Antonieta.

El circo lo conformaban Verónica Dennis, la gigante; Josué González, el enano; Oswaldo Miliani, el tísico, y Darío Mancini, el bigotudo. Los sobrenombres y su reparto eran creación compartida de la señora Euricia y doña Estela. Una humorada con la que disimulaban, y en ocasiones ni eso, el recelo con que los recibían cada vez que venían a molestar a María Antonieta.

A principios de 1963, la familia se mudó de nuevo. De las Residencias Valencia, en Las Mercedes, pasaron a las Residencias Machango, en Chuao. La distancia entre ambos conjuntos de apartamentos era muy corta y, sin embargo, la señora Euricia creyó despistar a los amigos de sus hijos con aquel ingenuo enroque. El circo tomó nota del cambio de dirección y empezó a frecuentar el apartamento de Chuao. Si algo bueno tenían esos muchachos es que eran educados. No como los amigos de Jorge, que solo pegaban un cornetazo para llamarlo, como si fueran unos forajidos. Estos, en cambio, cada vez que llegaban, se bajaban a saludar. A veces no iban a ninguna otra parte y se quedaban en la sala conversando hasta la medianoche. En ocasiones, incluso, amanecían en la misma sala, esperando con candor a que ellas les prepararan el desayuno. Aunque dejaban el apartamento apestoso a nicotina, era mejor así. Eduardo se animaba tomando el café de la mañana con los jóvenes y María Antonieta no andaba de noche por la calle.

Después ocurrió lo de la fuga del otro muchacho, en la que involucraron a María Antonieta. Qué escándalo, Virgen santa, menos mal que nadie fuera del círculo cercano de la familia se había enterado. Solo Pedro, que fue quien habló con el señor ese, de apellido Montilla, el ministro, para lograr que soltaran a la muchacha de inmediato. Más allá de la angustia y la vergüenza, en el fondo había sido una bendición aquel susto, así Jorgito y María Antonieta entenderían el peligro que corrían por andar con esas compañías.

Doña Estela y la señora Euricia vivieron, al fin, unos meses de tranquilidad. Por la prensa se enteraron de los detalles de la espectacular fuga de Teodoro Petkoff del Hospital Militar. ¿Quién, conociendo solo un poco a María Antonieta, hubiera creído que ella tuvo algo que ver en eso? Ese era el problema de vivir en una ciudad como Caracas, donde las familias se separan y nadie conoce el apellido del vecino.

El circo se había dispersado. Darío había escapado a París. Verónica tuvo que salir hacia México, a la carrera, cargando con sus pequeños hijos, por las actividades de su marido. Oswaldo, una vez que estuvo libre, había vuelto a la clandestinidad. Aunque le preocupaba el destino de todos esos muchachos, más le preocupaba a la señora Euricia el de su María Antonieta, quien ahora sí tendría la paz necesaria para dedicarse por completo a sus estudios, que a eso había venido a Caracas.

Por eso, la señora Euricia se quedó petrificada cuando su hija, su primogénita, le informó de su decisión de irse a París a finales de año.

—¿A París? ¿A qué? —preguntó Euricia.

—Seis meses. Unos cursos en los que me inscribí con Beatriz.

—¿Y tus estudios?

—No me voy a inscribir este semestre. Me reincorporo en el próximo.

—Te lo prohíbo, María Antonieta. Andas de un lado para otro, a lo loco. Tú tienes una carrera que terminar y una familia que atender.

—Son solo seis meses, mamá.

—Tú lo que quieres es ir detrás del muchacho ese. No creas que no me he fijado en ustedes. Seguro que el resto del circo también va para allá. Eso es todo lo tuyo: ir detrás del circo.

Aquel regaño fue la revelación. Le gustó saber que dentro de su grupo, en la enredadera de proyectos, acciones y conspiraciones, existía una conjura íntima de la que solo ella y él participaban, que hasta ahora había sido tan sutil que incluso llegó a parecerle un espejismo.

Pero en ese momento, más importante fue el descubrimiento que hizo su madre, quien la conocía mejor que nadie, de sus verdaderas intenciones con el viaje. En un segundo María Antonieta comprendió lo que había estado tratando de entender desde su infancia, eso que Ramiro y Josefina cuchicheaban en la cocina o en un recodo del jardín. Eso que se había ocultado a sí misma desde entonces, pues nada más pensarlo era aceptar algo doloroso, vergonzoso, de lo que no era culpable pero tampoco del todo inocente. Comprendió quién había sido en realidad Catalina y por qué se había escapado de esa manera. Y entonces decidió, al igual que Catalina más de veinte años atrás, recorrer el único camino posible, que era también el más peligroso, el que brindaba menos seguridades y atemorizaba más.

—Sí, mamá. Yo también me voy detrás del circo —dijo Antonieta.

Y ese «también» resonó en los oídos de la señora Euricia como un portazo que clausuraba toda una época.

18. París

La revista se llamaba *La Paz y Otros Problemas del Socialismo*. El nombre era tan divertido que a Darío se le hizo imposible, durante el año y medio que estuvo en París, tomarse en serio su trabajo. Era el corrector de los artículos para la versión en español de la revista. Era bueno corrigiendo. Solo se necesitaba conocer el idioma y prestar atención.

Le tomó dos semanas adaptarse a la nueva rutina y una más para aburrirse. Entonces comenzó a introducir errores en los artículos. Le maravillaba ver cómo un «no» le cambiaba todo el sentido a un texto, transformando al autor, un consecuente revolucionario, en un reaccionario y en un traidor.

La primera vez que lo hizo pensó que terminaría preso o deportado o expulsado del Partido. Nada sucedió y poco a poco, a medida que alteraba la grafía de una palabra o la sintaxis de una frase, o mientras introducía códigos modificando la letra inicial de cada párrafo («Stalin, mámalo», fue su acróstico más temerario), comprobó lo que ya sospechaba: nadie, ni de la CIA ni del KGB, ni ningún camarada del Partido, leía aquellos artículos. O no los leían con atención, que venía a ser lo mismo.

De resto, se dedicó a disfrutar la ciudad, envuelto en un aire ebrio, de indolencia, que lo mantenía distante del entorno. Cada rato libre lo aprovechaba descubriendo cafés, librerías, pasajes insólitos entre las calles abigarradas. El Louvre y el Rodin se transformaron en su laberinto renovable. Fue en París donde se atiborró de arte y abandonó la pintura. Nunca se había sentido tan libre. Los amigos, por su parte, completaron la aporía cuando empezaron a referirse a él como un verdadero artista, un genio.

La primera en caer bajo su influjo de creador sin obra fue Belén. Ella también era artista, pero intuía que sus obras siempre serían menos que todo lo que Darío había decidido no hacer. A poco de conocerlo, sin preguntarle, se mudó con él al apartamento que le habían asignado en el número 51 de la rue Mazarine. El apartamento estaba alquilado a nombre de Antón Parra, quien era el coordinador para Latinoamérica de las juventudes comunistas que vivían en París o que pasaban por ahí en su camino hacia los países del bloque.

Darío no supo explicarle cómo la compañera Larralde había logrado meterse en el apartamento con sus pertenencias y sus materiales de trabajo. El asunto no parecía importarle.

—Por favor, no hagan mucho desastre —le dijo Antón.

Darío lo miró extrañado, como si no supiera de qué le estaba hablando.

Tiempo después, con la visita de Edmond, a Parra le quedó claro que Belén era una mujer tonta y peligrosa. Cuando Edmond bajó del taxi y lo reconoció, lo primero que ella dijo fue:

—Hoy me cojo a ese tipo.

Lo dijo enfrente de Antón y del propio Darío. Sin ningún recato, con el mismo gesto de macho en cacería que ponían las mujeres más idiotas del Partido cuando en alguna reunión aparecía un cubano con su barba, su boina y su habano. Lo que más le desagradó fue la respuesta de Darío: un resoplido de chiste malo con el que neutralizó el veneno del comentario de Belén.

Esa noche, tal y como había prometido, Belén se fue a la cama con Edmond, en el cuarto de invitados que Antón Parra le había acomodado a su amigo en el apartamento de la rue Daguerre, adonde se había mudado después de cederle a Darío el de la rue Mazarine.

Edmond se encontraba haciendo un doctorado en Marsella, pero los fines de semana los pasaba en París, compartiendo con el grupo de venezolanos. Fue él quien puso a Antón al tanto del estado en que se encontraba el apartamento. Belén lo había llevado un sábado por la tarde. Vio los potes de pintura volcados en el piso, las colillas de cigarrillo marcando senderos de ceniza, las botellas vacías de vino tinto haciendo de rodapiés a lo largo de la sala, las mochilas de otros compañeros que pernoctaban más de una noche, la cara larga de la *concierge,* que permitía intuir peleas con los inquilinos por distintos motivos.

—¿Y Darío? —le preguntó Edmond la segunda vez que lo llevó al sucio apartamento.

—En la revista, me imagino. O en algún museo. O paseando. Quién sabe —dijo Belén.

Edmond captó un tic de resentimiento y comprendió que aquel piso era un altar a la desesperación, un intento furioso por llamar la atención de Darío.

—¿Puedo ver su cuarto? —preguntó Edmond.

—Claro —dijo Belén. Y le sorprendió que le respondiera con esa disposición, sin suspicacia, como si fuera lógico que alguien como él quisiera detallar con impunidad el espacio donde dormía y despertaba y mataba el tiempo alguien como Darío.

Era una habitación limpia, austera, de monje. O puede que la percibiera así en contraste con la dejadez de la sala, la cocina y, en particular, la habitación de Belén. El colchón estaba echado sobre el parquet. Sobre el colchón, una almohada, un juego de sábanas y un edredón doblados. En una esquina, un tocadiscos junto a una pila de discos de música clásica y un cenicero recién vaciado. A los pies del colchón, una edición de bolsillo de *Ubu enchaîné*, de Alfred Jarry, editada por Le Livre Club du Libraire. Se fijó en los datos por una circunstancia extraña. Había un error en el colofón, pues decía que el libro había sido publicado en 1965 y aún estaban en 1963. Había un ejemplar, casi nuevo, de *Finnegans Wake*. También había un ejemplar en español, sin portada, de *La condición humana* de Malraux. Buscó el colofón y de nuevo se sorprendió. La edición databa de 1950, pero lo ajado de sus páginas, untadas de un color amarillo grasoso, hacía pensar que el libro era en realidad mucho más viejo.

¿Qué posibilidades había de encontrar en una misma habitación ejemplares de dos libros distintos que contenían errores en el colofón? ¿Se dedicaba Darío a coleccionar ejemplares defectuosos? ¿Para qué?

Tenía ganas de abrir la puerta del clóset y escudriñar entre sus ropas, pero le pareció excesivo. Belén no perdía uno solo de sus movimientos y es seguro que no entendería nada. ¿Lo entendía él, a fin de cuentas? Dudó unos segundos más, pero de pronto un olor nauseabundo lo hizo reaccionar. Lo sintió en las ropas, muy cerca de sí. Levantó las manos y las acercó a su nariz. Entonces lo golpeó la fetidez y corrió al baño a lavarse.

Esa vez no quiso quedarse mucho rato. En la noche, acostado en el cuarto de invitados del apartamento de la rue Daguerre, volvió a olerse las manos para comprobar que no quedaba ningún resto de ese olor en sus dedos, pero al mismo tiempo temeroso de no hallar al menos un resquicio. Sí, allí estaba, escondido entre el desinfectante y la fragancia a lavanda. Ese olor que se le hizo familiar en sus años de estudiante de Medicina, cuando realizó sus primeras autopsias. El inconfundible olor a muerto que se había adherido a las páginas color hueso de aquella edición de la obra de Malraux.

Edmond le contó a Antón solo una parte de lo que había visto y, sobre todo, sentido al visitar el apartamento de la rue Mazarine. Cuando su amigo le preguntó por Darío, solo le dijo:

—Darío es un espíritu superior, no sé si me explico —dijo Edmond.

—No. Explícate.

—Solo tenle un poco de paciencia.

A finales del año 1963 llegaron Beatriz y Antonieta. Se hospedaban en el hotel Las Cuatro Naciones y las clases del curso de invierno las veían en un edificio de aulas ubicado en la rue Mouffetard. Cuando salía temprano de la revista, o cuando se escapaba de la oficina, Darío las esperaba a la mesa de algún café de esa calle, siempre con su ejemplar de *Ubu enchaîné* y su libreta, donde hacía dibujos y crucigramas, a juzgar por lo poco que alcanzaban a ver los amigos que de pronto se lo encontraban.

A veces, por azar, se formaba una especie de delegación venezolana en París, que recorría los cafés de la ciudad, para terminar en el apartamento de alguno de los representantes del Partido, que disponían de mayor espacio para acogerlos a todos. En esas ocasiones, Darío se despedía temprano, o, si se quedaba, lograba configurar un *petit comité* dentro de las grandes mesas o en las salas de estar del apartamento en que estuvieran. Esos conciliábulos eran como un oasis irónico en medio del desierto de las vocaciones firmes y las declaraciones de principios.

—Cuidado y te muerdes la lengua, Darío —le dijo un camarada una noche en que lo escuchó desestimar, risueño, las posibilidades de triunfo de la guerrilla en Venezuela.

Edmond, que había estado escuchando la conversación, comprendió con claridad lo que el camarada le había querido decir. Darío tenía algo de socrático en su forma de ser. Era como un volcán apagado que apocaba los entusiasmos con su silencio y sus cenizas. Y en cierto sentido, Sócrates era una metáfora de la inteligencia desbocada, de alacrán, que termina pinchándose a sí misma cuando se aburre del mundo.

Sin embargo, pensaba Edmond, Darío puede salvarse. En el fondo, es como un niño. Y está Antonieta, por supuesto. Edmond había percibido que solo con ella el sarcasmo de Darío desaparecía. ¿Cuánto tardarían en darse cuenta? Y una vez juntos, ¿cuánto tardarían en descubrir que pese al encuentro seguían siendo ellos mismos y todo estaba condenado desde el principio? En una ocasión, tomando un café con Antonieta en Le Dôme, mientras esperaban a otros compañeros, llegó a decírselo.

—Se nota que estás buscando algo, pero esa búsqueda da vértigo.

A Antonieta no le gustaba Edmond. A Darío tampoco. En una oportunidad, la vez que recorrieron el cementerio de Père-Lachaise, lo comentaron. Se habían detenido frente a una tumba que llamó la atención de Antonieta. La leyenda rezaba que se trataba de un pintor. Una gran placa de bronce, con relieves, reproducía el que al parecer era su cuadro más importante.

—*Le radeau de La Méduse* —dijo Darío—. De Géricault. ¿Conoces la historia del naufragio?

El 5 de julio de 1816, los pasajeros y la tripulación de la fragata francesa *La Méduse,* después de tres días de esfuerzos en vano, entendieron que la nave había encallado irremediablemente. Solo unos pocos miembros de la tripulación (a la larga, los de más experiencia) permanecieron a bordo varios días más hasta ser rescatados. Otra buena parte se salvó del naufragio conquistando un puesto en los botes auxiliares y el resto, cerca de ciento cincuenta personas, se las arregló en una especie de balsa pésimamente construida. De estos balseros posnapoleónicos, solo sobrevivió una quincena. Con el correr de los días muchos se suicidaron, otros fueron arrojados al mar mientras peleaban por un resquicio de madera y otros sirvieron de aliciente para los actos de canibalismo y locura que marcaron la parte final de aquella trágica deriva.

—El 5 de julio de 1816 —repitió Darío—. Ciento dieciséis años después, nací yo.

Darío sonreía. Le parecía divertida la coincidencia, como si su propia vida fuera una pieza de la fragata que, por el empuje de un siglo de agua, hubiera sobrevivido al naufragio. Antonieta se hundió en aquellos ojos que siempre la habían llamado y se aferró al madero en medio de la tormenta. En ese instante supo que estaba enamorada, que desde que lo conoció lo había amado.

—¿Cómo sabes todo eso? —fue lo único que atinó a decir Antonieta.

—Por carambolas. Me fijé por primera vez en el cuadro gracias a Edmond. Una mañana lo encontré en el Louvre, contemplándolo, absorto. Me llamó la atención que cuando me fui, casi a las cinco de la tarde, Edmond seguía en el mismo banquito frente al cuadro. De hecho, cuando va al Louvre, las veces que lo he visto al menos, siempre está sentado allí.

Entonces, Darío buscó un tiempo durante la semana para ir al Louvre y observar él también el cuadro, con calma y con la seguridad de que no se iba a encontrar con Edmond.

—No me gusta él —dijo Darío.

—A mí tampoco —dijo Antonieta—. Siempre está como espiándonos. Uno habla con él y es como si te estuviera psicoanalizando.

—Deformación de oficio.

—Supongo.

Después caminaron hasta la colina desde la cual, según Victor Hugo en *Los miserables,* se observaba una panorámica increíble de París. No vieron nada.

Apenas un retazo de la ciudad al fondo, entre los árboles, cubierto de niebla.

El cielo estaba encapotado. A lo lejos un relámpago rayó el gris del aire y luego escucharon el trueno.

—Se viene una tormenta —dijo Darío, con el mismo semblante alegre.

—Sí, vámonos —dijo Antonieta, quien sin saber por qué sintió que el clima le reprochaba algo.

Antón Parra logró que Belén abandonara el apartamento de la rue Mazarine. Fue entonces, en la primavera de 1964, cuando Víctor Teixeira apareció por la ciudad y ocupó la habitación de Belén. Esta vez había sido el mismo Darío quien lo había invitado a mudarse con él. Se lo contó a Antón, remarcando la diferencia del caso, sin darse cuenta de que de nuevo alguien extraño se había metido en su apartamento y de que de nuevo a él, el verdadero arrendatario, lo habían ignorado por completo.

Darío lo presentaba en los cafés y en las reuniones como un viejo amigo. Nadie lo conocía, ni de París ni de Caracas. Alguien dijo que venía de la RDA, pero el Siddhartha Arrecho, que había estado en Leipzig estudiando cine, negó haberlo visto ni una sola vez por esos lares. Cuando se supo que en realidad había vivido casi veinte años en distintas ciudades y pueblos de los Estados Unidos, aumentó el recelo.

Víctor Teixeira era poeta. El mejor poeta venezolano desde Salustio González Rincones, afirmaba Darío, pero nadie en el grupo sabía si lo decía en serio o solo por provocar. Al igual que Darío, Teixeira parecía un poeta sin obra y esa condición también le brindaba una aureola de posibilidad.

Después, los rumores proliferaron en tantas direcciones exóticas que Víctor Teixeira se convirtió en poco menos que un loco o una atracción de feria. Se dijo que era amigo íntimo de los escritores de la generación beat; se dijo que el mismísimo Jack Kerouac lo mencionaba en *On the Road;* se dijo que había tenido que huir de los Estados Unidos después de matar a su mujer; se dijo que cargaba, en un frasco relleno de formol, con el cerebro de su esposa muerta.

Alguien se tomó el trabajo de revisar la novela de Kerouac y, en efecto, hacia el final había encontrado una mención a un poeta venezolano, que se llamaba Víctor Villanueva, y a una chica, también venezolana, de mucho dinero, viciosa y loca, a quien el narrador (entre paréntesis, Jack Kerouac) llamaba «Venezualla». Datos muy interesantes pero en absoluto concluyentes para establecer que ese Villanueva fuera en realidad Teixeira.*

Lo cierto es que Víctor Teixeira y Darío Mancini vivían juntos y andaban juntos y más de un poeta malhablado empezó a insinuar otras cosas, cosas que nadie en el fondo creía, pero que se contentaban con repetir o aceptar con un silencio cómplice, pues todos, de una u otra manera, participaban en el asedio.

Después del paseo por el Père-Lachaise, Darío y Antonieta se distanciaron. Como un sello que lacraba sus intuiciones, Antonieta solo recibió una postal que le dejó Darío en la recepción del hotel. Era una reproducción de *Le radeau de La Méduse* con una extraña nota manuscrita que decía: *«Théodore Géricault: l'orage déchire tout».*

Entonces no se había equivocado. Pero ¿cuál era el sentido de todo aquello? ¿Por qué ese reconocimiento súbito y por qué la prisa en desmontar la ilusión?

* Hace poco pude revisar la edición de *On the Road* que Penguin Books publicó en 2008, subtitulada *The Original Scroll,* donde aparecen los personajes con sus nombres reales, tal y como Kerouac los menciona en el manuscrito original. Víctor Villanueva es, efectivamente, Víctor Teixeira. El problema es que Víctor Teixeira, poeta venezolano, no aparece en ningún registro civil, ni en ninguna biblioteca, antología o catálogo editorial.

Darío comenzó a vivir con ese personaje tan extraño, Teixeira, y ella, bueno, al menos había conocido a Nicolás. Le sorprendió reconocer que aquella tosquedad del trato le resultara atractiva. Además de lo guapo que era.

A Nicolás Arriechi le decían el Siddhartha Arrecho. Era cineasta, budista y siempre andaba de mal humor. Antonieta pensaba que lo de Nicolás no era mal humor, sino que se lo tomaba todo demasiado en serio: el cine, la revolución, el budismo. Cada plano era definitivo y a veces esos planos se cruzaban. Por eso explotaba, por eso en ocasiones se pegaba esas borracheras que terminaban tan mal, por eso solo podía discutir y no conversar.

A pesar de todo esto, o por todas estas cosas, a Antonieta le gustaba estar a su lado. Esa sensación de piso seguro donde colocar los pies y de terremoto, que solo ella podía calmar, se asemejaba mucho a la idea de riesgo que todos parecían buscar, ese deseo de atravesar con los pies descalzos la candela de los tiempos.

En la primavera de 1964, Antonieta se fue con Nicolás a Alemania. Estuvieron varios meses, mientras Nicolás trataba de conseguir financiamiento para rodar un documental sobre el movimiento guerrillero en Venezuela. El acuerdo se cayó en el último momento, al menos eso le dijo a Antonieta, y tuvieron que regresar a París antes de hacer el largo viaje de vuelta a Venezuela. La buena noticia era la decisión que habían tomado en el camino: al llegar a Caracas, se iban a casar.

En el mismo avión de Nicolás y Antonieta se regresarían varios camaradas a Venezuela. Antón Parra organizó una gran fiesta de despedida. Darío se enteró el mismo día, como uno más de los invitados, de que la fiesta sería en el apartamento de la rue Mazarine. Antón solo agregó que llegaría un poco antes de las ocho para llevar la comida y las bebidas.

Antón Parra encontró el apartamento impecable. Nunca supo si lo habían limpiado a la carrera o si en realidad era Belén la que había traído aquella vez el desorden. De Teixeira no podía quejarse. Solo cabía llamar a capítulo a Darío por vivir con alguien que había pasado tantos años en los Estados Unidos y que ahora en París los evitaba de manera tan manifiesta.

La gente llegó en bloque hacia las diez de la noche y ese fue el momento que escogió Víctor Teixeira para marcharse, con un leve saludo dirigido a nadie que se perdió entre el barullo de las personas que llegaban y se acomodaban. Aquel gesto confirmó las sospechas de Antón: a la mañana siguiente hablaría con Darío. Por esa noche, sin embargo, agradecía la ausencia de Teixeira. No quería elementos extraños en su fiesta. La única infiltrada en la reunión fue la compañera Larralde, que siempre se emborrachaba y armaba escándalos, pero como ya no vivía allí tampoco representaba un problema.

Darío y Antonieta solo intercambiaron un par de frases en toda la noche. El desastre que provocaría Belén cortó aquel diálogo, dándole para siempre un aire de telenovela y haikú.

—Entonces, te casas —dijo Darío.

—La tormenta destruye todo —dijo Antonieta.

Darío no entendió y quiso preguntarle algo a Antonieta, pero en ese instante Belén comenzaba a bailar y a desnudarse. Fueron a verla.

Cuando se incorporaron a la rueda, Antonieta se colocó al lado de Nicolás. Este la tomó por la cintura. Darío se ubicó hacia la parte de las habitaciones y desde allí observó a Belén, desnuda de la cintura para arriba, bailando en círculos. Alguien había apagado la luz de la sala. A la tercera vuelta vio el frasco, colocado en el centro de la sala, que amarraba a Belén como con un hilo invisible y la ponía a orbitar.

La música, una extraña percusión de tipo africano, había pasado de los sonidos aleatorios a un *crescendo* ritual. Belén, arrebatada por la música, tomó el frasco y comenzó a girar con él. Lo acercaba al rostro de los que estaban en primera fila, como una copa selecta que se negaba a ofrecer. En uno de los giros, la luz que se filtraba desde la cocina le insinuó a Darío su contenido. En un segundo armó el rompecabezas, pues tenía solo dos piezas: Belén aún debía de tener una copia del juego de llaves de la habitación que ahora ocupaba Teixeira.

Justo en ese momento, Darío vio a Teixeira abrir la puerta del apartamento. Se detuvo un instante en el umbral para luego pasar como una sombra detrás del corro de personas, cruzando su mirada con la de él como para pedirle una explicación y después entrar al círculo sin esperar respuesta.

Los camaradas enseguida se percataron de la presencia de Teixeira y comprendieron además que estaba conectado de alguna manera a aquel baile. Belén no parecía darse cuenta y aún dio un par de vueltas, con los ojos perdidos en el suelo, antes de tropezarse con Teixeira. Fue entonces cuando Belén abrió los ojos o solo levantó la vista, pegó un grito de horror y soltó el frasco.

El primero en reaccionar fue Antón Parra. Pidió que apagaran la música, pero en cambio alguien encendió la luz de la sala. Se había formado otro círculo alrededor del frasco quebrado, que arrojó un líquido viscoso y un pequeño bulto. Víctor Teixeira y Belén quedaron en un segundo plano, ella mirándolo a él y él observando el cerebro en el piso, como un objeto arrojado por las olas en la orilla del mar.

A medida que los asistentes a la fiesta iban reconociendo el contenido, fue creciendo una mueca de disgusto y un rumor de asco y desaprobación.

—Les voy a tener que pedir que se vayan —dijo Antón a la gente, y fue él mismo a apagar la música—. Y tú eres responsable de esta vaina —le dijo después a Darío.

Darío buscó con la mirada a Víctor.

Teixeira se limitó a sonreír, como si él también observara por primera vez aquel cerebro, o como si toda su vida hubiera sido siempre una broma colosal que solo ahora, gracias a la impertinencia de Belén, percibía en su exacta dimensión.

Después hizo un gesto parecido al que había hecho al comienzo de la fiesta, de saludo o de despedida, y se encerró en su habitación.

Los invitados comenzaban a marcharse con el paso lento de los carros que contemplan un accidente en la vía. Sin embargo, Nicolás, Antonieta, Darío, Antón y Belén estaban presentes cuando Edmond salió, viniendo de la cocina portando una jarra de vidrio. Lo vieron agacharse, tomar el cerebro con una de sus manos limpias, sosteniéndolo, extático, a unos centímetros del rostro, antes de depositarlo en la jarra.

Darío siempre recordaría esa escena. Edmond haciendo de Hamlet en la sala de su apartamento parisino.

También recordaría la oscura alegría que sintió después al enterarse de la unión de Víctor Teixeira y Belén Larralde: la monstruosa vida feliz que llevaron a partir de aquella noche.

19. Varsovia

Después del episodio del cerebro desparramado, Darío tuvo que abandonar el apartamento de la rue Mazarine. Se mudó a un hotel en el Barrio Latino y allí estuvo varias semanas, hasta recibir la carta de Eduardo Gallegos Mancera con sus instrucciones. Gallegos Mancera y Oswaldo Miliani estaban en Praga y desde allá le consiguieron un puesto de corrector de comunicaciones oficiales de las actividades de la sección latinoamericana del Partido.

Darío llegó a Praga en febrero de 1965 con los brazos cruzados por el frío.

Con razón Kafka, pensó al contemplar aquella paleta de grises que era la ciudad, su cielo y sus habitantes.

Escribió a Ramón. La espera de casi dos meses lo distrajo de su aburrimiento, pero se descorazonó con la respuesta: aún era peligroso regresar a Venezuela. Pensó en París e imaginó la ciudad entera cristalizada en sus gestos: era un museo que ya no le interesaba recorrer.

—Mierdra.

Con el paso de los meses, la *mierdra* pasó de ser una imprecación a ser la palabra clave con la que iniciaba sus días y con la que emprendía cualquier acción. Si los praguenses eran un ejército de Golems que lo obligaban a comportarse también como uno, lo haría a su manera.

En agosto de 1965 asistió a unas jornadas de diálogo que convocaron a diversos escritores e intelectuales comunistas. Louis Aragon dio el discurso de apertura, aunque después no se le volvió a ver en el instituto cultural. El objetivo era que los camaradas se conocieran y comenzaran a esbozar áreas de trabajo para lo que sería el IV Congreso de Escritores.

Cuando se le pidió a Darío presentarse e intervenir en el debate de su mesa de trabajo, no tuvo mejor idea que leer un poema dedicado a Fidel Castro donde se vaticinaba la muerte del líder cubano. No quedaba claro si el poema lamentaba o celebraba esa muerte. En todo caso, uno de los versos fue lo suficientemente problemático como para causar un pequeño escándalo. En ese verso, Darío hacía un juego de palabras que terminaba por darle a la letra C de Comunismo, en mayúscula, la capacidad de transformar la palabra «eslavo» en «esClavo».

—¿Es suyo ese poema, camarada Mancini? —preguntó alguien.

—No. Es de un compatriota mío.

—¿Y cómo se llama?

—Se llama Víctor Villanueva.

—¿Vilanova? ¿Puede repetir usted?

—Vi-lla-nue-va —dijo Darío, mientras el camarada tomaba nota en una libreta.

Aquella vez, Eduardo y Oswaldo tuvieron que ir a buscarlo y darle una pequeña reprimenda. Debía recordar su situación, los esfuerzos que habían hecho para sacarlo del país. Había que dejar de lado las aspiraciones individuales y pensar en colectivo, en el modo particular de ayudar al Partido.

—Mierdra —dijo Darío.

En un sentido, Darío nunca desamarró sus brazos mientras estuvo en Praga. Fue ajeno al deshielo que al parecer se estaba abriendo paso entre las rendijas del totalitarismo que defendían los más ortodoxos. Lo sucedido en el IV Congreso de Escritores, en junio de 1967, confirmó las esperanzas y los temores. Fue un importante grupo de escritores el que llevó la batuta para denunciar las atrocidades del estalinismo y pedir que en Checoslovaquia se construyera un socialismo con rostro humano. Ese mismo grupo, se decía, podía tener influencia para impulsar los cambios.

Aunque esto era cierto, también estaba el caso de Pavel Kohout. La sanción que Kohout recibió por haber leído a Solzhenitsyn durante su intervención en el congreso no permitía avizorar un futuro prometedor.

A pesar del entusiasmo reinante, en especial a partir de la designación de Dubcek como cabeza del Partido Comunista checoslovaco, Gallegos Mancera supo leer la tormenta. A finales de febrero de 1968 le propuso a Darío continuar su camino.

—¿Adónde? —preguntó Darío.

—¿Adónde te gustaría ir?

—A ninguna parte.

—Pensé que no te gustaba estar aquí.

—No me gusta. Odio esta vaina. Solo digo que si pudiera escoger dónde estar, me gustaría estar en ninguna parte. ¿Entiendes?

Gallegos Mancera no entendía. Quizás el frío y la soledad estaban trastornando a Darío.

—¿Y qué te parece Polonia?

—¿Polonia?

—Bueno, Varsovia. Allá las cosas están un poco más tranquilas.

—Polonia, Polonia —repitió Darío—. Sí, ¿por qué no?

—Polonia entonces —dijo Gallegos Mancera, dando por cerrado el asunto.

En el camino a su apartamento, Darío estuvo jugando con la palabra. Repitiéndola como quien lanza al aire una moneda trucada: Polonia, Polonia. Al llegar, se sirvió un vodka, lo bebió de un trago y entonces recordó.

Buscó su ejemplar de *Ubu enchaîné* y tropezó con aquella acotación de Jarry, en su presentación de *Ubu Roi*, que siempre lo había intrigado: «Y en cuanto a la acción, que va a comenzar, se desarrolla en Polonia, es decir, en Ninguna Parte».

¿Qué acción podía comenzar para él, que a los treinta y seis años era Nadie y que ahora viviría en Ninguna Parte?

—¿Qué haré en Varsovia? —le preguntó Darío a Gallegos Mancera al día siguiente.

—Serás locutor en Polskie Radio —le dijo.

Darío se sintió como un espía.

—No hablo polaco.

—Es en español. El servicio internacional de Polskie Radio no quiere descuidar un solo flanco contra Radio Europa Libre.

—Darío odiar radio —dijo en un susurro de robot.

—¿Cómo dices?

—Nada.

Darío llegó al pequeño apartamento que Oswaldo le había conseguido en la calle Lermontov y consignó en su libreta el anagrama. Luego recogió sus libros y su ropa. Todo cabía en una pequeña, hermosa y proporcionada maleta.

Darío llegó a Varsovia como solo llegan a esa ciudad los personajes de Sergio Pitol: en tren, con fiebre y sin poder distinguir la vigilia del sueño. A Pitol lo conocería en 1972, al regresar este de una estadía de tres años en Barcelona, diecinueve años después de lo que pudo haber sido su primer encuentro si Darío no hubiese estado preso y si Pitol no hubiese llevado la vida de niño-fresa que afirma haber llevado durante el mes que estuvo en Caracas en 1953.

Al bajar del tren, el frío del invierno y el ardor de la fiebre lo sacudieron en distintas direcciones. Escondió el rostro entre la gabardina y la bufanda, mientras observaba sus botas hundidas en la sucia nieve de la estación.

Si no dejo de mirar mis botas me quedaré aquí para siempre, pensó.

Y quizás así hubiese sido de no ser por el fuerte empujón que le propinó la anciana.

—Bueno es que al fin esta noche ocurra tu llegada.

Al escuchar esa frase, que de algún modo había escuchado antes, o que escucharía después, entendió varias cosas al mismo tiempo: que estaba en Varsovia, que la vieja no había tropezado con él por accidente sino que en realidad lo halaba de un brazo, incitándolo a seguirla, y que, a pesar del esplendor que casi le obligaba a cerrar los ojos, era de noche.

Darío sacó de uno de sus bolsillos el papel donde le habían anotado la dirección y se lo extendió a la anciana.

#15 de la avenida Marszalkowska. Al lado del parque Saski. Preguntar por Joseph.

La anciana detuvo un segundo la marcha y, al ver de qué se trataba, hizo un gesto con la mano y retomó el camino. Darío guardó el papel, continuó caminando detrás de ella, tratando de sujetar bien la maleta y de seguirle el paso. El tal Joseph debía de haber mandado a la anciana a buscarlo.

—¿Ahora qué sucede? —dijo la anciana, después de un largo tramo en silencio.

Darío se había rezagado. Estaba estático, contemplando una construcción que abotonaba la oscuridad.

—¿Quiénes son esos hombres? —preguntó Darío.

—Soldados.

—¿Qué hacen?

—Custodian la tumba del soldado desconocido.

—¿Siempre están ahí?

—Siempre hay dos soldados haciendo la guardia, pero no siempre son los mismos.

—¿Es una fogata lo que hay ahí dentro?

—Es la llama eterna. Está siempre encendida.

Por fin arribaron al pequeño edificio, derruido como el resto de la ciudad, donde viviría hasta el final de su residencia en Varsovia.

—*Il est tard. On parle demain. C'est bien?* —dijo Joseph, después de acomodarlo.

—*Oui. Pas de problème* —dijo Darío.

Durante la noche, Darío sudó la fiebre y se repuso.

En el desayuno, Joseph le dio las indicaciones generales. La dirección de la radio, cómo llegar a la calle Weronicza, el nombre de la persona con quien debía hablar, algunas cosas sobre la ciudad y otras sobre el Partido y los tiempos difíciles que atravesaba el Gobierno del camarada Gomulka.

A media mañana, justo antes de que Darío tuviera que salir, apareció la señora Kazia, la anciana; comenzó a recoger los platos. Joseph apareció en la puerta y le dirigió una serie de palabras que la anciana devolvió como quien arroja una pelota de estambre. Darío reconoció en esa maraña el idioma polaco, del que sabía dos o tres expresiones, pero no pudo deshilvanar ni una hebra de la conversación.

¿Cómo había podido hablar la noche anterior con la anciana? ¿Habían hablado en español? ¿O por milagro o posesión diabólica le había sido concedido el dominio del polaco por espacio de una hora? ¿Había sido todo producto de la fiebre?

En el camino hacia la radio vio el monumento. Dos soldados custodiaban la llama eterna, que ahora se escondía entre el claror de la mañana.

Tuvo su primera transmisión al aire ese mismo día. Se equivocó varias veces. Sentado en la cabina, cayó en la cuenta de que nunca había estado ante un micrófono. Tampoco se había detenido a pensar en el sonido de su voz y cómo debía proyectarla y modularla. Además, era evidente que el traductor de los textos noticiosos no manejaba bien el español, de modo que él debía improvisar sobre la marcha tratando de descubrir o de elaborar un sentido más o menos coherente.

Al principio no prestaba atención al contenido de los boletines, entretenido como estaba en encontrar su propia voz de locutor. Fue en los primeros días de marzo, cuando los estudiantes de la Universidad de Varsovia organizaron una serie de protestas, que atendió a las noticias que él mismo transmitía. Un par de días antes, el Gobierno de Gomulka había expulsado a dos estudiantes que insistían en llevar a cabo una puesta en escena de *Los antepasados,* de Adam Mickiewicz, de claro acento antirruso. A Darío le llamó la atención un error evidente en la fecha de la noticia que debía grabar esa mañana. Estaban a 7 de marzo y el boletín afirmaba que durante el mitin del 8 de marzo, en las afueras de la Universidad de Varsovia, los estudiantes habían arremetido con palos, piedras y bombas caseras contra el ejército, por lo cual las autoridades se vieron en la obligación de utilizar sus armas y hacer las detenciones de rigor.

Darío le señaló el error al coordinador de contenidos.

—La fecha está bien —dijo el coordinador.

Al día siguiente, en uno de los largos descansos entre una transmisión y otra, Darío fue a la universidad. Allí vio la masa de los estudiantes, sus rostros enardecidos, sus consignas vaporosas en el frío de la mañana y sus pancartas. Del otro lado de la calle estaban los soldados, alineados y a la espera.

El guion se cumplió casi a cabalidad, salvo por el detalle de que los estudiantes en ningún momento atacaron a los soldados.

Al mediodía, de regreso en la estación, se encerró en una cabina que casi nunca se utilizaba. Comió el pequeño almuerzo que había traído de la calle y escuchó su propia voz narrando los acontecimientos que acababan de suceder en la Universidad de Varsovia. Recordó los años de su juventud en Catia y volvió a ver el recorte de periódico donde se informaba de «la detención del pintor y conspirador Darío Mancini», que encontró muchos años después entre algunos papeles que le dio su madre.

La vida le pareció una farsa escrita y dirigida por Alfred Jarry. Una representación que podía venirse abajo con solo introducir una letra, una diminuta piedra fuera de lugar que lograra desbaratar con paciencia infinita el engranaje del universo. Esta aplicación de la Patafísica le sirvió para observar los sucesos de esos años como quien va al teatro a ver una tragedia y de pronto comienza a reírse.

Las protestas culminaron oficialmente el 28 de marzo, cuando Gomulka terminó de sofocar a los estudiantes con una oleada de golpizas, arrestos y juicios sumarios. Luego vino la purga en todos los niveles del Partido. Darío, extrañamente, fue uno de los pocos a quienes no despidieron en la reestructuración total de Polskie Radio y de los otros aparatos del sistema de cultura oficial.

El entusiasmo que produjo el IV Congreso de Escritores Checoslovacos el año anterior, así como la elección de Dubcek, se apagó con el fin de la Primavera de Praga. En Polonia el ambiente se enfrió hasta diciembre de 1970, cuando Gomulka anunció el alza de precios en todos los rubros. Darío narró con indignación fingida los intentos desestabilizadores de los astilleros de Gdansk, Gdynia, Szczecin y Elblag al declararse en huelga. Dio cuenta de las medidas de protección del pueblo, que para el 18 de diciembre tenían un saldo de varias decenas de muertos y de algunos miles de detenidos. Con la misma impasibilidad con que informaba a los radioescuchas hispanos de Europa Central de estos acontecimientos, el 20 de diciembre Darío dio la noticia de la expulsión de Gomulka, avalada desde Moscú por Brejnev, y del nombramiento de Gierek como nuevo jefe del Partido.

De resto, era poco lo que hacía. Valerio y María lo llamaban el Lobo Estepario. De vez en cuando, iba con ellos al Spatif a comer y a tomarse algo. María había entrado a Polskie Radio meses antes de la designación de Gierek. Hasta hacía muy poco tiempo había estado casada con el consejero cultural de Polonia en Venezuela, de modo que conocía el país y hablaba el español con fluidez. Desde el principio, tuvo una empatía especial con Darío y juntos remataban las horas muertas en la radio. Hablaban, sobre todo, de música clásica. Producto de esas conversaciones, y al sentir los aires de modernización que parecía querer impulsar Gierek, propusieron en la emisora crear un programa de música clásica.

En los días previos a la primera salida al aire, durante las reuniones con María para la preparación del contenido del programa, Darío conoció a Valerio Alberti. Valerio era periodista en Caracas y lo había dejado todo por ir detrás de María.

Ellos se habían conocido en 1966. Valerio trabajaba para la revista *Momento* y quería conseguir los derechos de distribución para Venezuela de la revista *Polonia Ilustrada*. En un bautizo de un libro conoció al consejero cultural de la embajada de Polonia, quien al escucharlo lo invitó a su propia casa un sábado en la mañana.

A las diez en punto, Valerio tocó el timbre de la casa del consejero cultural. Le abrió la puerta la mujer más hermosa que había visto en su vida.

—Mucho gusto, soy María —dijo la mujer—. Pase. Ya mi marido lo atiende.

Valerio no supo qué decir.

En un instante Valerio supo que nunca distribuiría la revista *Polonia Ilustrada*.

—¿María? ¿Así, en español? —dijo cuando ya estaba sentado.

—Bueno, en polaco se agrega una J, pero «Marija» en español suena muy raro.

Entonces apareció el consejero y conversaron. María los acompañó y Valerio se sorprendió al notar que María no dejaba de mirarlo.

El romance duró un par de años, hasta que el consejero y María regresaron a Polonia. Valerio decidió ir tras ella, pero primero debía averiguar cómo. Un amigo lo escuchó y le sugirió la vía diplomática.

—¿Hablar directamente con ambos? —preguntó Valerio.

—No, chico. La vía diplomática. ¿Cómo la conociste a ella? Porque su esposo tuvo la suerte, o la mala suerte, de que lo mandaran para acá. Yo que tú averiguo en Cancillería. No está de más. Créeme que entre la gente de Leoni no debe de haber muchos candidatos que quieran ir a disfrutar de las mieles del socialismo real.

En efecto, después de un año de gestiones, Valerio Alberti logró que lo destacaran como agregado en la embajada de Venezuela en Polonia. Alberti llegó a Varsovia en la primavera de 1970. Cuando María lo vio y supo lo que había hecho para llegar hasta ella, abandonó a su marido y se fue a vivir con Valerio. María entonces tuvo que buscar trabajo. Consiguió un puesto en Polskie Radio primero como traductora del polaco al español y luego como locutora.

La primera vez que tanto María como Valerio vieron a Darío fue a través del vidrio de la cabina abandonada que este había transformado en su oficina. Darío pasaba horas en aquella jaula, visible para todo el que atravesara el pasillo principal de la estación, abocado sobre una pequeña libreta donde escribía. Aunque, más que escribir, Darío parecía estar siempre sacando cuentas. Era, más bien, como un mesonero enloquecido tratando de anotar un pedido imposible.

Cuando tuvo más confianza, Valerio se atrevió a preguntarle sobre su libreta y sus anotaciones.

—¿Escribes poesía?

—No sé si es poesía lo que hago. Es más bien un juego. Palíndromos —dijo Darío.

No parecía darle demasiada importancia. Después cambiaron de tema.

El asunto con los palíndromos había empezado de manera casual, aunque esa casualidad era la estampa más diáfana de su destino. Una tarde en que salía del Spatif, después de tomarse un aperitivo, Darío entró en una librería que estaba en la misma avenida Vjazdowskie. En la mesa de novedades encontró algo verdaderamente insólito: un ejemplar de *Canaima,* de Rómulo Gallegos.

Gallegos había muerto el año anterior. Se trataba de una hermosa edición conmemorativa publicada por Círculo de Lectores en España. No tenía idea de cómo había ido a parar ese libro allí, pero lo compró y se regresó sin dilaciones a su apartamento.

La lectura de esa novela fue su oráculo.

La clave de su vida la encontró en una frase total, construida con esa ingenuidad profunda que solo tienen los personajes de Rómulo Gallegos. Marcos Vargas vuelve a Ciudad Bolívar, después de su aburrido y estirado periodo de estudios en Trinidad, y se encuentra con los amigos de la infancia. Van a la pesca de la zapoara y es entonces cuando pega su grito de guerra: «¡Qué hubo! ¿Se es o no se es?».

Darío subrayó la frase, «¿Se es o no se es?», tan transparente y rotunda que le provocó una punzada en el pecho. ¿Nadie en Ninguna Parte era Alguien? ¿Era, simplemente? La novela lo llevó a sus años en la Nueva Cárcel de Ciudad Bolívar, a esa ciudad que apenas entrevió al descender del vapor *Guayana* con su cargamento de presos y que durante los cinco años que estuvo encerrado distinguió desde la puerta de la prisión en sus evanescentes paseos oníricos. Esos paseos en los que regresaba a sí mismo, a contemplarse durmiendo para luego despertarse azorado, repitiendo «yo soy», «yo soy», como quien se recoge a sí mismo, papagayo de la infancia, amenazado de perderse en el viento.

Sintió que por primera vez en muchos años rompería a llorar. Fue cuando se detuvo a pensar y buscó la libreta. Anotó las dos frases. «Yo soy», «¿Se es o no se es?». Comprobó que se leían igual para adelante y para atrás. Sonrió. Encontró en la primera página el anagrama que había consignado el día que Gallegos Mancera le informó de su viaje a Varsovia. Tachó la palabra «odiar» y escribió «oirá», que era más amable y más fiel a lo que había sido hasta entonces su experiencia en la ciudad.

Sin embargo, la frase «Darío oirá radio», pensada como frontispicio, daba una impresión errónea de su vida. La radio era algo circunstancial y además se había deshecho el juego de anagramas. Tachó la palabra. Quedó, entonces, «Darío oirá». Luego invirtió los términos y le pareció que mejoraba un poco. «Oirá Darío.» Aunque, como afirmación, sonaba algo extraño. Parecía más bien una pregunta, una duda sobre su capacidad auditiva. Pero ¿se trataba solo de escuchar? ¿No era, más bien, escuchar lo que se escribía y escribir lo que se oía?

Probó a separar la a de la primera palabra y fue como deshacer el nudo de un átomo.

«Oír a Darío.»

Ahora sonaba como un mandato. La orden le hizo gracia. Se sintió como un rey en un desierto de nieve. Un rey de mentira. Como Ubú, pensó. Luego arrojó la libreta, lejos de sí, al comprobar que aquel nombre era también un palíndromo.

Valerio Alberti dedicó mucho tiempo a tratar de desentrañar el enigma de la personalidad de Darío. Tenía un centro inaccesible que atraía y repelía al mismo tiempo. Hubo ocasiones en que creyó entrever lo que se escondía en el fondo de aquellos ojos de transparencia engañosa. El hallazgo lo dejaba aún más perplejo: un niño jugando y defendiendo a muerte su juego.

En una ocasión dejaron de hablarse durante un mes. En diciembre de 1971, se anunció la visita de Pablo Neruda a Varsovia por el montaje de su pieza *Fulgor y muerte de Joaquín Murieta*. Neruda acababa de recibir el Premio Nobel y la expectativa era tremenda. A María le regalaron dos entradas de cortesía, pero no le interesaba ver la obra. Le dio las entradas a Darío para que fuera con su marido. Darío no le comentó nada a Valerio y se apareció en el Teatro Clásico de Varsovia acompañado de una mujer increíblemente hermosa. Valerio se había enterado de la trampa de Darío y, sin decirle nada, consiguió otro pase de cortesía.

Apenas pudo disfrutar de la pieza, anegado de rabia como estaba por la traición de Darío. Ni siquiera prestó atención cuando, al final de la presentación, un malogrado Neruda subió al escenario a saludar al público. No perdió un solo movimiento de Darío ni de la maldita rubia despampanante que lo acompañaba. A la salida, en el hall del Palacio de Cultura y Ciencia, se abrió paso hasta ellos. La rubia conversaba con Boris Stoicheff, el joven director de la obra, mientras Darío simplemente sonreía.

Cuando Valerio estaba a punto de entrar en el círculo e interrumpir la conversación, un tumulto se interpuso. Neruda y su corte se habían acercado a donde estaba Stoicheff. Este hizo las presentaciones, incluyendo a Darío, y un coro rodeó el encuentro como si fuese una rueda de prensa.

Aunque para entonces ya se encontraba muy enfermo, Neruda, con su característico amor propio, no podía ver a una mujer atractiva sin querer impresionarla con su inteligencia o con alguna metáfora cansada. Comenzó a hipnotizar a la mujer trazando las líneas de sentido que conectaban aquella trama de 1848, en plena fiebre del oro californiana, con la historia de Polonia y sus luchas por la justicia social y la solidaridad proletaria; los paralelismos evidentes entre su Murieta y Janosik, el legendario bandolero polaco de las montañas.

Después, como para no ser descortés, Neruda se dirigió a Darío y le preguntó su opinión de la obra.

Darío comenzó por afirmar que la comparación entre Murieta y el Che Guevara que se proponía en la obra era desafortunada, además de constituir un evidente anacronismo. Esa mención podía llegar a ser como aquel verso donde el poeta resentía como un golpe oceánico la muerte de Stalin. Por otra parte, no estaba de acuerdo con la idea de que Murieta fuese chileno. Se trataba de un conocido truco en la traducción de la obra original, proveniente del francés y a su vez proveniente del inglés. Sin embargo, todas las fuentes se equivocaban. De acuerdo a un estudio de un crítico compatriota suyo, Joaquín Murieta no era ni chileno ni mexicano, como se solía afirmar, sino venezolano. Y el episodio de la violación de su mujer había sido aún más dramático, pues en realidad, la mujer que fue violada y asesinada era hija de Murieta y el propio Murieta figuraba, con sus amigos de tropelías, entre los ultrajadores de la muchacha, es decir, como violador de su propia hija. La leyenda de Murieta como una especie de Robin Hood latinoamericano era una invención de los cantaclaros de la segunda mitad del siglo XIX, cuya función era justificar poéticamente las revueltas y los distintos caudillajes.

Darío calló y por un segundo el palacio pareció contener el aliento. Todos esperaban la respuesta del poeta.

—¿Cómo se llama ese crítico compatriota suyo? —preguntó Neruda, cuando se repuso.

—Villanueva —dijo Darío—. Víctor Villanueva.

—Tiene mucha imaginación ese Villanueva.

El público celebró la salida del poeta.

—No lo dudo. Aunque no tanta como usted, mi admirado poeta —dijo Darío.

Darío le tendió la mano a Neruda haciendo una reverencia, tomó a la rubia por la cintura y se marcharon.

Alberti observó la escena deslumbrado. Luego, se hizo el ofendido por varias semanas y una noche que se encontraron en el Spatif se hicieron de nuevo amigos. Esa noche, Darío les presentó a Jola, la rubia que lo había acompañado al teatro.

En un momento en que Jola y María fueron al baño, Valerio aprovechó para preguntarle.

—¿De dónde la sacaste?

—Es modelo.

—No es muy simpática.

—No mucho.

—¿Y entonces?

—Pues, ya la has visto.

Valerio no supo si Darío hablaba en serio. Esa era la señal para retroceder y no seguir por ese camino.

—¿Cómo es que se llama el historiador que mencionaste ese día?

—¿Cuándo?

—Con Neruda, cuando hablaron sobre Murieta.

Darío empezó a reírse.

—¿Qué? —dijo Valerio.

—Una tontería. Lo que hice fue contarle *Doña Bárbara.* Eso fue todo.

En 1974, Darío decidió que era hora de visitar Caracas.

Aunque no lo demostrara, Jola estaba emocionada con la idea del viaje. Él, por su parte, llevaba consigo el manuscrito de su libro. Intuía que había construido algo único, un pequeño mecanismo verbal, original y perfecto. Ya Simón Alberto había escuchado algo del libro y le hizo saber que en Monte Ávila estaban interesados en leerlo. Publicarlo implicaba para Darío una pérdida irreparable. Necesitaba, por lo menos, sentir un suelo familiar en el instante del desprendimiento.

Jola llevó dos maletas repletas con su ropa y sus zapatos. Darío cargó con la misma pequeña maleta que había traído desde Praga. No recogió sus pertenencias ni le dio indicaciones especiales a la vieja señora Kazia. No pensaba estar mucho tiempo en Caracas.

Sin embargo, no volvería a Varsovia.

Darío nunca se preocupó por el destino de las cosas dejadas en el apartamento. Lamentó, eso sí, no haberle podido preguntar a la señora Kazia por aquella misteriosa, acaso imposible, conversación que sostuvieron en medio del frío en su primera noche en Varsovia. Descubrir el lugar de donde surgieron aquellas palabras.

20. Caracas

—Ahora puedo decir, con total tranquilidad, que estábamos equivocados —dijo Oswaldo Barreto—. Todo este desastre de revolución es la prueba más evidente. Lo mismo con algunas decisiones que tomé en mi vida. Sin embargo, con Antonieta, o para Antonieta, siempre tomé las mejores decisiones. La inscribí en la Central, para que no se hiciera vieja en el páramo; le impedí que se marchara a la India con aquel loco de Arrieti. Sin ir más lejos: fui yo quien le presentó a Darío.

—¿Cuál viaje a la India?

—¿Tampoco lo menciona su amigo en el texto?

—No. Se habla de un Arriechi, esposo de Antonieta, y de un viaje que hicieron a los Estados Unidos.

—Es Arrieti. Nelson Arrieti. Cineasta. Buen tipo. Inteligente, aunque muy atormentado. Se terminó suicidando en un templo budista allá en Mérida.

—¿Y el viaje?

—Una locura. Ellos estuvieron dos años en Estados Unidos. En Iowa y también en Nueva York, creo. Antonieta se había graduado en la Universidad Central en 1968 y aplicó a una residencia de escritura en el International Writing Program. Él la acompañó. Se fueron juntos.

—Pensé que se habían casado a su regreso de París.

—No. Se casaron en 1967, después de que Antonieta obtuviera el divorcio de su primer matrimonio. Mientras Antonieta hizo la residencia, Arrieti estuvo dando vueltas por los Estados Unidos. Era el año 69, el mismo en que moriría Kerouac y Arrieti estaba preparando una película sobre la generación beat.

—¿Recuerda el título?

—No. Lo cierto es que regresaron a Caracas en el 73 con algún dinero. Nelson trajo consigo la parte del presupuesto que no ejecutó, es decir, casi todo. Y aquí, entre una cosa y otra, él y Antonieta pudieron hacer un pote más grande.

»Arrieti era budista. Tenía una obsesión con viajar a la India. Y en el 74, Antonieta se hubiera ido en ese viaje de locura si no fuera porque yo se lo impedí. Un día, Nelson compró dos boletos a Nueva Delhi, solo de ida. Luego, sin consultarlo con Antonieta, sacó del banco el dinero que tenían ahorrado y lo repartió entre los pobres de un barrio. Decía que a la India había que llegar a través de un desprendimiento absoluto. O de la pobreza absoluta. Pendejadas típicas de la época.

»La hice entrar en razón y Antonieta decidió quedarse. Arrieti al final tampoco se marchó. Estaba furioso y sin un centavo. Para entonces, la relación estaba mal. Por si fuera poco, uno o dos meses después, Darío regresó.

»Con Darío tampoco se puede decir que me equivoqué. Les di un cuarto, a él y a la polaca, en la Quinta Flora. Jolanda, se llamaba. Bellísima. Insoportable. Figúrese que un día fuimos a ver los toros y Jola comenzó a gritarle al torero: "¡Asesino! ¡Asesino!".

»Les dije a Michaelle, a Rafael y a Milena, a todos, a la misma Antonieta: tenemos que deshacernos de la polaca.

»La noche antes de que tomaran el barco de regreso a Varsovia (irse en barco fue otra de las grandes ideas de Jola), le expliqué el plan a Darío y él estuvo de acuerdo. Era algo muy simple.

»Al principio, Jola tuvo sus sospechas. Le parecía extraño que Darío fuese a emprender aquella larga travesía con la misma escuálida maleta con que había venido. Darío le explicó que nunca había necesitado mayores cosas para estar cómodo. Mientras menos cosas tuviera, mejor.

»Los acompañamos en grupo al puerto de La Guaira, menos Arrieti, por supuesto. Arrieti nunca había ocultado su odio por Darío y se limitó a hacerle un saludo de visera, echado en la hamaca que teníamos en la sala de la Quinta Flora.

—¿Arrieti y Antonieta también vivían en la Quinta Flora?

—Solo durante un mes. Antonieta lo pasó completamente encerrada. Acababa de ganar el Premio Municipal de Literatura. Le dio un ataque de timidez y abandonó el apartamento que compartía con Nelson, para evitar cualquier contacto. No quería atender llamadas telefónicas, ni de amigos felicitándola, ni de la prensa.

»Cuando ya debían pasar a la sala de espera para abordar el barco, Darío permaneció estático con nosotros. Jola le preguntó qué le pasaba y entonces los dejamos solos. Nos fuimos al carro. Le daríamos una hora. Así decidiría él solo si se marchaba o se quedaba.

»A los quince minutos lo vimos salir al estacionamiento, perdido, buscándonos. Todos pegamos un grito de alegría y empecé a dar cornetazos. A medida que se acercaba, noté a Antonieta muy emocionada. Ahí supe que la próxima decisión tendría que ver con ellos dos.

»—¿Qué pasa? —le pregunté a Antonieta.

»—Nada. Se me cruzaron los cables por un segundo. Me pareció que era Teodoro y no Darío el que venía hacia nosotros. Y que todo había empezado de nuevo.

»En la Flora, Arrieti armó un escándalo. Era un tipo arrechón, pero no tenía nada de tonto. Discutió a gritos con Antonieta, pero en lugar de irse de la casa se mudó al cuarto que ocupaba Darío.

»Antonieta protestó, pero yo dejé las cosas así. En la noche, aparte, le sugerí a Antonieta que le diera a Darío las llaves de su propio apartamento. A ella le pareció una magnífica idea. Darío se marchó y Arrieti se calmó. Aunque los ánimos parecieron volver a su cauce, esa noche Antonieta y Nelson no durmieron juntos. De hecho, creo que más nunca lo hicieron.

—¿Adónde vas? —le preguntó Nicolás a la mañana siguiente.

—A Monte Ávila, a firmar el contrato de la novela —dijo Antonieta.

Al pasar por la cocina, tomó la bolsa que Oswaldo había dejado preparada, se subió al carro y se dirigió a su apartamento.

Así empieza a narrar Pedro Álamo la última parte de este tramo de la historia, que obviamente Oswaldo Barreto no debía ni podía contar. Nunca queda claro si Antonieta y Darío se habían amado o no antes de ese día. Si los dilemas de la protagonista de No es tiempo para rosas rojas son autobiográficos o si el personaje de Armando es Darío. O si Antonieta estaba presenciando cómo algunas cosas que había imaginado se hacían finalmente realidad.

Tampoco sé si el episodio de la postal, que en este momento de intimidad lo decide todo, fue real o un producto más de la Máquina de los Sueños. Sin embargo, tal como lo leí en sus cuadernos lo transcribo, sin citar, reconstruyéndolo a mi manera, como todo en este archivo, por el solo placer de volverlo a contar.

Después del amor y el encuentro, Antonieta recuerda la caminata por el Père-Lachaise y al final le pregunta a Darío eso que nunca entendió.

—¿Qué me quisiste decir con lo de la tormenta?

—¿Cuál tormenta?

—La postal. Lo que pusiste en la postal.

—¿Cuál postal, Antonieta?

Antonieta se levantó de la cama. Darío siguió su cuerpo, que atravesaba las sombras como un delicado celaje. La vio jurungar en su bolso y traerle una cartulina. Era una postal con un detalle de *Le radeau de La Méduse,* de Géricault, y una extraña anotación en el dorso, hecha con su propia letra manuscrita.

«Théodore Géricault: l'orage déchire tout.»

—Me había olvidado de esto. ¿Qué no entiendes?

—¿A qué te referías con lo de la tormenta?

—Al naufragio de *La Méduse.* Es un anagrama.

—¿Ah?

—Mira.

Antonieta miró y empezó a reír como no lo hacía desde niña. Revisó la frase varias veces, comparando el nombre del pintor y las palabras que Darío había anotado, jugando a emparejar las letras hasta completar el anagrama.

Darío pensó que Antonieta reía por el puro gusto de jugar con las palabras. Fue tanta la alegría que sintió al sentir la alegría de ella, que fue como una alergia alígera, de tan contagiosa, una galería que le mostró la serie de los cuadros más importantes de su vida que lo condujeron hacia ella.

—Aún se puede intentar otro —dijo Darío, contento.

Tomó el título del cuadro y en menos de media hora, a medida que se enfriaban los cuerpos, Darío hizo un segundo anagrama.

«Le radeau de La Méduse: au-delà de la déme-
sure.»

Antonieta y Darío descubrieron en ese instante que la vida era un juego. Felices, como niños salvajes, se entregaron a la tierna desmesura.

Antonieta seguía molesta. Nelson Arrieti (Nicolás Arriechi, según el cuaderno) fue al apartamento. Por suerte, Darío había salido temprano y no lo encontró allí. Lo que sí encontró Nelson fue un cenicero repleto de cenizas y colillas, amontonadas y apagadas como solo podía hacerlo un fumador como Darío.

En la Quinta Flora tuvieron la última pelea. Cuando Nelson amenazó con ponerse violento, Oswaldo intervino y le pidió que se marchara.

—Desde ese momento y hasta el final, Antonieta y Darío permanecieron juntos —dijo Oswaldo—. Mandaron todo al carajo, recorrieron medio mundo y fueron felices. Así de simple. Ellos, cómo decirlo, calzaban perfectamente.

Oír a Darío y *No es tiempo para rosas rojas* fueron publicados en 1975. Ese año, Antonieta le hizo caso al título de su novela y se entregó al sistema, como en el fondo siempre había deseado su protagonista. «El sistema», para su personaje, no era otra cosa que el amor en el sentido más pleno, menos tumultuoso, más seguro, más sereno, más burgués, más apasionado y vuelto a calmar de la palabra. Cometieron esa gran traición que significaba darles la espalda al mundo y a sus llantos para mimar la mutua compañía, la constante presencia.

Al igual que había hecho Valerio Alberti unos años atrás, Antonieta entró a la carrera diplomática. Se sentía tan atraída por aquella nueva singladura que aceptó el peor de los destinos para ese momento: la Buenos Aires de Jorge Videla.

Vivieron en un apartamentico por Coronel Díaz, cercano a la embajada de Venezuela, hasta el año 1977, cuando por fin se hizo oficial aquel traslado platónico: Atenas.

Antes tuvieron que regresar por unos días a Caracas. Allí se encontraron con Sergio Pitol, quien venía de París.

—No sabes cuánto disfrutamos tu libro —le dijo Sergio a Darío.

Entonces le entregó la carta.

—No la leas hasta que estés montado en el avión. O, incluso, creo que lo mejor será que la leas solo cuando tengas la total seguridad de estar en Atenas.

Se lo había dicho al oído, con el típico aire de intriga, corrosivo, con que les gastaba bromas a los amigos en Varsovia. Solo que esta vez la cosa parecía en serio. Era como si Sergio, con su insistencia, le estuviera recordando su extraña llegada a Varsovia. Como si, al igual que Athanasius Pernath, Darío se hubiera colocado el sombrero equivocado y hubiera estado inmerso, desde entonces, en el sueño de otro.

En el avión, la carta latía incómoda en su chaqueta. Hasta el momento, había cumplido al pie de la letra las indicaciones de Sergio. Antonieta lo notaba tenso, varios días antes del viaje ya estaba raro. Es normal, se dijo Antonieta, y luego se mordió el labio.

Iba a esperar hasta el final. En París, donde debían tomar la conexión hacia Atenas, no aguantó más.

Mientras Antonieta iba al baño, abrió el sobre y leyó.

París, 13/3/77

Amigo Darío Lancini, acabo de recibir por Sergio Pitol su maravilloso OIRADARIO. Gracias, muchas gracias por estas horas fascinantes que he pasado con su libro, un libro interminable porque se vuelve a él una y otra vez, a solas y con los amigos, en plena calle, en pleno sueño.

Me ha hecho usted un regalo que no olvidaré nunca. Al mostrarnos así las dos caras del espejo, nos enriquece en poesía, nos entraña aún más en el vértigo de la palabra. Gracias,
con un abrazo,
su amigo

Julio Cortázar

21. Atenas

Un atardecer en Atenas.

¿Una tarde serena tenaz?

Las calles se quitan la palabra una a otra. Darío duda en cada bifurcación, como si al escoger una vía buscara el modo más amable o ingenioso de decir algo. A mitad de la calle, de cualquier calle, se extravía y la palabra se le seca en la punta de la lengua.

Darío busca con la mirada el monte Licabeto y se orienta.

Llega hasta la falda del monte, hace la cola del funicular, se sube y en cinco minutos arriba a la colina de los Lobos. ¿Cómo será visitarla de noche? Con el crepúsculo, la nube de turistas disminuye bastante. Quizás la cantidad de personas no varíe mucho y solo sea un efecto del ánimo que a esa hora se acumula: la mansedumbre de quienes aceptan apagarse junto con el sol.

Desde arriba, Darío percibe el laberinto. Aunque desde que empezó con los textos bifrontes, todo se le ha vuelto un extravío de esquinas. Hasta el momento, los palíndromos y los anagramas habían sido malabarismo y ruleta, un darle la vuelta al día en ochenta mundos para retornar al mismo lugar. Ahora debe internarse en la oscuridad, por senderos sin marcas que lo conducen a espacios inciertos.

¿Qué hacer? Se puede retroceder, como Saussure, o se puede seguir hasta el final, como Joyce. Y después morir. El loco es el que se queda en medio, atrapado en el fuego cruzado del sentido y el sinsentido.

El Licenciado Leáñez, por ejemplo. Exiliado eterno, siempre despotricando contra el país, pero a veces sale a pasear en las noches con una bandera de Venezuela amarrada al cuello, en interiores, como si fuera Superman.

O Hannah, que abandonó todo por venir a estudiar a Heráclito en su idioma. Luego gastó el equivalente a dos meses de sueldo, solo para traerse su biblioteca desde Caracas, porque Hannah no puede leer sin sentir que el público mustio y paciente de sus libros la escucha.

La gente viene a Atenas pensando que va a encontrar el origen perdido. Y lo encuentra, pero olvida que el origen es el caos, la noche. Y ese es un concepto, querido hermano siamés, que no estamos preparados para comprender. Nosotros que presumimos de marxismos, existencialismos y tantos ismos similares, no hemos llegado sin embargo a una expresión cabal, certera, profundamente artística de lo que es la muerte.

Como siempre que Darío pensaba con algo de rigor, sin darse cuenta había comenzado a escribirle mentalmente una carta a Arnaldo. Se la harían llegar junto con algunos regalitos para él, Rafael y Milena. Al llegar al apartamento se sentaría a escribirle. Pero estaba el cóctel de esa noche. Lo había olvidado. Una aburrida reunión de diplomáticos. Le había dado su palabra a Antonieta de que la acompañaría, solo para cuidar de Hannah y arrastrarla por la cintura hacia alguna terraza si volvía a armar un escándalo.

—Les prometo que me voy a portar bien —les dijo Hannah, en el último despertar resacoso.

—Le echaste un trago encima al consejero —dijo Antonieta—. No sabes en el problema en que me has metido.

—¿Era el consejero? —preguntó Hannah.

—Sí —dijo Antonieta.

—Entonces no hay problema. Los poetas y los diplomáticos somos de la misma raza. Estamos locos.

Aquella noche, Hannah se portó bien. Solo trató de seducir a un lord, pero este iba acompañado de su esposa, una mujer alta y de mucha presencia, que con discreción mantuvo las cosas en su lugar.

Días después, en el Museo de Delfos, sentados frente a la estatua de Antínoo, Antonieta, Darío y la propia Hannah trataban de descifrar el comportamiento de Hannah. Cómo alguien que había traducido a Rilke, alguien que en momentos de turbia lucidez se creía un ángel, podía deslumbrarse con tanta facilidad ante un título, fuera político o nobiliario.

—Hagamos algo —dijo Hannah, dirigiéndose a Antonieta—. Te juro que me caso con el primer güevón que pase por aquí.

En ese momento pasó frente a ellos Antonio Galo.

Darío y Antonieta lo reconocieron y soltaron una carcajada. Antonio volteó, los reconoció también pero como en un segundo plano. Entre las risas se habían interpuesto los hermosos ojos de Hannah, que lo miraban, hipnotizados, hipnotizándolo.

Darío y Antonieta los presentaron y después los dejaron solos. En la tiendita del museo, Darío compró una postal. Luego se marcharon.

No sé si recuerdas a Antonio. Se la pasaba con Manuel en la época de TR. Es historiador y guaro, como él. De hecho, ahora comparten un apartamento en Londres. Ambos están haciendo un doctorado en la Universidad de Cambridge. Son siameses, como tú y yo.

¿Recuerdas nuestras conversaciones en Varsovia? Siempre hablábamos de ir a Alejandría. Deberías venir para hacer ese viaje. Avísame si tienes planes de

hacerlo pronto, o si te doy la puñalada y hago el via-je con Antonieta, por mi cuenta. Te envío una postal. Es el hotel Cecil, de Alejandría, donde Durrell se alo-jaba. Cuando vi a Antonio y a Hannah juntarse de esa manera, pensé en el Cuarteto. *Me da la impresión de que, por lo azarosa, esa unión va a ser para siempre. Antonio va a ser muy feliz y también va a sufrir mu-cho. Ya sabes, todo ángel es terrible. Y Hannah es un ángel.*

Te abraza fuerte,

Darío

Al final del verano, Antonio regresó a Londres para retomar su investigación sobre las conexiones entre la Iglesia católica y la Internacional Comunista. Hannah protagonizó un par de escándalos más, se despidió apasionadamente de tres diplomáticos que le resultaban insoportables y se fue a Londres, tras los pasos de Antonio Galo. Les dejó, como compensación por sus arrebatos, una ristra de poemas que pertenecían a un poemario en progreso que titularía *La ausencia y la luz.*

Darío leyó los poemas. Era extraño. Los textos no compensaban nada. Más bien acentuaban la memoria del desastre.

Le recordó a Lucia Joyce. Con suerte, Antonio, su esposo-padre, la vería bailar en su habitación, dando vueltas y leyendo en cada giro alguno de los *Sonetos a Orfeo,* mientras él trataría de escribir sesudos análisis sobre la memoria histórica de un país con amnesia.

Joyce. Al fin disponía de todo el tiempo del mundo para volver a leerlo. Traducirlo, quizás, algún día. Buscó, sin mirar, debajo del colchón y sacó el ejemplar de *Finnegans Wake.* Ese libro era como una máquina de sueños. Comenzaba a leerlo, pero a la tercera o cuarta frase ya se encontraba en el proceso de descifrar aquellas líneas como si pertenecieran a un idioma remoto. Ese libro no estaba construido, como algunos críticos decían, según una base lingüística anglosajona con fragmentos o incrustaciones de otros idiomas. La base reconocible, siempre idéntica y siempre difusa, se conectaba en el desarrollo de la oración con una sintaxis que solo podía provenir de los sueños.

Darío estaba consciente de que su propia obra solo era comparable con la de Ramos Sucre y con la de Joyce. La idea siempre le producía gracia y un ligero sonrojo, porque era cierta y porque por eso mismo no valía la pena detenerse a pensar en ella. Al igual que Ramos Sucre, Darío había construido su obra sin usar la palabra más frecuente del español, el «que», pero no por mutilación sacerdotal, como en el caso del cumanés, sino por pura evidencia de la lengua. Y también, como Joyce, había escrito algo verdaderamente intraducible. La perfección del palíndromo no consiente trasvases. Los textos bifrontes admitían una traducción al interior del propio idioma, trabajo que estaba realizado desde el principio por Darío, reasegurando así, con el espejo, la cerrazón de un juego que nunca se resolvería.

De Kolonaki pasaron a una bella casita en Rimini y Kolokotroni. El barrio de Filothei era mucho más tranquilo, alejado de la zona comercial, atestada de turistas. Durante los años que vivieron en Atenas, Darío comprendió aquella elección de Sartre, que al principio le pareció tan antipática, de titular su biografía *Les mots*. Y, sobre todo, de dividirla en esos bloques definitivos: leer y escribir.

Aunque pareciera el colmo de la intelectualidad, aquella existencia fue lo más cerca que estuvo nunca de su propio cuerpo: leer, comer, amar, beber, escribir, viajar. Con lo que ganaba Antonieta en la embajada vivían sin estrecheces y la tranquilidad de Darío también alcanzaba para los dos.

Parte del trabajo de Antonieta consistía en movilizar el flujo de personajes, entre predecibles y desquiciados, que circulaban sin parar entre el cuerpo diplomático.

Los más exóticos eran los venezolanos radicados en Atenas. Tanto los que llegaron un día para no volver, como el Licenciado Leáñez y su anciana madre o como Isabella, como los nuevos ricos que estaban de paso, con sus fajos de dólares a 4,30, que transformaban en dracmas que les costaban, al cambio exacto, una locha.

—Esos de allá son venezolanos —dijo el Toro Bisbal.

—¿Cómo sabes? —preguntó el Licenciado Leáñez.

—Esa vesania con que rompen los platos solo puede ser venezolana. ¿Quieres ver?

El Toro, con su ímpetu característico, se levantó de su silla y fue donde estaba el grupo. Llamó al mesonero, le dijo algo al oído y se quedó hablando con los hombres y las mujeres de la mesa. Cuando llegó el mesonero con tragos para todos, lo celebraron con una ronda de aplausos y platos rotos.

—Como les dije, son venezolanos. Becarios de la Mariscal de Ayacucho. Están de vacaciones —dijo el Toro al regresar.

Darío adoraba esas tabernas de Plaka. Le fascinaba el espectáculo de aquella particular misoginia que solo permitía a los hombres bailar con los hombres. Esos terremotos controlados que por unos pocos dracmas aupaban a destrozar vajillas enteras.

—Venezuela es lo mismo pero al revés. Están quebrando el país por unos platos de porcelana. Pero esa vaina se va a acabar pronto. Ya verán.

Darío, Antonieta, Isabella, Montserrat y el Licenciado Leáñez escuchaban un rato al Toro Bisbal. Después Darío encendía otro cigarrillo y corría su cortina de humo. Leáñez elaboraba sus propias teorías económicas y las mujeres, para desafiar el rostro ceñudo de los hombres del local, se ponían a bailar entre ellas.

Isabella y Monserrat, al igual que ellos, habían escapado. Al llegar, descubrieron que Grecia podía ser un país aún más machista y retrógrado que Venezuela, pero por lo menos no estaba la familia asediándolas.

Isabella tenía un *motor home* con el que recorrieron toda Grecia. A Darío le habían asignado un asiento con cenicero, junto a la ventana.

—El cigarrillo te va a matar —dijo Isabella, en una ocasión.

—Estos olivos están bien para pasar la noche. Estaciónate.

—Te dije que los cigarrillos te van a matar —repitió Isabella.

—Te escuché. Y yo te dije que estaciones debajo de esos olivos que acabamos de pasar.

—Te recuerdo que la que maneja soy yo —respondió Isabella.

Darío soltó una bocanada y una sonrisa.

En Creta, en las afueras del palacio de Cnosos, le ofrecieron una baratija. Una moneda del siglo III antes de Cristo, según el vendedor. Isabella le dijo que era muy probable que la moneda fuese auténtica.

—En Roma pasa lo mismo. Cada vez que la alcaldía taladra alguna calle, saltan monedas de la época del Imperio.

Darío la lanzó al aire, la dejó caer en la palma de su mano y observó el dibujo. Un laberinto, le explicó el buhonero. Señaló las marcas en la moneda y luego hizo el número siete con los dedos de las manos.

—¿Es el precio? —le consultó Darío a Isabella.

—No. Te está demostrando que la moneda es genuina. Tiene de un lado la esfinge y del otro el laberinto de siete caminos, que es el laberinto clásico.

—¿Cómo clásico?

—Son siete los caminos que se necesitan para perder a una persona.

—Me la llevo —dijo finalmente Darío. Y pagó.

Días después, de regreso en Atenas, Darío repasaba el grabado de la moneda. El Minotauro y el laberinto. Dédalo. Stephen Dedalus. Logodédalos.

¿Logodédalos? Buen título. Una de las pruebas básicas para medir la inteligencia animal es ver si el bichito puede encontrar la salida a un laberinto. De modo que lo tuyo es una «Machina Labyrinthea», si me permites darle una denominación de biólogo. Un libro que es un laberinto, como lo imaginó aquel personaje de Borges. Pas mal, mon frère.

Te quiere,

Ramón

P. D.: ¿Cuándo carajo vuelven?

Esa pregunta, palabras más palabras menos, también se la habían hecho ellos mismos. La primera vez, en 1979, con el cambio de Gobierno. Luis Ordaz había quedado de segundo en las elecciones presidenciales, por Acción Democrática. Sin embargo, al ver que los copeyanos mantuvieron buena parte del cuerpo diplomático de la embajada de Atenas, se tranquilizaron. A partir de entonces, con más ahínco, programaron sus viajes. No ya a las islas griegas únicamente. Como eran más de mil doscientas, al principio tuvieron la fantasía de recorrerlas todas y solo entonces marcharse de Grecia.

En los dos primeros años del Gobierno de Luis Herrera Campins viajaron como nunca lo habían hecho en su vida. Estocolmo, Oslo, El Cairo, Alejandría, Estambul, París, Londres y Dublín. Solo entonces Darío tomó conciencia de lo insólitos que eran los aviones. En uno de esos vuelos, recordó el mito de Dédalo e Ícaro. Desde la ventanilla observó los meandros de la tierra.

Siempre al margen, olvidado de todo lo que no fueran sus juegos de palabras, ¿no habría tentado, igualmente, al sol?

Darío comenzó a frotarse las piernas.

El pasajero que estaba al otro lado del pasillo, al notarlo un poco nervioso, trató de calmarlo. Era ingeniero de materiales, pero, como todos los ingenieros, sabía de todo un poco. Insistió en que era mucho más probable morir en un accidente de auto que en un avión.

—En todo caso, si morimos, todo quedará registrado en las cajas negras. Y eso ayudará a perfeccionar estos aparatos y cada vez será menos probable que alguno se caiga. Conoce usted lo que es una caja negra, ¿no?

—Sí y no.

—Déjeme explicarle.

El ingeniero pasó el resto del viaje explicándole a Darío el funcionamiento de las cajas negras, su planteamiento en la teoría de sistemas, el modo en que se analiza un proceso a partir de un punto ciego que solo permite ver lo que entra y lo que sale de su cerco, su posterior aplicación a la navegación y a los vuelos, las grabaciones de la cabina y de la tripulación que han permitido reconstruir algunas tragedias.

—¿Quiere decir que las cajas negras están grabando esta conversación? —preguntó Darío.

—No, hombre —dijo el ingeniero, con una sonrisa—. Las cajas negras solo graban una parte del vuelo. Casi siempre, los últimos treinta minutos, en itinerarios más o menos largos como el nuestro. Una vez, un amigo de la aviación me permitió escuchar una de esas grabaciones. Es terrible. Por un lado está la frialdad técnica de los pilotos. Por el otro, los gritos de los pasajeros. ¿Está bien? No se ponga así. Ya vamos a aterrizar. Mejor cambiamos de tema.

Después del periodo en Atenas, cuando por razones de trabajo tuvieron que viajar a otros países, como Barbados, China o España, Darío no pudo quitarse del pecho la aprensión que, producto de aquella conversación, lo ganaba siempre al despegar. La imagen de una caja negra que guardaba las palabras de la muerte lo obsesionaba durante el vuelo. De nada le sirvió la aclaratoria de Antonieta de que las cajas negras, en realidad, no eran negras, sino de un anaranjado brillante.

—Así es más fácil encontrarlas —dijo Antonieta.

A comienzos de 1982, le informaron a Antonieta de que en algún momento del año tendría que regresar a Venezuela para ocupar un cargo importante. Isabella y Monserrat, acostumbradas ya a las despedidas, se comportaron como si nada hubiese pasado. O como si estuvieran seguras de volverlos a ver muy pronto, cuando en realidad sabían que eso no ocurriría. El Toro Bisbal hacía un par de años que estaba en el país. Su nombre había sonado mucho últimamente para el Banco Central de Venezuela. El Licenciado Leáñez, en cambio, volvió a las andadas nocturnas, en interiores, con la bandera de Venezuela amarrada al cuello. Daba largas caminatas a la medianoche, por calles de Atenas que solo él parecía conocer, y luego volvía al patio de su casa, donde se instalaba. A veces escuchaba los ruegos de su madre, pero otras se negaba y solo aceptaba entrar si Antonieta y Darío iban a hablar con él.

—¿Qué sucede, Licenciado? —saludaba Darío.

—Te vas a congelar —decía Antonieta, cubriéndolo con una manta que la madre le había alcanzado.

—Ese país es una mierda. No sé por qué quieren volver allá.

—Ya te lo explicamos —dijo Antonieta—. La Cancillería me ordenó regresar.

—Ese país está por hundirse. Después no digan que no se los advertí. Pero por lo menos vendrán de visita, ¿no?

Darío se agachó y lo tomó por un hombro.

—No, Licenciado, no creo que volvamos a pasar por acá.

Antonieta observó a Darío. Le atraía y a la vez le asustaba el modo en que él siempre decía la verdad.

El Licenciado Leáñez asintió, como agradecido, y se levantó. Luego, los tres entraron a la casa.

Una semana antes del regreso, Galo y Hannah los visitaron de sorpresa. El apartamento estaba prácticamente desmantelado. La biblioteca que habían acumulado en esos años yacía en cajas ordenadas y numeradas. Solo unos cuantos libros permanecían aún en un par de repisas, junto con varias libretas pequeñas y algunos blocs de dibujo. Antonieta al fin había logrado que Darío sacara todas las cosas que guardaba debajo de la cama.

—Es una costumbre que le quedó de la cárcel —explicó Antonieta a Galo y a Hannah.

Darío solo hizo un movimiento de hombros y encendió un cigarrillo.

—No tengo nada que ofrecerles. Mejor vamos a algún lado —dijo Antonieta.

Fueron hasta el café Syntagma, en la plaza de la Constitución.

—¿Cómo están las cosas por allá? —preguntó Antonieta, ya instalados en la mesa.

Galo y Hannah acababan de pasar un mes en Caracas.

—No sé. Por un lado, la gente dice que la vida es imposible. Y por el otro, el Gobierno asegura que va a inaugurar un montón de cosas: el metro, el Teatro Teresa Carreño, qué sé yo cuántas cosas más —dijo Galo.

—Al Toro lo nombraron director del Banco Central —dijo Hannah—. Vamos a ver si tiene las bolas de devaluar.

Cenaron y despacharon varias botellas de vino. A la salida, Antonieta le habló maravillas a Hannah de su último poemario.

—Gracias, linda. Eres la única que se ha dado cuenta. Ahora estoy preparando otro. Ahí sí me van a tener que construir un castillo y pedir cita para verme. Yo soy la única verdadera poeta de ese país malagradecido.

Hannah estaba borracha. Galo la abrazaba por la cintura, pero ella se zafaba mientras comenzaba a dar algunos pasos en falso. Darío llamó un taxi. En una vinatería cercana a la casa, compraron más botellas.

Ya instalados, Hannah empezó a criticar el apartamento. De aquella adorable casa en el barrio de Filothei habían pasado, finalmente, a un lugar más modesto pero con una mejor vista, en Kanari, en el barrio Neo Psychico.

—Es horrible esto —dijo Hannah.

Luego trató de que la conversación volviera a su poesía, pero Galo y Antonieta estaban demasiado concentrados compartiendo anécdotas. Galo escuchaba, fascinado, la historia del cementerio de caballos del abuelo de Antonieta. Darío solo fumaba y fingía escuchar a Hannah.

—Una casa sin libros es un cementerio. Eso sí es un cementerio —dijo Hannah, mirando con rabia a Galo y a Antonieta.

Entonces comenzó a abrir las cajas de libros y a desparramarlos por toda la sala.

Galo se levantó y la sujetó por un brazo, pero Hannah se soltó y le clavó las uñas en la cara. Unas gotas de sangre cubrieron la mejilla de Galo. Antonieta lo llevó al baño para ayudarlo a limpiarse.

Mientras, Hannah seguía sacando libros de las cajas y arrojándolos al techo y al piso del apartamento. De repente se detuvo, agotada. Darío la contemplaba absorto, fumando con calma su eterno cigarrillo.

—¿Qué ves? ¿Te gusta? —dijo Hannah. Y como guiada por un presentimiento, fue hacia las repisas y comenzó a echar los libros y los blocs de dibujo al piso. Cuando las dejó limpias, empezó a brincar sobre los libros, pisoteándolos. Lo hacía mirando de tanto en tanto a Darío y diciéndole:

—¿Te gusta? ¿Ah? ¿Te gusta?

Galo y Antonieta volvieron del baño. La sujetaron por los brazos y la obligaron a echarse en un sofá de la terraza. Allí la tuvieron hasta que se quedó dormida. Pidieron un taxi por teléfono. Galo se la llevó cargada en brazos. En la sombra del pasillo, parecían una pareja de recién casados.

Darío encendió otro cigarrillo, se sirvió una copa de vino, que bebió de un trago, y comenzó a recoger el desastre. Antonieta lo ayudó a guardar los libros. Luego, sin despedirse, ella se fue a la cama.

Darío no durmió aquella noche. Pasó el resto de la velada alisando las páginas de su ejemplar, ahora golpeado, de *Finnegans Wake,* como si esas páginas fuesen sus propias extremidades temblorosas durante un vuelo incierto.

III. The Night

22. Paolo y Francesca

La gente del interior del país manda a sus hijos a Caracas sin saber que los está enviando al matadero. Si Miguel Ardiles hiciera una estadística de los casos que ve en Medicina Legal, o que lee en la prensa, tendría que admitir que no muere un porcentaje representativo. Sin embargo, los jóvenes que vienen de la provincia y son asesinados en Caracas lo hacen con estruendo. Mueren por todos los otros que siguen vivos, esa mayoría que sería un ejemplo óptimo de adaptación al medio si no fuera por el irreductible granito de nostalgia que les arde en la garganta.

Desde el primer día, Miguel Ardiles vio en sus hermosos ojos de cordero que Margarita estaba condenada. En su oficio, pensar esto es como incurrir en mala praxis: es él quien tiene que dar esperanza a los pacientes, hacerles ver que la normalidad que tanto buscan está a un paso. Lo que no puede decirles es que para ellos ese paso se mide en años luz, que es su propia voluntad la que los transforma en astronautas inversos: lo que es un pequeño, ridículo paso para la humanidad, resulta ser un grande, a veces insalvable paso para un solo hombre.

Margarita es depresiva. Eso ya constituye una primera dificultad motriz en su alma. La depresión en ella es una piedra de ámbar que eriza y atrae la desgracia. Su historia familiar no hace sino reforzar el cerco oscuro que la inmoviliza.

Ardiles ve potencial en un caso clínico cuando el relato de un paciente genera sus propios símbolos.

Imágenes que, más que representar algún trauma del pasado, orientan la lectura hacia el futuro. Imágenes que son símbolos que funcionan como oráculos. En la historia de Margarita Lambert, ese símbolo es una cucaracha.

Hija de un oriental de ascendencia corsa y de una merideña, Margarita nació en Tabay, un pueblito que queda a treinta minutos de la ciudad de Mérida, capital del estado Mérida, en los Andes venezolanos. Quién sabe cómo su padre recaló en aquel rincón del páramo, cuyo clima friolento no tiene nada que ver con el calor dominante de su pueblo natal, El Pilar, en el estado Sucre. Lo cierto es que allá llegó un día, montó una ferretería y terminó casándose con una maestra de escuela. La maestra y el ferretero planearon todo muy bien: primero mucho trabajo y sacrificio, y luego los muchachos. Pero en la brega del día a día casi se olvidan del objetivo principal de aquellos desvelos: no fue sino hasta los treinta y ocho años de edad que la maestra de escuela, que vivía rodeada de niños, decidió tener los propios. Eso explica que entre Margarita y Fernando, su hermano mayor, mediara menos de un año de diferencia.

A Fernando, al terminar el bachillerato en 2005, lo mandaron a Caracas. Era inteligente, pero sobre todo tenía un gran sentido práctico. Sus padres creyeron que por haber culminado sin ningún problema sus primeros estudios, Fernando estaba destinado a ser ingeniero o médico. Sin embargo, la única razón de su buen desempeño escolar era que siempre tuvo clara la idea de que la vida se dividía en etapas y estrategias: si en verdad quería echar para adelante, primero debía terminar la escuela. Así de simple. El estudio, en esta circunstancia, fue solo un medio, nunca un fin en sí mismo. En otras palabras, Fernando tenía todo el potencial para convertirse en un hombre de negocios.

A poco de llegar a Caracas reveló dotes de gerente al organizar con rigor y probidad su nuevo hogar. Se trataba de un apartamento que había pertenecido a una tía solterona, que al morir le heredó a su madre aquella propiedad. El apartamento quedaba, o queda, en La Pastora.

—Cerca de donde murió el doctor José Gregorio Hernández —dijo Margarita—. Es curioso, ¿no le parece?, que a ese santo lo haya atropellado el único carro que había en Caracas.

—No es un santo. Por ahora, entiendo, solo lo han beatificado. Y no es cierto lo otro: en esa época existían varios autos en Caracas —dijo Ardiles.

Margarita recibió la aclaratoria con cierta decepción. No tanto por haberle desmontado una leyenda, sino por la incomprensión del psiquiatra de lo que implica la fe: una vista gorda que ennoblece.

De cualquier forma, santo o beato, atropellado por el único o por uno más de los autos de la época, José Gregorio Hernández representaba para Margarita la esencia de Caracas: una ciudad donde ni los santos estaban a salvo del tráfico.

En este interés de Margarita influyó el oficio que terminó desempeñando su hermano en la compra y venta de autos usados. Fernando se había inscrito en una escuela técnica para estudiar publicidad y mercadeo. Al percatarse de la facilidad de Fernando para la escritura, un compañero de estudios logró que entrara a trabajar en *Guía Motor,* una revista dedicada al mundo de los automóviles en Venezuela. Empezó como redactor de notas de prensa, luego aprendió a editar contenidos para la página web de la revista y después le encargaron reportajes en distintas competencias automovilísticas a lo largo y ancho del país.

Con el dinero ahorrado en los dos primeros años de trabajo y una pequeña ayuda de sus padres, pudo comprarse un viejo Malibu. Lo repotenció, lo vendió y obtuvo el doble de lo que le había costado. Siguiendo ese método, no tardó en comprarse un carro nuevo. Una vez superada esa etapa, percibió la estrategia. Al contrario que los estudios, la compra y venta de carros sí podía transformarse en un fin en sí mismo. Fue así que entró en el negocio y abandonó los estudios.

—¿Por qué no hizo lo mismo con el apartamento? —le preguntó Ardiles a Margarita.

—¿Qué cosa? —dijo, como aturdida por la interrupción.

—Vender el apartamento de La Pastora y comprar en otra parte. Esa zona es dura.

—Porque el apartamento está a nombre de mi mamá. Yo tenía poco tiempo en Caracas, estaba comenzando Psicología y ella quería garantizar que yo estuviera en mi casa, y no solo en la de mi hermano.

—¿Tenías problemas con él?

—¿Yo? —la pregunta pareció ofenderla—. Yo adoraba a mi hermano. Fernando tenía una novia y planes de casarse. Solo eso.

Fue en diciembre de 2008 cuando lo mataron.

—Una muerte tonta —dijo Margarita, llorando—. Estaba en una tasca por la avenida Andrés Bello. Al parecer tuvo una discusión con un hombre que empezó a molestar a Mariela, la que era su novia. El hombre se marchó, pero luego, cuando mi hermano abandonó la tasca, lo siguió en el carro y le disparó.

De esta manera, Margarita se quedó sola en Caracas. Por un perverso mecanismo de compensación, su madre también se quedó sola en Tabay. Pocas semanas después de la muerte de Fernando, su padre fallecía de un infarto. El alcoholismo que había traído de su tierra, como un talismán airado, lo terminó de sorber ante el dolor de la pérdida de su hijo varón. Ni ella se planteó el regreso definitivo a Tabay ni su madre la mudanza a Caracas. Cada una permaneció atada a las circunstancias velando el espacio de las costumbres, como si los recuerdos las necesitaran en sus puestos fijos para no perderse en el camino de vuelta.

Por esta época, Margarita hace amistad con un viejito italiano que vivía en el apartamento de al lado. Un anciano que nunca salía de su casa y al que empezó a ver cuando, en la madrugada, coincidían asomados en los balcones que daban a la calle que baja de Amadores a Cardones.

—No puede dormir, ¿ah? —le dijo la primera vez que la vio acodada en el balcón, envuelta en el cubrecama, a las cuatro de la mañana—. El insomnio es un muérgano.

Margarita quiso contestarle, pero el viejo continuó hablando sin esperar respuesta.

—Francesca siempre me pelea que mi mal humor es por la falta de sueño. Bueno, cuando me peleaba, porque ya ni eso. Yo le digo que mi mal humor es consecuencia de lo que veo *gracias* a la falta de sueño. Francisco de Miranda tuvo razón cuando se quejó de que este país era puro bochinche. Un país que duerme tan bien, que ronca a pata tendida, no va para ninguna parte. Esa gente del edificio de enfrente, del Mary-Ros, por ejemplo, si pudieran verse a sí mismos como los veo yo, no pegarían un ojo en meses. La del piso seis, a la izquierda, cada noche acuesta a sus niños, les da un tecito para que se duerman y al rato sale vestida de negro y en tacones. Sale a eso de las diez y media y con esa facha en dirección a la avenida Baralt. Lo peor no es que los niños no sepan que la madre es, y me perdona la palabra, una puta. Lo peor es que los niños no se levantan en toda la noche. Lo sé porque los vigilo, porque hago mi alcabala esperando que al menos uno de los dos vaya al baño o algo. Pero no se levantan. A las seis de la mañana la madre regresa, se cambia, se lava la cara y reaparece en el cuarto de los niños con la misma pijama que tenía puesta antes de dormirlos. Aparece, los despierta para que vayan al colegio, espera en la puerta del edificio a que pase el transporte y luego, ahí sí, se va a la cama. Y yo lo que pienso es en el tecito que les prepara. En la suma de todos esos tecitos que equivale a un arrepentimiento. Es un peligro tener un tecito como ese para *cualquier* circunstancia, ¿no? ¿Me entiende? ¿Entiende entonces mi mal humor? ¿Sí? Me alegra, porque Francesca no lo entiende.

Esa vez estuvo escuchando al viejo hasta las seis de la mañana.

—¿Ve? —le dijo el viejo señalando hacia abajo.

Una mujer vestida de negro descendió a trompicones de un taxi.

—¿Es ella? —preguntó Margarita.

—Ajá —contestó el viejo, con gesto de triunfo.

El afán incipiente de la hora los retrajo a cada uno a su nido. Por culpa del viejo iba a llegar tarde a la primera clase. Salió hacia la universidad sin bañarse. En el fondo estaba agradecida: fueron dos horas sin pensar en Fernando.

A la madrugada del día siguiente, ambos se encontraban en sus puestos de vigilancia.

—Estuvieron bebiendo hasta hace poco. Así que es probable que despierten hacia el mediodía —dijo el viejo, entrando en materia.

—¿Quiénes? —preguntó Margarita.

—Ellos, todos.

—¿Quiere café?

—No, yo estoy bien.

Margarita volvió a los pocos segundos.

—Se acabó el café —dijo Margarita.

—A mí ya no me traen. Me estaba provocando acidez y lo saqué de la lista.

—¿Quién le hace el mercado?

—El portugués de la esquina. Lo llamo, él toma el pedido y me lo trae el muchacho. ¿Quiere el número?

—Se lo agradecería.

—Día feriado —dijo el viejo—. Como si no fuera suficiente con todo lo que ya duermen, ahora el 4 de febrero es día feriado. Nadie como los venezolanos para celebrar los fracasos. Y nadie como los venezolanos para olvidarlos. Si algo bueno tuvo el golpe del 92 fue que por primera vez en mucho tiempo la gente pasó la noche en vela. Y sin beber, que sin eso no hay mérito. Pasaron la noche en vela, pero no prestaron atención. Se quedaron encerrados viendo una y otra vez el mismo video que pasaban en todos los canales, cuando los golpistas tomaron la principal antena de transmisión. Embobados, oyéndolo sin creerlo y sin entender bien cómo un militar los estaba despertando de su sagrado sueño para sumarse a un alzamiento. Y los que se asomaron solo vieron hacia el sur. Como el palacio de Miraflores queda a menos de tres cuadras de aquí, los vecinos se consideraban testigos de primera fila. Lo cual no era del todo falso, pues en aquella época no existía el Internet ese, ni existía la moda estúpida de los celulares. De modo que era cierto que escuchaban como una primicia los primeros estallidos, las ráfagas de metralla.

»Veían la televisión, miraban hacia Miraflores, pero no hacia abajo, no se daban cuenta de lo que sucedía en la calle en esas horas de la madrugada. Y precisamente porque el golpe fracasó, porque la mitad de las bombas que lanzaron los aviones no explotaron, porque el Comandante a la hora de la chiquita se asustó y no hizo lo que tenía que hacer, precisamente por eso lo celebraron. Después, en los carnavales, a muchos niños los disfrazaron del Comandante. Más de un intelectual exquisito salió a aplaudir el golpe en su columna del domingo. Y en los años que siguieron el aplausito parecía haberse callado cuando en realidad el aplauso iba por dentro. Y el Gobierno siguiente continuó con el aplauso y los excarceló, y en las elecciones del 98 la gente volvió a aplaudir públicamente y votó por ellos, y hoy los verás en la televisión y los verás en la calle quejándose, indignados porque hayan declarado este día feriado. Indignados porque los militares, después de que el país ha representado durante más de diez años la misma farsa de autoayuda para que tomen el poder, hayan terminado por creerse de verdad esos aplausos.

»Esa madrugada, mientras en la televisión el futuro presidente de la República llamaba a levantarse contra el Estado, mientras la mayoría de las personas se quedaba petrificada ante la televisión sin terminar de comprender el mensaje, yo vi con mis propios ojos a más de un hombre salir con su mochila al hombro para unirse al golpe. Salieron del Mary-Ros, salió uno de las casas de vecindad de los dominicanos, salieron varios de nuestro propio edificio. ¿Se da cuenta? Hombres que de la noche a la mañana acuden al llamado de una posible muerte. Orientándose en medio de la oscuridad de la madrugada, con una idea confusa de sus propias vidas y de los destinos de la patria, para llegar a la fuente luminosa proyectada por la pantalla. Como bichitos que se queman en la luz. Nunca se me va a olvidar la impresión que me produjeron aquellos hombres que caminaban como hipnotizados. Pero la noche explica muchas cosas. Lo que causa verdadero terror es que ahora millones de personas sigan acudiendo al mismo llamado de muerte y a plena luz del día.

El viejo calló y permaneció un rato sondeando el claroscuro de la calle en descenso. Margarita imaginó al viejo, con energía súbita, trepándose al balcón y saltando al vacío.

Cuando despertó de la breve ensoñación, el viejo no estaba. De puntillas e inclinándose, fisgoneó en el interior del apartamento, pero no se veía el más mínimo movimiento. ¿Habría saltado? La idea le pareció absurda y por eso mismo posible. Escrutó el asfalto de la calle, sabiendo que no iba a encontrar nada, pero queriendo que de una forma u otra algo se revelase.

—Tenga —dijo el viejo de repente.

Margarita se sacudió del susto.

Era un papel con un número de teléfono escrito con pulso tembloroso.

—Dígale a João que es la vecina del señor Paolo, el del Lino —dijo el anciano.

Durante todo el mes de febrero de 2009, Margarita sostuvo largas conversaciones de madrugada con el señor Paolo. Así fue poniéndose al tanto de su historia. Había llegado con Francesca, desde Italia, al puerto de La Guaira a mediados de los años cincuenta, en plena dictadura de Pérez Jiménez. Con los años, logró amasar una pequeña fortuna en múltiples trabajos en el área de la construcción que se vieron coronados por un buen negocio. No había tenido hijos.

Un día Margarita se atrevió a preguntarle:

—Señor Paolo, ¿y usted no sale nunca?

El viejo meneó la cabeza con la leve furia que le permitía la edad.

—No. Yo le juré a Francesca estar siempre a su lado. Hace cuatro años se cayó y se rompió la cadera. Desde entonces no se ha levantado.

Al día siguiente, el señor Paolo no apareció en el balcón. Dieron las siete de la mañana y Margarita regresó a su cuarto. No debió haberle hecho esa pregunta. ¿Por qué había sido tan indiscreta? Encendió el televisor. Distraída, comenzó a hacer zapping. Cada tantos segundos se olía las axilas. En el canal del Estado transmitían un programa especial porque ese día, 27 de febrero, se cumplían veinte años del Caracazo.

27 de febrero, pensó Margarita.

—Ahora me doy cuenta de que la pregunta que le hice al señor Paolo me la había hecho en realidad a mí misma —dijo Margarita—. En el momento, lo vi como una forma de resistencia.

—¿Qué cosa? ¿Resistencia a qué? —le preguntó Ardiles.

—No sé. A algo. Tenía casi un mes sin salir del apartamento. Era como si alguien me hubiera impuesto esa meta. Puede parecer una locura, pero me sentí contenta de estar lográndolo.

Las mañanas se sucedían y el señor Paolo no se mostraba. A partir del tercer desencuentro consecutivo, Margarita apenas se asomaba al balcón, de forma mecánica, para comprobar que el vínculo se había roto. De resto, pasaba el día en el cuarto, viendo televisión y oliéndose las axilas. La maceración de sus olores se convirtió en la marca vaporosa del tiempo. Con una frecuencia indeterminable, recibía las llamadas cada vez más preocupadas de su madre. Ella respondía con la misma parquedad siempre:

—No pasa nada, mamá. Deje la preguntadera. Ando ocupada.

Y trancaba.

Las cosas se empezaron a complicar de verdad para Margarita el día que descubrió que le habían cortado el servicio de Intercable. Sin televisión ni Internet estaba desvalida. Poco después, el portugués se negó a mandarle un nuevo pedido. Aún debía el anterior, que no había cancelado por no haber ido al banco a buscar nuevas chequeras, o a un cajero a sacar efectivo. La tarde que descubrió este nuevo revés, volvió a intentar por teléfono. Le atendió el muchacho. El portugués había salido.

—No puedo, señora Margarita. El señor João dijo que usted tenía que pagar primero.

—Hagamos algo. Cuando usted le traiga el mercado al señor Paolo, ¿por qué no me ayuda y me trae una bolsita? Una Harina Pan, una frutita. Lo que usted pueda.

—Ese es el problema, señora Margarita. El señor Paolo no ha llamado. Y eso que él hace la compra por semana. ¿Ha sabido algo de él?

—No —dijo Margarita—. No he sabido nada.

Margarita calcula que durante tres días sobrevivió comiendo los restos de otras comidas que había ido desperdigando ese mes en distintos rincones de la casa. Era una paloma que picoteaba migajas arrojadas por ella misma. La diarrea y los vómitos se convirtieron en las únicas distracciones. Los retorcijones y las náuseas eran como el temblor que anunciaba un tren en la distancia. De territorios lejanos sentía las emanaciones de algo que le había pertenecido hacía mucho tiempo y que no era otra cosa que su cuerpo.

Una noche soñó con Fernando. También con sus padres, allá en Tabay. Fue una selección aleatoria de recuerdos. Lo onírico se revelaba solo en los saltos temporales, en cierta conciencia paródica que hacía rígidos los gestos. Margarita recuerda haberse sentido perturbada dentro del propio sueño por lo convencional de aquellas imágenes. Por ajustarse sin ninguna modificación visible a los hechos del pasado.

—Me preocupó que mi inconsciente fuera tan diáfano —dijo Margarita.

Como buena estudiante de Psicología, Margarita sabe que el inconsciente es un espacio habitable *ad infinitum*. Es el laboratorio de la alquimia de las imágenes. Solo entra allí lo que no tiene cabida en otro sitio. Aquello que, de alguna manera, ya ha desaparecido.

Los más terribles despertares de la literatura son los de los personajes de Kafka. Josef K. y Gregorio Samsa abren los ojos a un infierno que apenas comienza y que amenaza con no terminar nunca. Con un estilo kafkiano demasiado literal, Margarita despertó de la locura. Dejó atrás los sueños de la más estricta normalidad al sentir una punzada en el labio superior. Terminó de despabilarse con sus propios gritos de horror: una cucaracha le mordía la boca y no se desprendía.

—Fue una mordida mínima, inofensiva, más pequeña que la de una hormiga. Pero es tan pequeña que no puede reducirse más. Ahora, cada vez que siento un picor me asusto. Y a veces ni siquiera necesito sentir que algo me pica. Basta con estar preocupada por algo para imaginar que esa cucaracha sigue mordiéndome. Me aterro con la idea de que de nuevo me he dejado llevar y que al despertar una cucaracha gigante estará devorándome.

Después de llorar un buen rato, lo primero que hizo Margarita fue darse un baño. Estuvo en la ducha más de una hora.

—Hace poco, en una de las guardias, me tocó ver a una mujer que aseguraba haber sido violada por un fantasma. Estaba psicótica. Sin embargo, ahora entiendo muy bien lo que sentía —dijo Margarita.

Luego de bañarse, se dedicó a limpiar la casa.

—Cuando a usted lo traga la desidia, lo único que sobra son los productos de limpieza —dijo Margarita—. Tiene sentido, ¿no?

Después de limpiar a fondo todo el desastre, de limpiarlo mientras las lágrimas lavaban su rostro, volvió a bañarse. En los días siguientes, se dedicó a poner las cuentas en regla. Pagó facturas y servicios atrasados. Hizo ella misma el mercado. No muy grande, pues no quería que nada se le pudriera. Llamó a su madre y le dijo que necesitaba pasar unas semanas con ella.

En Tabay, durante todo el mes de abril, se repuso. No se habían visto desde la fugaz visita por el entierro de su padre. Hablaron de la posibilidad de que ella, su madre, se viniera para Caracas. Así las dos se harían compañía. La madre le prometió que lo iba a pensar.

Margarita volvió al apartamento de La Pastora con una brizna de esperanza. Lo primero que haría esa semana sería poner en venta el carro de su hermano. No tenía aún ningún plan para ese dinero. Solo quería desprenderse de las formas materiales de su recuerdo.

Al abrirse la puerta del ascensor en su piso, se detuvo largo rato en el pasillo. Quien la viera pensaría que había olvidado cuál de las dos puertas le correspondía. Recordó sus conversaciones con el señor Paolo.

¿Por qué no?, se dijo. Y tocó el timbre.

Nadie respondió. Se dio por vencida y entró a su apartamento. En la puerta de la nevera, fijado con unas fruticas de cera pegadas a un imán, estaba el papel con el número del abasto. Le sorprendió que aquello hubiera sobrevivido al huracán de la desidia y, más aún, al de la limpieza.

Le atendió el portugués. Lo sorprendió pidiéndole que pusiera al muchacho al teléfono. Este no entendía nada. Margarita prolongaba el preámbulo del saludo, como si fueran viejos amigos, y solo lograba confundirlo más. Algo le debió haber dicho el portugués, porque el muchacho interrumpió el devaneo:

—¿Va a encargar algo, señora?

La llamaba así, señora.

—No. La verdad es que no. Quería preguntarle por el señor Paolo, saber si usted había sabido algo. Si lo ha vuelto a llamar.

—¿No sabe nada?

—¿Saber qué?

—Ah. Es verdad que la conserje le dijo a la policía que usted había salido de viaje.

—¿La policía? ¿Se le metieron al apartamento al señor Paolo?

El muchacho guardó silencio, como si dudara en contestar. Al final dijo:

—No. Aquello fue mucho más feo.

Al fondo, Margarita escuchó la voz del portugués que, a gritos y en *portuñol,* le reclamaba al muchacho que colgara.

—Señora, si no va a pedir nada tengo que trancar.

—Sí voy a pedir —dijo Margarita. Enumeró al azar unas cuantas cosas. Quería hablar en persona con el muchacho.

Lo sucedido con Paolo y Francesca es inexplicable. El hecho de que Miguel Ardiles haya decidido llamarlos así implica un amago de interpretación. Sin embargo, el núcleo de esas vidas, la razón por la que se desarrollaron y concluyeron de esa manera, no se puede desentrañar.

Fue el muchacho quien avisó a la conserje. El señor Paolo tenía semanas sin dar muestras de vida. Subieron al apartamento y permanecieron largo rato en el pasillo escuchando. Cuando el silencio se hizo insoportable, persistieron en la pesquisa callados, como quien cambia de posición en una silla incómoda. A través del absoluto silencio ahora buscaban el olor definitivo. Pero no hubo ningún hedor que los alarmara.

Tocaron el timbre varias veces. Luego golpearon con estruendo la reja, a ver si el señor Paolo salía molesto para calmar el escándalo. La conserje decidió llamar a un cerrajero. No le dijeron nada de lo que sospechaban, pero algo debió de percibir el hombre pues antes de forzar la puerta del apartamento, habiendo sacado con facilidad la cerradura de la reja, le preguntó a la conserje si ella era la dueña.

La conserje tuvo que confesarle sus conjeturas y el cerrajero dijo que no iba a abrir ninguna puerta si no estaba un policía presente. Llamaron entonces a la jefatura de la parroquia. Dos policías llegaron más de una hora después, se pusieron al tanto del asunto y autorizaron al cerrajero a que hiciera su trabajo. Cuando se abrió la puerta, un escalofrío recorrió los cuerpos. Los policías sintieron la aprensión, sacaron sus pistolas y entraron al apartamento. Les ordenaron al cerrajero, a la conserje y al muchacho que permanecieran en el pasillo. Dieron voces de buenos días y recorrieron las áreas comunes. Desde afuera, el grupo veía con libertad ese espacio que hasta entonces había estado vedado. Era la típica decoración de una casa de viejos. Todo impecable y ordenado, en medio de un gusto barroco y con olor a encierro.

—¡Camacho! —gritó uno de los policías. Ya se encontraba revisando las habitaciones—. Ven a ver esta vaina.

Camacho giró hacia el pasillo.

—Ustedes se quedan quietos —les dijo.

En la habitación principal estaban los cuerpos.

—¿Se murieron los viejitos? —preguntó la conserje al policía que respondía al nombre de Camacho.

—Sí —dijo—. Pero no entren.

Tenía el rostro pálido. Se comunicó por el radiotransmisor con la jefatura, explicó la situación a través de unos códigos numéricos. Luego comenzó a bajar las escaleras.

—Use el ascensor —dijo la conserje.

—Necesito aire —fue la respuesta del policía.

El muchacho fue el primero en entrar. Luego lo siguió el cerrajero. La conserje se quedó en el pasillo estrujándose las manos.

Entraron a la habitación y el policía no los reprendió. Parecía agradecer la compañía. Aún tenía la pistola desenfundada, sin apuntarla a ningún lugar definido, pero sin atreverse a guardarla.

—¿Qué es eso que brilla? —preguntó en un susurro el cerrajero.

—No sé —dijo el policía.

Uno de los cuerpos parecía arropado por una sábana porosa, de un blanco que refulgía.

—¿Prendo la luz? —preguntó el muchacho.

Hasta ese instante, nadie se había percatado de que estaban a oscuras. Y así siguieron.

—Es cal —dijo el cerrajero.

—¿Cómo sabes? —preguntó el policía.

—Yo también soy albañil y trabajo con eso. Huele —dijo, y se tocó la nariz.

—¿La cal huele así? —preguntó el muchacho.

Y ya estaban por empezar una discusión sobre los olores y las propiedades de la cal, cuando un rumor bajo los fue amordazando. El policía, nervioso, empuñó la pistola hacia los fondos de la habitación. Entonces oyeron el lamento que los haría temblar:

—Ahhhhhhh.

Un lamento de ahogado, un estertor de asfixia.

El muchacho y el cerrajero salieron corriendo. El policía, también tratando de salir, había caído en el umbral del cuarto.

—¡Quieto ahí, que te reviento! —gritó a las sombras. Al no escuchar nada, se decidió a encender la luz.

La señora Francesca parecía una momia. Tenía varios días de fallecida y la corrupción de su cuerpo magro se ocultaba bajo múltiples mortajas cubiertas de cal. El señor Paolo era un saco áspero de huesos, con los labios cuarteados. Un conducto lastimoso para una lenta agonía.

Entró al hospital en estado de coma y murió a los dos días.

La hipótesis de un asesinato fue descartada pronto. No había pruebas de entrada forzosa al apartamento, ni objetos robados; tampoco había un móvil para justificar el crimen. Por otra parte, estaba el argumento rotundo de la avanzada edad de la pareja y la soledad y el aislamiento absolutos en que vivían. La policía indagó con cierta indiferencia acerca de Margarita, que era la vecina, pero se quedó contenta con la extraña ayuda que le brindó la conserje al afirmar que ella se había ido de viaje mucho tiempo antes.

A la madrugada del día siguiente, Margarita estaba de nuevo en el balcón. Veía pasar cada cierto tiempo un carro que se perdía entre el laberinto apretado de las calles del centro. Unas dos o tres luces permanecían encendidas en los distintos edificios a su alrededor. Ventanas iluminadas, en apariencia idénticas, pero que abrigaban en su interior seres tan disímiles como los madrugadores y los insomnes. Trató de imaginar la existencia que esas personas llevaban, de ser esos desconocidos que del otro lado de la calle quizás también la observaban. Imaginó todo eso y trató de entender lo que le había pasado, en qué momento y cómo y por qué se había extraviado.

Sin darse cuenta, dejó de pensar en sí misma y pensó en Paolo y Francesca, en el entierro en vida al que su vecino se había sometido en cumplimiento del voto de fidelidad eterna jurado a su esposa. Una esposa, y esto era lo que en realidad no le había permitido dormir en toda la noche, que no era tal.

—No eran esposos —le dijo la conserje, cuando Margarita fue a visitarla para que le contara su versión de los hechos—. Eran hermanos.

23. Los Strinkis

Pedro Álamo, Matías Rye y Margarita Lambert, como si se hubieran puesto de acuerdo, habían desaparecido. En jerga psiquiátrica, «desaparecido» quiere decir que fallecieron o se suicidaron, lo cual sucede en muy contadas ocasiones, o que siguieron adelante con sus vidas.

El taller de cuentos había terminado a principios de marzo, o eso fue lo que entendió Ardiles por uno de los últimos correos de Rye. Desde entonces, el vínculo pareció romperse, como si desde ese taller se hubiera escrito la historia que los conectaba a todos.

El que menos le preocupaba era Pedro Álamo. Lo imaginaba en su anexo de la urbanización Santa Inés, a cada momento a punto de salir o de ser tragado para siempre por ese laberinto que él mismo había construido. Tanteando letras o combinaciones de palabras que abrieran una puerta hacia una visión más clara del pasado o del futuro.

Había noches, en cambio, que el destino de Margarita Lambert le impedía dormir. Las dos primeras consultas fueron muy provechosas. Las dos últimas fueron alarmantes. Durante el mes que Margarita asistió a la terapia, Ardiles se puso al tanto de su historia familiar, del trauma por la muerte del hermano, del episodio de la cucaracha. Esos fueron los prolegómenos de la presencia que ahora la martirizaba y que se posaba sobre ella como una nube de angustia.

Después de conocer lo sucedido con el señor Paolo, Margarita hizo los ajustes para comenzar de nuevo. Puso en venta el carro de su hermano, convenció a su madre para que se viniera a vivir a Caracas y se inscribió en un centro deportivo donde enseñaban artes marciales y tácticas de defensa personal. Una detallada oferta de metódica violencia que iba desde kárate, kung-fu, judo y taekwondo, pasando por jiu-jitsu brasilero, boxeo, kick-boxing, hasta variaciones decorativas como la capoeira.

Margarita recordó una vieja película, *Contacto sangriento,* con Jean-Claude Van Damme. De niños, ella y Fernando se turnaban para hacer de Van Damme y del malvado chino de turno que siempre salía derrotado. Por ese arrebato de nostalgia, más bien divertido, se decidió por el kickboxing.

A las pocas semanas, en el centro deportivo se supieron dos cosas: que Margarita tenía una habilidad natural para pegar puñetazos y lanzar patadas; y que ella y su entrenador, Gonzalo Paredes, se habían enamorado.

En la calle y en los bares se los veía fundidos en un abrazo de araña, las cuatro piernas y los cuatro brazos entremezclados, moviéndose, avanzando. O bien, separados, hablando y gesticulando con emoción, trazando así los planes futuros.

En la intimidad eran una adaptación de las novelas de Sade. Sexo frenético, varias veces al día, con pausas filosóficas donde reconstruían el camino que los había llevado hasta allí.

La historia de Gonzalo era la de cualquier bala perdida. Una fuerza vital sin dirección que podía terminar pulverizada contra un muro o reventando el cráneo de un desconocido. Huérfano de madre y criado por un padre militar, desde pequeño Gonzalo había sido entrenado para la vida en términos castrenses: el mundo era un campo de batalla, lo distinto es el enemigo, el repliegue es para los cobardes, las fronteras son para conquistarlas, etcétera.

Los problemas de agresividad comenzaron a manifestarse durante el bachillerato. Hacia el final de su adolescencia se encendieron las alarmas: Gonzalo le devolvió a su padre una de tantas palizas recibidas en la infancia. Una corte de psiquiatras y psicólogos logró adormecer, de a ratos, con un moscardón de palabras, la naturaleza irascible del muchacho. Hasta que uno de ellos, viendo el talante y el cuerpo de Gonzalo, tuvo el acierto de sugerirle que canalizara toda esa rabia de manera profesional. Lo recomendó a uno de los dueños del centro deportivo donde terminaría trabajando como entrenador. Este, al verlo, lo saludó de forma campechana, palmeando espaldas y quijadas, aquilatándolo como si estuviera adquiriendo un perro de pelea.

Durante esos años de formación, Gonzalo aprendió a interpretar el amplio pentagrama de debilidades que ofrece un contrincante. Las artes marciales se le daban con la misma facilidad que los instrumentos musicales a un músico nato. No tardó en participar en competencias nacionales e internacionales. Todo hacía prever a un campeón olímpico, pero a Gonzalo los trofeos le parecían lo que en realidad son: una baratija que posterga el dinero.

Escogió la opción menos heroica: convertirse en entrenador. Curtir a hombres que querían dejar de ser cobardes y darles una mínima posibilidad de escape a mujeres cuya pesadilla más frecuente era la violación.

Gonzalo quería hacer dinero. Tenía en mente la creación de una especie de gimnasio donde la gente pudiera aprender a matar y a verse bien. Nunca lo decía de esta manera. Puede que, de hecho, nunca llegara a pensarlo con claridad. Pero en su cabeza la experiencia del poder, la posibilidad de humillar y martirizar al otro, de ser lo que se dice un monstruo, se conectaba con la belleza.

Ya tenía algunos contactos. Gente que le había prometido un espacio ideal para lo que él quería. Conocidos que, de hacer una compra grande en equipos, le harían unos descuentos increíbles. Solo necesitaba un poco de suerte y dinero.

En cada rellano del amor, Gonzalo iba perfeccionando los trazos de su proyecto. Margarita lo escuchaba embobada, imaginándose junto a él, ayudándolo. Gonzalo insistía en que solo con algo de suerte, con buenos contactos y un poco de dinero podía empezar. Bastaba con encontrar a alguien que creyera en él y en sus ideas, que le prestara un pequeño monto, el cual le sería devuelto pronto y con intereses.

A la madre de Margarita nunca le gustó Gonzalo. La única vez que él pisó el apartamento de La Pastora, hubo un cruce de miradas que bastó para sellar el rechazo mutuo y marcar el terreno. No había manera de que Gonzalo se bajara un momento y pasara un rato con ellas. Margarita intuía el motivo y por ello, cuando no estaba afuera con él, se encerraba en su cuarto a recordarlo.

Estando así, en su cuarto, Margarita tuvo una revelación. La idea le pareció tan evidente que se avergonzó por no haberla pensado antes. Hacía poco había vendido a muy buen precio el carro de Fernando. Como no tenía ningún plan específico para ese dinero, lo colocó a un plazo fijo de cuatro meses para que ganara más intereses. Solo tenía que esperar a que se cumpliera el plazo para poder retirar el dinero y prestárselo a Gonzalo.

—Yo lo coloqué a mediados de marzo. Hacia mediados de julio se libera el plazo, y entonces podremos usar el dinero —le explicó Margarita la primera vez.

Gonzalo se opuso. Ella barajó razonados argumentos, pero Gonzalo cortó el tema.

Es demasiado bueno y orgulloso, pensó Margarita.

Durante algunos días, se replegó. Luego, poco a poco, retomó la conversación. Esta vez comenzó a conjugar la primera persona del plural. «Deberíamos», «si tuviéramos», «nos convendría», expresiones que fueron transformando el proyecto en un patrimonio común para el que era innecesario delimitar quién aportaba qué, o dónde comenzaban y dónde terminaban los privilegios del otro.

Con asombrosa sincronía, Margarita logró convencer a Gonzalo en el mes de julio.

—Usted se volvió loca —dijo la madre cuando se enteró de los planes de Margarita.

—Usted nunca le ha dado una oportunidad a Gonzalo, mamá. Él es muy bueno conmigo. Es un hombre con grandes ideas, solo que nadie lo ha querido ayudar.

—Ese hombre es un aprovechador. Después no diga que no se lo advertí.

Gonzalo invirtió el dinero en el alquiler de un galpón en la zona industrial de La Urbina, que llevaba tiempo abandonado. El dueño se lo estaba ofreciendo a un precio muy barato, con la condición de que pagara seis meses por adelantado. Con el problema de las lluvias, el hombre tenía miedo de que los damnificados le invadieran la propiedad. O de que el Gobierno se la expropiara. Con la sede de lo que sería su gimnasio, podría sacar los papeles de la empresa, comprar los equipos y ubicarlos.

Fueron días tensos pero solidarios. Gonzalo la levantaba en vilo de pura emoción, imaginando el escenario del próximo año. Margarita sintió que había tomado las decisiones correctas. El kickboxing la ayudó a dominar el miedo que, después de la muerte de Fernando, sentía hacia los demás. Con la musculatura ganada y las técnicas aprendidas, se construyó un cerco imaginario que la protegía. Era cierto que se había enamorado y que el amor era una puerta secreta que conducía a debilidades irremediables. Por fortuna, fue de Gonzalo de quien se enamoró y Gonzalo era, estaba segura, el más fiel de los centinelas.

Por eso Margarita no entendió nada de lo sucedido. Ni los hechos en sí mismos ni la reacción de Gonzalo.

—Esa mierda estaba invadida. Les reventé la cara a dos de esos hijos de puta, pero aparecieron más, armados con palos, y tuve que salir corriendo.

—¿Cuándo se metieron?

—Estaban ahí.

—¿Y por qué lo alquiló así? ¿El tipo ese no dijo que lo iba a alquilar para que no lo invadieran?

Gonzalo se quedó callado.

—No me diga que lo alquiló sin verlo. ¿Ah, Gonzalo? Respóndame.

—Quédate quieta, que yo resuelvo.

—¿Qué le dijo el dueño?

—No responde el teléfono —dijo Gonzalo, como aguantando la respiración—. Ni siquiera sé si en verdad es el dueño —terminó de decir.

—Nos jodimos, Gonzalo. Nos robaron.

—Yo lo resuelvo.

—¿Usted lo resuelve? ¿Qué va a resolver? No se puede ser tan pendejo, Gonzalo. No se puede.

Gonzalo explotó.

—No me llames pendejo. ¡No me llames pendejo! —dijo Gonzalo, pasando del murmullo al grito.

Margarita quedó paralizada. Quizás, en medio de la mudez y la inmovilidad, pudo entrever la trampa en que había caído. Gonzalo le había enseñado muchas cosas y aún podía enseñarle más, pero nunca podría enseñarle a protegerse de él mismo.

El idilio cumplió su plazo fijo y empezaron los problemas.

Margarita le contó a su madre lo de la estafa. Esta se lamentó y la abrazó. No hizo ningún comentario sobre Gonzalo. Margarita se lo agradeció pasando más tiempo con ella en la casa y menos tiempo dentro de su cuarto.

Gonzalo empezó a perderse durante la semana por el lapso de dos o tres días. Le decía a Margarita que debía trabajar el doble, para recuperar algo del dinero. También lo habían dateado: el hombre que lo estafó seguía en Caracas. Margarita le rogó que dejara eso así, o que pusiera la denuncia en la policía. Gonzalo le dijo que no, le dijo, ahora con calma, que confiara en él, que las cosas no se quedarían así.

Lo ambiguo de su agenda, que lo convertía por turnos en un obrero resignado y en un mafioso vengativo, hizo que se distanciaran un poco. La vida que tan rápido habían construido juntos pasó a ser, de un instante a otro, como esos lugares de la ciudad donde se ha sido muy feliz y que el tiempo, la ausencia o los cambios vuelven ajenos.

En esos meses, Gonzalo lidió con gente muy extraña. Algunos resultaron ser viejos conocidos, amigos incluso del padre de Gonzalo, que por razones inciertas se habían distanciado. Pero existía otro tipo de personaje que perturbaba a Margarita: hombres o mujeres, a veces muy jóvenes, a veces ancianos decrépitos y a veces personas no muy mayores pero envejecidas, a quienes Gonzalo acababa de conocer y con los que establecía una especie de pacto.

De aquel reparto demencial surgieron los Strinkis.

Los Strinkis no eran gemelos pero se comportaban como gemelos. Les gustaba decir que eran hermanos y reírse, cuando en realidad eran hermanos. Había algo en la disposición natural de las cosas, de ellos en su relación con el mundo, que les provocaba

risa. Un algo rodeado de una densa nube de marihuana.

Eran artistas de calle. Lo que equivale a decir
que eran patineteros, grafiteros, DJ, artistas plásticos y
fotógrafos. Un todo y nada simultáneo que era la marca de los tiempos. Tenían tatuajes en distintas partes
del cuerpo, diseñados por ellos mismos; piercings en la
nariz, o en las cejas o en el cuello; portaban gorras cuyas dimensiones hacían prever un ataque de hidrocefa-
lia; pantalones de tela de jean, muy anchos o muy pegados, pero siempre en la línea ecuatorial de la mitad
del culo, amarrados con una trenza de zapato.

Margarita los conoció en La Pizzería de Isabel.
Se acercaron a su mesa a saludar a Gonzalo. Lo hicieron con mucho respeto. A ella apenas la miraron. Sin
pedir permiso, se sentaron a la mesa y pidieron cervezas
y pizza. A los cinco minutos de conversación, Margarita desistió de tratar de comprender. Y sabía que Gonzalo tampoco comprendía nada. ¿Qué podían tener en
común Gonzalo y esos niños? Cuando acabaron la pizza, se embucharon la cerveza que les quedaba y se mudaron a una mesa en la otra esquina del local, no sin
antes darle un fuerte abrazo, cada uno, a Gonzalo.

—¿Quiénes son esos niños? —preguntó Margarita.

—Los Strinkis. Son unos niños, pero deben de
tener sus treinta años.

—¿Qué es eso de los Strinkis?

—Así los llaman.

—¿Por qué?

—No sé.

—¿De dónde los conoces?

—De aquí. Un par de borrachos los querían joder el otro día y yo los ayudé.

Cuando pidieron la cuenta, el mesonero les dijo
que ya los muchachos la habían pagado. Al salir, Gon-

zalo tomaba de una mano a Margarita. Con la otra se despidió de los Strinkis. Estos agitaron los brazos y uno de ellos le hizo una seña, de auricular, para indicarle que en los próximos días iba a llamarlo.

La segunda vez que Margarita vio a los Strinkis fue en su casa. Vivían en un *penthouse* en la octava transversal de Los Palos Grandes. Gonzalo le dijo que los habían invitado a una fiesta, aunque Margarita nunca supo ni preguntó cuál era el motivo.

Había mucha gente, pero el espacio era tan grande que solo se formaban pequeñas islas de jóvenes arrumados en un puf o en un mueble bajo, de las que salían como exhalaciones muchachas alocadas que necesitaban con urgencia ir al baño, o servirse un trago, o pedir un cigarro. Después de dar muchas vueltas, de cruzar pasillos y subir escaleras, los consiguieron alrededor de una mesa en la terraza, desde donde se veía la noche de buena parte de la ciudad.

Se sentaron con ellos y de nuevo Margarita hizo el esfuerzo de seguir la conversación. Los Strinkis le recordaban a una serie que veía cuando niña, los Teletubbies. Gracias a la asociación comprendió que no había nada que comprender. Aquello era un juego de estímulos, sin una conexión interna. Una frase provocaba otra, una risa provocaba otra.

Lo que en realidad le desesperaba era su propia presencia allí. ¿Por qué había aceptado Gonzalo la invitación? ¿Qué podía compartir con ellos? Viéndolo tan compacto, tan seguro en su silencio, tan desconectado, en realidad, de lo que los Strinkis pudieran decir o dejar de decir, sintió que el contraste entre su novio y sus nuevos amigos era insoportable. Al lado de ellos, Gonzalo, más que un amigo, parecía un guardaespaldas. Y eso era, quizás, lo que más le incomodaba, porque los guardaespaldas siempre están como fuera de lugar, olfateando el peligro.

Margarita se levantó para ir al baño. Uno de los Strinkis le indicó el camino. Tenía que bajar las escaleras y regresar casi hasta la entrada del apartamento. Al salir del baño, vio una larga pared forrada de libros. La recorrió con morosidad hasta el final y encontró una habitación idéntica a la sala principal, con más libros. En esta, las estanterías se interrumpían en oasis de paredes blancas moteadas por pequeños cuadros. Allí sorprendió a un muchacho guardándose un libro dentro de la chaqueta.

—No vayas a decir nada, porfa —dijo el muchacho. Llevaba una chaqueta verde olivo, pantalones muy pegados y zapatos Converse—. Esos carajos ni saben las joyas que tienen aquí.

—¿Cómo tienen esta biblioteca? —preguntó Margarita.

—Es de sus viejos.

—¿Y dónde están?

—Se fueron del país poco después del 11 de abril. Les dejaron el apartamento y chao. De resto, les forran las cuentas cada mes.

Margarita se alejó unos pasos del muchacho y comenzó a revisar una de las repisas. Tomó un volumen. Se trataba de una recopilación de la correspondencia entre Sigmund Freud y Wilhelm Fliess.

—Llévatclo —dijo el muchacho.

Margarita dudó.

—En serio. Llévatelo. Va a estar mejor en tus manos. Mira esto, para que veas.

Le mostró una ristra de hojas de una transparencia verdosa, amontonadas sobre unos libros y un control de videojuego.

—¿Viste?

—¿Qué es?

—Una serigrafía numerada de Carlos Cruz-Diez. ¿Tienes idea de lo que es esto? ¿De lo que vale esto?

Margarita se despidió con el libro en la mano. Era una edición de bolsillo y la pudo tapar con su cartera. Cuando se acercó a la mesa de la terraza, Gonzalo y los Strinkis no repararon en ella. Parecía que por primera vez estuviesen hablando de algo concreto.

—No sería algo fijo —dijo uno de los Strinkis.

—Solo cuando te necesitemos, te llamamos —dijo el otro de los Strinkis.

—No hay problema —dijo Gonzalo.

Gonzalo no habló en el trayecto hasta su casa. Entraron con el sigilo habitual, aunque sabían que a esa hora el padre de Gonzalo estaba durmiendo. Las pocas veces que se lo habían encontrado, los había saludado con un gruñido o una mirada rápida.

En el cuarto, semidesnudos, Margarita le preguntó sobre la conversación con los Strinkis.

—De trabajo —dijo Gonzalo.

—¿Y?

—Voy a trabajar para ellos. Solo de vez en cuando.

—¿Haciendo qué?

—Necesitan un guardaespaldas.

24. Mark Sandman's Funeral

Miguel Ardiles es una de esas personas que tienen una cuenta en Facebook para no usarla. Es un acto de anarquía privada, como votar nulo en las presidenciales. La afiliación de esa cuenta a su correo electrónico es el ancla que le permite sondear las solicitudes de un mundo al que le gusta despreciar desde la superficie.

Dicho esto, se entenderá que Miguel Ardiles se encontraba en un ánimo particular la mañana del Jueves Santo, cuando decidió entrar en su sesión de Facebook. No tenía más noticias de sus amigos, el caso de Lila Hernández, la víctima del Monstruo de Los Palos Grandes, lo postergaban cada semana y las cosas que había hallado en aquel apartamento le contagiaron un insomnio feroz.

Para matar las ilusiones, comenzó a negar las solicitudes de amistad acumuladas. Se puso a prueba observando las fotos en la playa de algunas colegas que esperaban su respuesta, para que el portazo de declinación tuviera un verdadero valor. Luego comenzó a descartar las invitaciones para eventos.

Hubo uno cuyo título le hizo dudar y echar un vistazo.

Nombre del evento: Mark Sandman's Funeral.

Fecha: 3 de julio de 2010. Desde 11 p. m. hasta 5 a. m.

Lugar: El Monte.

Creado por: Criaturas de la Noche.

Asistiré — No asistiré — Tal vez asista.

Estas son vainas de Matías, pensó Ardiles.

Entró en el grupo «Criaturas de la Noche» y confirmó que Matías era el creador y coordinador. Se le borró la sonrisa cuando vio su propio nombre entre los miembros del grupo.

«Miguel Ardiles: Médico psiquiatra, *Catcher in the Rye*.»

—Este gran carajo —dijo Miguel, esta vez en voz alta.

Entró en los perfiles de los otros miembros del grupo y se horrorizó ante lo disímil de la muestra. Más que un grupo, parecía una redada. Había jóvenes, adultos y dos viejos. Los jóvenes, dos chicas y un chico góticos. Los adultos eran cuatro, apartando a Matías y a él mismo. Los cuatro parecían asesinos confesos. El par de viejos afiliados, un señor y una señora, producían una lástima pavorosa. Eran idénticos a los retratos que se pueden ver en las paredes de la ciudad, donde familiares preocupados declaran como desaparecidos a ancianos con alzhéimer.

—¿Se puede saber qué coño estás inventando? —preguntó Ardiles, molesto, por teléfono.

—¿Al fin viste la invitación? —dijo Matías Rye, emocionado.

—Claro que la vi. Sácame de esa vaina ya, si no quieres que deje de hablarte para siempre.

—Ya te saco. Deja el drama. ¿No te interesa saber al menos de qué se trata?

—No, la verdad es que no.

—Vamos a vernos y te cuento.

Ardiles agradeció en silencio la insistencia de Matías. Se moría de ganas por enterarse en qué andaba su compañero paciente.

—¿En los chinos? —preguntó Miguel.

—No, hay ley seca estos días. Así son estos carajos: comunistas, conservadores y católicos. ¿No puede ser en tu casa?

—¿Te vas a lanzar hasta acá?

—Si no es en tu casa, no te cuento.

—¿Quieres que te busque en alguna parte?

—Llego en taxi.

De haber conocido algo de la vida de Mark Sandman, Miguel Ardiles habría comprendido de inmediato la obsesión de Matías Rye.

Ardiles no sabía, por ejemplo, que existen solo dos clases de artista: los que lo son por vocación y los que lo son por equivocación.

Los artistas por vocación suelen ser precoces. Los artistas por equivocación llegan tarde al arte, pero no por negligencia o ceguera, sino porque es la tabla de salvación que se les ofrece en un momento determinado de sus vidas. A otros, en similares circunstancias, les llega la religión. Y a otros ni arte ni religión ni ciencia, como diría Goethe, y mueren jóvenes, o de forma tranquila, al final de una existencia anónima.

Sandman fue un artista por equivocación. Fue músico, poeta y dibujante, de la misma manera que pudo haber sido pescador de salmón en la costa atlántica de los Estados Unidos, licenciado en Ciencias Políticas o taxista.

Mark Sandman nació en Boston el 24 de septiembre de 1952. Fue el primero de cuatro hermanos de una familia con un origen y un destino judíos. Guitelle H. Sandman, madre de Mark, aunque era judía, no creía en Dios. El problema es que Dios sí creía en ella y se lo demostró otorgándole la trágica condición de *elegida* al arrebatarle a sus tres hijos varones.

Al nacimiento de Mark le siguió el de Martha, luego los de Jonny y Roger. Invirtiendo el orden de la creación, Dios se llevó de forma sucesiva, como un jugador que retira sus cartas, a Roger, a Jonny y a Mark.

Roger, nacido el 3 de septiembre de 1958, fue el último de la camada y quien enfrentó mayores obstáculos. A los cuatro años le fue diagnosticada una parálisis cerebral. Algunas dificultades motrices y ciertos problemas de aprendizaje marcarían su corta vida, que culminaría el 18 de noviembre de 1978 a causa de una infección cardiaca. A sus padres, Bob y Guitelle, después de múltiples operaciones quirúrgicas e intentos en vano, les tocó autorizar la desconexión de los equipos que mantenían la vida de su hijo menor.

Jonathan Maynard Sandman nació el 20 de abril de 1956. En la distribución de los temperamentos le tocó ser el simpático, el payaso que con sus morisquetas alegraba a la familia. Le gustaba payasear, bromear, disfrazarse y actuar. De hecho, destacó asumiendo dos roles distintos en una adaptación de *Zorba, el griego* realizada en su colegio. Tenía el mismo impulso de aventura que Mark, pero sin la rebeldía o la animosidad de este. Viajó a Hawái, Marsella y Creta, entre otros destinos exóticos. Jonny era un alma viva, móvil, que buscó en distintos rincones del mundo y en distintos oficios su camino. Pero Dios tenía otros planes para él. El 5 de marzo de 1980, un año, cuatro meses y catorce días después de la muerte de Roger, Dios empujaría a Jonny Sandman desde una ventana durante una fiesta. Los politraumatismos lo dejaron sin signos vitales. Bob y Guitelle, de nuevo, tuvieron que autorizar la desconexión de los equipos.

«Supongo que soy la próxima.» Así recibió Martha a sus padres, cuando estos llegaron al Boston City Hospital provenientes de unas frustradas vacaciones en Florida. El cuerpo de Jonny acababa de ser conectado a los soportes médicos y Martha se vio desdoblada por el dolor de la muerte inminente de otro de sus hermanos y por el miedo ante lo que semejaba una venganza divina.

De los cuatro, Martha había sido la única en interesarse de verdad por sus raíces judías. Había pasado los veranos de 1972 y 1973 en Israel, en un *dance tour,* haciendo congeniar su cultura y sus aptitudes artísticas. La muerte de Roger y Jonny en tan poco tiempo le hizo suponer que la familia había entrado en su Año de la Misericordia, que, según el profeta Isaías, en uno de los pasajes más polémicos de la Biblia, es también «el año de la venganza para nuestro Dios».

Aunque la muerte es la principal prueba de la existencia de Dios, Él necesita alguien que lo escuche. Un auditorio que lo oiga con atención y temor, para luego ser sacrificado y así ir renovando el misterio de su iniquidad, a la vez que garantiza la continuidad de su relato.

De modo que Dios mantuvo con vida a Martha, para que ella con sus tres hijos, Alex, Gabe y Amanda, repoblaran la diezmada familia. Solo que Guitelle no era tonta como Job. Dios le hubiera podido dar, a ella misma o a su hija, o a los hijos de su hija, una descendencia numerosa para compensar la tragedia. Pero para ella la cuenta final sería siempre la misma: *four minus three.*

Cuando la sagrada ira lucía calma, Mark llegó a pensar que de hecho se había salvado. Si así era, no se trataba de una venganza de Dios. Pero si no era una venganza de Dios, entonces nada tenía sentido. En el álbum *Tied to The Tracks,* de 1989, el segundo de Treat Her Right, Sandman hace referencia a dos hechos cruciales de su pasado. Se trata de «No Reason», una canción que no destaca por su virtuosismo sino por la carga autobiográfica de la letra.

There's no reason in this life
Someone lives and someone dies
And it should come as no surprise
Cause there's no reason in this life

Took a knife wound in the chest
They took my money then they left me for dead
Man is killed at a traffic light
I thought that could have been me inside

You know I went to the beach but I didn't swim
Just watched the waves come breakin' in
Someone try to answer why
Lord I'm alive and my brothers died.

A esta altura, se entiende la pregunta de Sandman. ¿Cómo era posible que él hubiera sobrevivido a sus dos inocentes y tranquilos hermanos? Desde temprano, Mark fue el chico problemático de la familia. Portaba la cruz que implica ver las cosas de otra manera. Uno de los primeros indicios de la particularidad de su primogénito lo obtuvo Guitelle cuando Mark estaba en segundo grado. Desde las navidades anteriores, Mark podía leer con soltura. Un día llegó a casa con tres amigos del colegio. Ella los recibió como suelen hacerlo todas las madres: besándolos, ordenando que se sentaran en los sofás de la sala mientras traía leche y galletitas.

Los niños comieron y ella se retiró para dejarlos jugar en paz. Media hora después percibió, alarmada, el silencio absoluto de la casa. Fue corriendo hasta la sala y ahí los encontró, cada uno en un rincón distinto, leyendo un libro que Mark les había dado.

En su infancia, mientras pudo educarlo, su madre estimuló la vena musical que le venía por el lado de la abuela materna. Desde chico lo llevaban a muchos conciertos y era frecuente que pasaran las horas en casa escuchando discos. Antes de que aprendiera a tocar guitarra, Mark tuvo una educación musical formal, en la primera escuela Trobadours, donde formó parte del coro de niños. La misma escuela en la que muchos años después, pero en la sede de la ciudad de Newton, Martha terminaría dando clases.

También demostró una capacidad especial para los idiomas, lo cual era una premonición de sus viajes. Aprendió con relativa facilidad el tortuoso alemán, que solo le sirvió para que imitara a Hitler durante las clases y fuera deportado constantemente a Siberia, como él llamaba al frío pasillo donde debía esperar largas horas de solitario castigo.

El verdadero infierno para Bob y Guitelle Sandman fue el *high school* de Mark. En esos años comenzó a dejarse crecer el cabello, a escaparse de las clases, a fumar cigarrillos y a consumir marihuana. Lo sacaron del colegio público donde estudiaba y lo internaron en Pembroke Place, una escuela alternativa mejor preparada para lidiar con chicos como él. Allí pudo terminar la secundaria y luego fue aceptado por el Windham College, de Vermont.

A pesar de todo, en la secundaria Mark había demostrado ser un muchacho inteligente. Las materias que le gustaban las aprobó con buenas notas y sin ningún esfuerzo. Los resultados de sus pruebas de IQ revelaban un promedio muy por encima de lo normal. Sus padres pensaban que finalmente en el *college* Mark se encarrilaría.

Al principio, las cosas parecían marchar bien, pero a mitad de año se descubrió la verdad. Las notas de Mark eran terribles. Para ganar dinero, se había dedicado a escribirles los trabajos a sus compañeros, olvidándose de hacer los propios.

Un día, cuando Mark regresó a casa, sus padres, ayudados por una psicóloga, lo colocaron en una encrucijada: o se ponía de veras a estudiar, o empezaba a trabajar a tiempo completo, o debía marcharse de la casa.

Mark recogió sus cosas y se marchó.

Durante un mes no se supo de él. Entonces llamó a casa y les aseguró que estaba bien. Vivía en una especie de comuna con unos amigos en Vermont. En esos meses, comenzó a leer la obra de Jack Kerouac. Y también, que es aún más peligroso, a reproducirla en la realidad. Un invierno entero, por ejemplo, se mudó a una cabaña de minero abandonada, cerca de Brecken-ridge, Colorado, soportando el frío, sin bañarse, como un salvaje. Nadie sabe exactamente de qué vivió ni qué comía. Su madre se comunicaba con él llamándo-lo al Gold Nugget, un bar donde a veces Mark daba una vuelta para que los parroquianos le invitaran un trago.

En 1972 trabajó como cocinero en un bote pes-quero que circulaba por el noroeste del país. En 1974 tra-bajó en un pesquero de arrastre que recorría la Costa Oeste desde Washington hasta Oregón en la busca del salmón, para luego ir desde México hasta Canadá para la pesca del atún. Mientras esperaba a zarpar en nuevas mi-siones de pesca, hizo de operador de grúa en una fábrica ubicada muy cerca del Olympic National Rain Forest, donde profundizó la práctica licantrópica y romántica de caminar solo en la noche por los bosques.

Desde Washington se mudó a Alaska. Allí tra-bajó de mesonero en un restaurante donde solo servían cangrejos, hasta descubrir que era alérgico a los cangre-jos. De Alaska regresó a Boston a buscar su pasaporte, y de ahí partió a un viaje por Centro y Suramérica. El pa-saporte lo perdería escalando las cimas de Machu Pic-chu. Luego recalaría en Brasil, donde vivió seis meses y donde por primera vez se dedicaría con tesón a la mú-sica.

Una grave y extraña infección lo obligó a regresar a casa, pero ya había encontrado lo que buscaba: traía en sus ojos el ardor de la experiencia. El hambre, la so-ledad, las alucinaciones y los caminos desconocidos ati-borraban la mochila en que se había convertido su co-razón. Traía el recuerdo fresco de las bandas con las que se agrupó y se separó al azar, como un lobo que busca la manada por el extraño placer de abandonarla. Traía la música que era el *soundtrack* de todo lo vivido. Ahora, dentro de algunos pocos años, le tocaría hacer el camino inverso; le tocaría engendrar la vida que acompañaría a su música.

En Cambridge alquiló un pequeño apartamento. En su propio espacio pudo dedicarse con más atención a oír música, a estudiar los instrumentos, a componer. Las viejas buenas malas compañías reaparecieron. Aún perdería Mark algo de tiempo en el espejismo de la noche sin entrar verdaderamente en ella. Bob y Guitelle, al ver en qué lo gastaba, se negaron a darle más dinero. En una oportunidad los llamó desde Texas, donde había caído preso por llevar algo de marihuana en el bolsillo, para que lo sacaran.

A los veinticinco, cansado de rodar, se presentó en el hogar de los Sandman dispuesto a enmendar su camino. Volvería al *college* y aplicaría para entrar en la Universidad de Massachusetts. Se ganaría la vida como taxista.

Como estudiaba en el día, tuvo que trabajar en el turno de la noche. Pero uno puede imaginar que, de haber tenido la oportunidad de escoger, de todas formas habría preferido la noche. Hacia 1977, Mark Sandman era una versión real, casi simultánea, de Robert De Niro en *Taxi Driver*.

Una soleada tarde de domingo, contraviniendo su rutina, quizás para hacer un dinero extra, Mark salió a dar unas vueltas. En Dorchester subió a un par de adolescentes. Antes de detener el carro sintió una corazonada. Luego pensó que se trataba solo de dos muchachitos y además era una hermosa tarde de domingo. Nada malo podía ocurrir.

A poco de rodar hacia la dirección indicada, uno de los adolescentes apuñaleó a Mark en el pecho. El otro aprovechó y le quitó los ocho dólares que llevaba en el bolsillo de su camisa. A pesar de todo, Mark pudo llamar por radio a la estación central de la compañía y lograr que lo llevaran al hospital. En la unidad de cuidados intensivos del Carney Hospital lo atendieron y lo salvaron. El puñal llegó a tocar un pulmón, pero por poco falló el corazón.

Ese día, Guitelle no pudo ni tuvo ganas de celebrar su cumpleaños. Exactamente dos años después, tampoco, cuando Mark volvió a ser operado de emergencia. Lo que empezó como un fuerte dolor de estómago, producto de una cena un tanto pesada, se transformó en una complicación severa. Los médicos descubrieron que la puñalada de hacía dos años le había perforado el diafragma y que parte de la comida de esa noche entró en aquel agujero.

Mientras operaban a Mark, Bob y Guitelle se entregaban a un vendaval sin lágrimas, a la estéril tormenta que Dios, convocado o no, había dispuesto para ellos. Dieciocho meses antes había muerto Roger. Dos meses antes había muerto Jonny. Y ahora esto.

La operación fue exitosa. A Mark le repararon el agujero del diafragma y afrontó una dolorosa recuperación. Después retomó sus estudios en Ciencias Políticas y portugués. Durante la carrera tomó un curso de verano en la Universidad de Lisboa, donde perfeccionó lo que con ironía pero con estricto apego a su aventura llamaba «esa variante del brasileño».

Finalmente, en 1981, a sus veintinueve años, Mark se graduó con honores. Una transnacional le ofreció una pasantía muy bien remunerada, con opción a ganarse un puesto fijo, pero Mark la rechazó.

—Hice esto por ti, Ma —le dijo Mark a Guitelle—. Ahora voy a ser una estrella del rock.

Comenzar la travesía para transformarse en una estrella de rock cuando se está por cumplir los treinta no es fácil. Por eso, Mark Sandman entró al negocio de la música como solo podía hacerlo: con la conciencia de lo vivido, con el aire lejano, turbio, de quien viene de otra época.

Desde la adolescencia, Mark era un fumador empedernido. Conversar con él implicaba atravesar la cortina de humo que rodeaba sus palabras y alcanzar esa neblina anterior que era su voz. Su manera de vestirse prolongaba el misterio. No usaba zapatos de goma, ni jeans, ni franelas. Siempre elegantes camisas, pantalones de sastre bien cortados. Parecía un detective de los años cincuenta, después de llegar a su hogar y quitarse la chaqueta para tomarse un trago. Gestos, maneras, miradas, palabras que se iluminaban de pronto, como los ojos de gato al recibir la luz de los faros de un carro que se desplaza por una carretera a lo largo de una noche eterna.

Uno de los escritores favoritos de Mark Sandman era James Ellroy, con quien compartía esa sintonía espiritual con los años cincuenta. En más de un sentido, Ellroy y Sandman fueron almas afines. Sus historias divergen con exactitud en los momentos decisivos y por ello las líneas de sus vidas, al alejarse, no hacen sino completar los rasgos de un mismo rostro.

James Ellroy nació en Beverly Hills en 1948. A los diez años, cuando su madre se separó de su padre, se mudaron a una población de unos diez mil habitantes llamada El Monte. El valle de San Gabriel, según palabras del propio Ellroy, «era la cola de rata del condado de Los Ángeles». Y para 1958, El Monte estaba situado en todo el centro del valle.

Ellroy, a diferencia de Sandman, tuvo una sola experiencia traumática en su vida: la violación y el asesinato de su madre el 22 de junio de 1958. Nunca se supo quién fue el culpable. Los años de extravío, indigencia, robos, cárcel y drogas fueron para Ellroy la estela que dejó el mismo tren que descarriló y acabó con su infancia. Su odisea fue joyceana: un perderse entre unas pocas calles conectadas con el laberinto de su cabeza enferma.

Después de superar algunas adicciones, que lo llevaron a despeñarse en múltiples y fugaces trabajos con sueldos de hambre, Ellroy entró como *caddy* en un club de golf. Con esa mínima estabilidad, comenzó a escribir lo que sería el primero de sus reiterados éxitos editoriales, *Brown's Requiem,* publicado en 1981. Tenía treinta y tres años.

Durante los ochenta, Ellroy publicaría otras novelas, pero no sería hasta 1987, con la salida de *The Black Dahlia,* que comenzaría el enfrentamiento real con el fantasma de su madre.

Por vestirse siempre de negro, un periodista bautizó como la Dalia Negra a Elizabeth Short, una chica de veintidós años que fue asesinada en Los Ángeles en el año 1947. El cuerpo de Elizabeth Short apareció picado en dos por la cintura. «El asesino —cuenta Ellroy en sus memorias— la torturó durante días. La golpeó y la cubrió de cortes con un cuchillo afilado. Apagó cigarrillos en sus pechos y le rajó las mejillas desde las comisuras de los labios hasta las orejas. Después de muerta, el asesino hurgó en el interior de su tronco y cambió los órganos de lugar».

James Ellroy supo de este caso cuando tenía once años. A esa edad, su padre (un apuesto estafador que trabajó a principios de los años cincuenta para Rita Hayworth, con quien al parecer se acostó) le regaló *La placa,* un libro que recopilaba los más horrendos crímenes en la historia de Los Ángeles. La conexión que el niño Ellroy podía establecer con el asesinato de su propia madre era evidente, pero no fue sino veintinueve años después de su muerte que Ellroy se atrevió a tratar, así fuera de forma indirecta, ficticia, su trauma fundacional.

A partir de esa novela, dedicada a «Geneva Hilliker Ellroy (1915-1958)», James Ellroy orientó toda su obra a tratar de responder una sola pregunta: ¿por qué los hombres matan a las mujeres?

En 1986, un año antes de la publicación de *The Black Dahlia*, a los treinta y cuatro años de edad, Mark Sandman editaba la placa homónima de su primera banda importante: *Treat Her Right*. El nombre de la banda y del disco recuerdan, por supuesto, el título de la canción de Roy Head de 1965. En ella, Head les recomienda a los hombres «tratarlas bien»; de esa forma, y con un poco de suerte, «esta noche te entregarán todo su amor».

Head es un cantante extraño. De impecable flux ajustado, con un copete más acorde con los años cincuenta que con los sesenta, menos grácil que Elvis Presley y menos tieso que Roy Orbison, Roy Head fue una insólita mezcla de Frank Sinatra y Michael Jackson. Hoy, quién sabe si con justicia, nadie lo recuerda. Lo cierto es que su canción, a la luz de lo que estaba sucediendo entonces, puede parecer demodé hasta la ingenuidad. La llamada revolución sexual, el invento masculino más sutil de sometimiento de la mujer, volvió innecesaria la seducción. Una mujer que no abriera las piernas al primer llamado del *free love* podía ser tildada de reaccionaria, antirrevolucionaria, prosistema y un largo y estúpido etcétera.

Sin embargo, cabe la posibilidad de que la canción de Head fuese, sin quererlo, la denuncia de una sociedad que emergió de la Segunda Guerra con el objetivo de ser feliz a como diera lugar. Una década en que las mujeres casadas se atrevieron cada vez más a divorciarse y las jóvenes asintieron al sexo casual y prematrimonial sin culpa ni complejos. Una incipiente libertad que tomó las calles de pueblos y ciudades de los Estados Unidos, que llegó a los bares que remontaban la cuesta de la medianoche, a los autos que recibían en la ventana del copiloto una orden de comida mexicana y dos cervezas, transformándolo todo, para ciertos corazones solitarios, en un bosque propicio para la cacería.

La madre de Mark Sandman no era alcohólica ni divorciada. Tampoco la violaron ni la mataron. Tuvo una existencia longeva, convencional a pesar de las circunstancias, y fue a ella a quien le tocó sobrevivir a la experiencia de la muerte de sus tres hijos varones. James Ellroy sobrevivió y Mark Sandman no. Guitelle H. Sandman sobrevivió y Geneva Hilliker no. La maldición Hilliker versus la maldición Sandman.

Ellroy tenía absoluta conciencia de eso que él llama *«the Hilliker curse»*. Un par de meses antes del 22 de junio de 1958, su madre le preguntó con quién quería vivir, ¿con ella o con su padre? James contestó que con su padre. Geneva lo abofeteó y entonces James le deseó la muerte. En el caso de Ellroy, según ha afirmado en sus libros, en entrevistas y conferencias, él invocó la maldición. Su vida y su literatura han sido los ambiguos intentos por conjurarla con el temor de que desaparezca del todo.

En el caso de los Sandman, fue Guitelle quien pudo haber convocado o no la maldición. A Mark le correspondió ser, como los artistas y los soñadores en la antigüedad, un medio para refutar o confirmar un destino.

En la encrucijada entre la vida y la muerte, Mark Sandman optó por el sueño. Una elección que estaba determinada por su propio nombre. En una entrevista lo dijo sin rodeos: «Mi apellido ["hombre de arena"] es como los castillos que hacen los niños en las playas. Siento que vivo de imágenes que se construyen y se destruyen en un solo día. Como la palabra *morphine,* tengo algo de ensueño».

Aunque no lo menciona en esa entrevista, Mark estaba consciente también de lo que *The Sandman* representaba en el imaginario anglosajón. Este es una especie de Caronte encargado de llevar a las personas desde la vigilia a la orilla del sueño y viceversa. En lugar de óbolos, *The Sandman* coloca montoncitos de arena en los ojos de los durmientes. Ese es el origen mitológico de las legañas.

Apenas una secreción, desagradable como todas las secreciones, las legañas son, no obstante, el testimonio corporal de nuestro regreso. Por eso, *The Sandman* es una figura protectora y a la vez temible, pues siempre queda alguien atrapado en la arena.

Mientras pactó con la vida, Sandman veneró a las mujeres. A Guitelle, a Martha y a la hermosa y triste Sabine, sus sacerdotisas. Escuchando su música, los hombres puede que entiendan que a las mujeres hay que tratarlas bien, aunque te traten mal. Hay que seguirlas hasta el fin del mundo, quererlas y respetarlas, aunque luego no te dejen entrar. Hay que invitarles un trago y salir corriendo cuando se acerque el marido. Hay que volverlas locas con nuestra indiferencia, solo para justificar versos que son el más encendido homenaje desde la distancia.

Las mujeres en la música de Sandman, entre los ochenta y los noventa, pierden corporeidad y son atajos hacia la noche. Los cabellos negros de una mujer son como cuervos que se arrastran por sus hombros.

El movimiento que va de Treat Her Right a Morphine es equivalente al de un hombre que decide sustituir, como faro de su existencia, la ética por el ideal, la mochila por la linterna. *Claire, Sheila, Lilah, Candy, Mabel, Justine, Doreen* son parte de las canciones que evocan el harén evanescente de Sandman. Son brujas que hechizan a sus gatos, *dealers* que atraen la suerte en una mesa de *blackjack,* extrañas representantes de un inframundo donde no existe el llanto, fantasmas de un cuento rural cuyos ropajes y pliegues son los de la noche a campo abierto.

Para el momento en que Matías Rye llegó al apartamento de Miguel Ardiles en las montañas de Parque Caiza, este no sabía nada de esta historia que acabo de contar. Tampoco estaba en capacidad de comprender las cosas que estaban por suceder. Se limitaba, acodado en la ventana junto a Matías Rye, a contemplar el monte que los rodeaba, una oscuridad que a esa hora impedía apreciar el verde denso de la zona. Una oscuridad que no le permitía a Matías ubicarse y señalarle con exactitud la parte del matorral donde ahora, cada sábado, en compañía de las Criaturas de la Noche, pernoctaba.

25. Criaturas

El primer sábado, Matías Rye llegó a El Monte sin proponérselo. Había salido del bar La Choza después de tomarse una botella de whisky y esnifar en dos horas la dosis que tenía prevista para toda la noche.

En la barra, se había entusiasmado con una mujer rolliza que le aceptaba los tragos y le reía los chistes. Hubiera podido llevarla a un motel de no haber reconocido en el camino hacia el baño, en el apartado del bar, a Algimiro Triana. En su mesa estaba otro hombre, también vestido de traje, y tres mujeres. En la mesa de al lado, los guardaespaldas.

Al salir del baño, después de unos retoques, entró en el apartado y se sentó en la única silla vacía de la mesa de Triana.

—Dime, Algimiro, ¿cuántos ríos están hechos de nuestra sangre? —dijo Matías.

Los guardacspaldas se levantaron de un salto y lo rodearon.

Triana captó el mensaje aunque no terminaba de reconocer el rostro. Con una mirada le indicó al jefe de sus guardaespaldas que aguardaran.

—¿Me vas a decir que no te acuerdas de mí, chico? Matías Rye. En el 94 hicimos juntos el taller de narrativa en el Celarg, vale.

—Claro. Matías, ya me acuerdo —dijo Algimiro, pero continuó sondeando en su rostro como si aún no lo reconociera.

—Dime, entonces, ¿cuántos ríos se han llenado con nuestra sangre, ah? Debes estar contento, Algimiro, al fin lograste tu sueño: le diste por el culo a la autonomía universitaria.

Triana no perdió más tiempo y lanzó otra mirada. Los guardaespaldas lo alzaron en vilo y lo echaron del apartado. Rye trastabilló y cayó al piso, botando el trago. La mujer de la barra observó la escena y fue a refugiarse en una mesa de los fondos.

Uno de los guardaespaldas sacó una pistola y se la enterró en medio del pecho.

—Arranca —le dijo.

Era hora de marcharse.

Caminó una cuadra hasta llegar a la tercera avenida de Los Palos Grandes para tomar un taxi en la línea que suele aparcar frente al edificio de Parque Cristal. La calle estaba vacía, el alumbrado público apagado. Subió y bajó por la acera varias veces, gesticulando. Regresó a la avenida Francisco de Miranda y comenzó a caminar. Después de dejar atrás el parque del Este, entendió que marchaba en dirección contraria a su propia casa. Sin embargo, siguió por la avenida hasta la esquina del Museo del Transporte y detuvo un taxi.

—A Parque Caiza —dijo asomado a la ventana del copiloto.

El taxista arrancó sin siquiera responderle.

Pasaron dos taxistas más y sucedió lo mismo. Sacó del bolsillo del paltó el papel con los restos del polvo, y ayudándose con el meñique lo esparció como un ungüento entre las encías. Apenas sintió el hormigueo en la boca, se puso a caminar. Mientras aceleraba el paso, comenzó a reírse al imaginar la cara que pondría Miguel cuando lo viera en la puerta de su casa.

Recorrió con energía, hasta el final, la avenida Francisco de Miranda. Se detuvo un momento en la redoma de Petare y vio la hora. Faltaban veinte minutos para la una de la mañana. Se quedó mirando los primeros ranchos y extendió la mirada a las montañas que no podía ver, esas que se sucedían como olas hacia las afueras de Caracas, abarrotadas de más ranchos y de exiguas caminerías, que hacían de Petare uno de los barrios más grandes y peligrosos de Latinoamérica.

Eso sí es jodido, pensó Matías, atravesar Petare a esta hora. No entrar armado a la universidad. Esa canallada la hace cualquiera.

Matías Rye no le perdonaba a Algimiro Triana que hubiera ganado en 1998 el concurso de cuentos de *El Nacional*. El relato se titula «Ríos de sangre y lágrimas» y cuenta la historia de un policía corrupto que anda de civil y al que le gusta atravesar la Universidad Central con una pistola al cinto, pues siente que así está violando la autonomía universitaria. Hay una mujer que aparece asesinada en las orillas del Guaire, detectives que analizan el caso mientras comen empanadas grasientas, dosis previsibles de decadencia urbana y una resolución estrambótica del conflicto.

La historia de Algimiro Triana parecía sacada del libro sobre los psiquiatras que Miguel le había recomendado a Matías. Hijo del líder político Algimiro Triana, detenido, torturado y asesinado por la policía política durante el primer gobierno de Carlos Andrés Pérez, Algimiro creció a la sombra de su padre muerto. Llevar el mismo nombre era apenas la parte visible del símbolo. Siempre recordaría una escena de la infancia. La policía allanando su casa, un oficial apuntándole en la cabeza con una pistola y su madre, con aire sacrificial, negándose a revelar el paradero de su esposo. Cuando, tiempo después, lo hallaron muerto en uno de los calabozos de la DISIP, en julio de 1976, prendió en las iridiscencias de una de sus miles de millones de dendritas la noción de destino.

A partir de entonces, en cada aspecto de su vida, Algimiro Triana hijo se propuso destacar. Así, al igual que su padre, llegó a ser representante estudiantil ante el Consejo Universitario de la Universidad Central de Venezuela. Se graduó con honores en Medicina y se convirtió en un eximio psiquiatra con una prometedora carrera profesional.

Cuando Matías Rye lo conoció en el taller de narrativa del Celarg, no percibió ningún rasgo que recordara la tragedia familiar. Más bien, parecía un Hamlet sensato: alguien que había mandado a la mismísima mierda al fantasma de su padre.

Años después, cuando Triana ganó el concurso de cuentos del diario *El Nacional,* Rye pensó que la vida era injusta hasta en sus compensaciones. Triana, alguien a quien hasta cierto punto le había sido arrebatado todo, lo recuperaba por su propia cuenta. Por eso, en los años incipientes de la revolución, cuando Algimiro Triana comenzó a convertirse en una figura pública del Gobierno, Matías se regocijó: el fantasma del padre al final había vencido.

La primera misión de Triana fue el caso de Arlindo Falcão y la masacre de la plaza Altamira. Eran los años duros del enfrentamiento entre el oficialismo y la oposición. Las palabras «golpe», «contragolpe», «autogolpe» eran como globos de aire caliente que empezaban a despertarse. Durante una concentración en contra del Gobierno en la plaza Altamira, un hombre descargó la caserilla de una nueve milímetros sobre la gente. Hubo una decena de heridos. Murieron tres personas. Una muchacha y dos ancianos.

El asesino resultó ser un portugués residenciado en Venezuela desde hacía muchos años, llamado Arlindo Falcão. Sus primeras declaraciones dieron los indicios definitivos: Falcão culpaba a un canal de noticias de la oposición de haberlo hipnotizado, para luego secuestrarlo por las noches y prostituirlo. Falcão estuvo viviendo unos meses en Portugal. Se había marchado para escapar de las voces que escuchaba y de los señalamientos en la calle, los cuchicheos y las risas de la gente que decía que él era homosexual. Él no era homosexual. La culpa era del canal de televisión, que lo hipnotizaba, lo secuestraba y lo prostituía. En Portugal nadie sabía nada y no lo señalaban al pasar. Después de un tiempo, regresó a Venezuela confiado en que los secuestros y los rumores cesarían, pero no fue así. Decidió entonces pintarse el cabello de rojo y comprar un arma. Con la pistola se sentía más seguro. El tinte también le sirvió, pues los periodistas del canal de televisión pasaban a su lado sin reconocerlo.

Aquella calma se mantuvo hasta el 6 de diciembre de 2002. Esa noche, en la plaza Altamira había una multitud de personas. ¿Qué hacían ahí? Vio la antena del canal de televisión y comprendió lo que sucedía. Iban a mostrar al público los videos que grababan cuando lo hipnotizaban, lo secuestraban y lo prostituían.

Arlindo Falcão no lo iba a permitir. Chequeó la caserilla de la pistola, quitó el seguro y caminó hacia la multitud.

Las acusaciones que señalaban al Gobierno como el autor intelectual de la masacre se activaron cuando aún algunos de los heridos ni siquiera habían sido trasladados a los hospitales. Un periodista dijo por televisión que habían sido detenidos los cuatro sujetos que habían disparado contra la gente, a mansalva y por los cuatro costados de la plaza. El presidente, en una emisión transmitida por una cadena nacional a las nueve de la noche del día siguiente, pidió a los medios que no propagaran versiones falsas de los hechos, ni aprovecharan la tragedia de la plaza Altamira para instigar un golpe de Estado.

—Vamos a esperar el resultado de las investigaciones y ver qué fue lo que llevó al pobre Arlindo Falcão a cometer semejante crimen —dijo el presidente.

Para el momento de la transmisión, veinticuatro horas después de lo sucedido, el Gobierno contaba con un primer diagnóstico del estado mental de Falcão. El presidente, se supo después, había solicitado los servicios de un psiquiatra que hizo la evaluación en la sede de la DISIP, donde lo tenían recluido. El psiquiatra que le recomendaron y que hizo la primera evaluación de Arlindo Falcão era un joven médico de probada competencia, afecto al régimen y que además era hijo de un mártir de la odiada y mal llamada «cuarta república». Se llamaba, al igual que su padre, Algimiro Triana.

La noticia circuló con virulencia en el Colegio de Psiquiatras de Caracas, de donde saltó a la prensa y a la televisión, pero sin llegar a convertirse en un escándalo mayor. Aquella evaluación era ilegal y permitía abrigar sospechas. Los únicos autorizados para hacer el diagnóstico de Arlindo Falcão eran los psiquiatras, psicólogos y neurólogos del cuerpo de Medicina Forense de la capital. ¿Qué podía haber llevado al presidente a llamar a Algimiro Triana?

—Al final, eso fue lo de menos. Fue un acto fallido, digamos. El presidente habrá pensado que Falcão podía ser un miembro de los Círculos Bolivarianos que había enloquecido o actuado por su cuenta —le dijo Miguel Ardiles a Matías Rye la primera vez que tocaron el tema—. Lo jodido —continuó Miguel— fue lo que hizo Triana. El tipo acudió al llamado del presidente de la República para cometer un delito, y nada menos que en la sede de la DISIP. Es decir, en el mismo lugar donde fue torturado y asesinado su padre. Volvió a la escena de aquel crimen, no para vengarse, sino como un funcionario del Estado que debe interrogar a un preso.

Después de este servicio, Algimiro Triana comenzó a escalar posiciones. Diputado, presidente del Consejo Nacional Electoral y luego viceministro de Relaciones Interiores y Justicia. Se decía que ahora estaban a su cargo los grupos de choque que asediaban a la Universidad Central. Motorizados armados que atacaban congregaciones de estudiantes o que lanzaban bombas molotov contra las oficinas del Rectorado.

—Me imagino que adivinarás —le dijo Ardiles a Rye— quién recomendó a Algimiro Triana. Nadie más y nadie menos que el médico de cabecera del presidente, su psiquiatra: el doctor Edmond Montesinos.

Era increíble que no se hubiera dado cuenta antes. Su interés por el doctor Montesinos se remontaba a la noche que escuchó por primera vez aquella historia.

El instinto, o la simple cobardía, le hizo abandonar la idea de incursionar en Petare a esa hora. En la redoma había doblado a la izquierda y luego siguió por la avenida principal de La Urbina. Casi al final de la avenida, giró a la derecha y caminó hasta desembocar en la autopista.

Mirando hacia los lados, esperando a que se quemara el ruido de los carros que pasaban disparados, fue de isla en isla, corriendo, hasta llegar al otro lado. Los ranchos de aquel costado de Petare simulaban un farallón a punto de desplomarse. Entre el rancherío y la autopista existía una delgada barrera formada por un cerco de alambre. Matías se detuvo a orinar a la sombra jurásica de un tractor. Estaban sentando las bases para la vía del tren. Algunas tenían el cubrimiento de concreto, mientras que otras mostraban el esqueleto de las cabillas. Matías Rye decidió seguir aquellas bases monumentales con forma de Y, como si fuera el último jugador de fútbol americano sobre la tierra.

La coca le daba el empuje necesario para seguir caminando a buen ritmo, pero lo ponía paranoico. Cada sombra asumía forma humana y amenazaba con degollarlo. No recordaba que la entrada a Parque Caiza quedara tan lejos. Si por lo menos tuviera un porrito para calmarse, pensó.

Cuando al fin percibió el desvío de la autopista, la lenta curva en descenso que conducía a la urbanización donde vivía su amigo, dio un respingo de alegría. Aquello le duró poco. Al llegar, se percató de que no estaba el módulo de la policía. En la prensa había leído que, en vista de la nueva costumbre de arrojar cadáveres por esos predios, el Gobierno había decidido asignar un puesto de control permanente en la entrada de Parque Caiza. La medida tuvo efecto inmediato, pues desde entonces no se habían encontrado más cadáveres en la zona.

Sin embargo, cuando Matías Rye alcanzó la entrada se vio solo y a oscuras. A la distancia de unos pocos metros, estaba la primera garita de la urbanización, abandonada. Era una jaula vacía, o, más bien, un espantapájaros. La señal de bienvenida para los habitantes del sector y un aspaviento para los merodeadores como él, que desconocían o habían olvidado el detalle de que a las alturas agrestes de la urbanización Parque Caiza solo se puede llegar en carro.

Se acercó a la garita y se asomó por una de las ventanas rotas. Luego rodeó la pequeña construcción hasta dar con la puerta, que estaba cerrada con un pedazo de cadena y un candado. Pensó en terminar de romper alguno de los vidrios y dormir allí, pero la idea de estar encerrado, de no saber qué podía haber ahí adentro, lo angustió.

Sintió una oleada de cansancio y comenzó a gimotear. Revisó otra vez sus bolsillos, desesperado, buscando un cigarrillo o un porro que sabía que no iba a encontrar. Solo tenía las llaves de la casa, la libreta Moleskine y la pluma, la billetera, el pañuelo y el iPod con los audífonos enrollados alrededor del aparato, cuya base de metal semejaba una cigarrera.

Se desesperó aún más y por unos minutos que fueron interminables se largó a llorar. Cuando los mocos le taparon la nariz, comenzó a reír.

Parezco un carajito, se dijo. Y así pretendo escribir sobre la noche, pensó.

Entonces, escuchando los insectos, los animales, los carros rasantes, los roces de aquella hora y sus propios latidos, las piedras que arrastraba el río denso de la madrugada, entendió por qué las personas duermen. Las personas duermen porque es el camino más seguro para atravesar la noche. Entendió también que los sonámbulos, los insomnes, las prostitutas, los taxistas, los vigilantes, los farmaceutas y los médicos de turno, los mesoneros y los poetas, todos aquellos que cuando tienen que dormir no duermen, son criaturas extrañas que conocen lo que los demás ignoran, pues regresan con los oídos llenos de murmullos, ese fraseo de arena que es el lenguaje de la noche.

Pero ¿qué me pasa?, se dijo. ¿Qué pensaría Marcello de mí en estos momentos? Se imaginó a Marcello Mastroianni observándolo con pena, desde su elegancia infinita. Rye sacó su pañuelo, se secó las lágrimas, se sonó la nariz, se acomodó el traje y el cabello.

Esa película de Antonioni, *La notte*, lo había marcado. Cada vez que la veía se olvidaba de que ya conocía la historia y volvía a angustiarse por lo que podía sucederles a los personajes de Jeanne Moreau y Marcello Mastroianni. Cuando la historia concluía, coincidiendo con la escampada y el amanecer, recordaba que a fin de cuentas todo lo acontecido en la fiesta era un efecto de la noche. Que más allá de los problemas que la aquejaban, la pareja había sabido esquivar las celadas de la noche y permanecer unida. El personaje de Mastroianni se salva pues recupera el amor y, por lo tanto, la posibilidad de escribir.

Más tranquilo, dio un nuevo rodeo a la caseta. Del lado izquierdo, comenzaba el bosque que conducía a la montaña. Vio el reloj. Las tres y cuarenta de la mañana. Podría aguantar, acurrucado junto a una de las paredes de la caseta, hasta que amaneciera.

Volvió a echar un vistazo hacia el bosque. Era una locura, pensó un rato después, pero si no lo hacía nada en esa noche habría tenido sentido.

Se acomodó el paltó con un gesto de manos en las solapas y empezó a caminar. Un siseo de serpiente acompañaba cada paso. Se detuvo y el siseo paró. Igual podía ser atacado por una serpiente. Lo mejor era avanzar sin escuchar nada a su alrededor. Entonces sacó su iPod, buscó la discografía de Morphine, pulsó *play* y dejó que la música de Sandman lo calmara.

Para cuando comenzó a clarear, había escuchado completos los álbumes *Good* y *Cure for Pain*. Sonaron los primeros acordes de «Lilah» y hubiera podido oír hasta el final también ese disco, pero no quiso tentar más la suerte. La noche, ahora lo comprendía, era un espejismo, pero había que saber atravesarlo. También quería volver pronto a su casa. Había tropezado con algo incomunicable y por primera vez se sentía autorizado para escribir.

Quién sabe si, en efecto, Rye tenía o no la capacidad para escribir su gran novela. Imaginemos que a escritores como él, el Espíritu de la literatura otorga una sola oportunidad, una sola revelación verdadera, para sentarse y desovillar. Imaginemos que Matías Rye recibió esta oportunidad y la desaprovechó.

Cuando desandaba el camino recorrido un par de horas antes, se detuvo a observar el paisaje. Fue allí, en un claro en la falda de la montaña, donde sintió el follaje remecerse.

Un perro, pensó. O un rabipelado, pensó con un poco de asco. O un hombre, se dijo, y le pareció extraño no sentir miedo.

Sin pensar lo que hacía, como un sonámbulo, se aproximó hacia el lugar con paso seguro, sin disimular el ruido de sus pisadas en la humedad del monte. Una quietud contenida, de campo magnético, le hizo presentir que lo esperaban del otro lado de aquella cortina de hierba. Empujado por esa insólita sensación de calidez en medio del frío, atravesó la cortina y llegó al claro que había divisado en el camino que lo devolvería a la autopista. En ese espacio circular y domesticado conoció a las Criaturas de la Noche.

En vano trató Matías Rye de explicarle cómo había sucedido todo, quiénes eran, cómo habían llegado allí, qué hacían en sus reuniones. Miguel Ardiles barajó las posibilidades: misterios eleusinos, orgías bucólicas, deseo adolescente de contar historias de terror en medio de la oscuridad.

—No es eso —se defendió Matías—. Tendrías que venir un día para que entendieras.

Hasta el momento, Matías no había visto ninguna escena de sexo. Antonio y Olga, la pareja gótica, solían perderse en algún momento, pero su ausencia no alteraba la respiración del grupo.

—Te sorprendería ver que no sucede nada que sea muy distinto a lo que hacen las personas durante el día. O lo que hacen durante una reunión entre amigos.

—¿Cuál es la gracia, entonces? —preguntó Miguel.

—No es tanto lo que hacemos como el lugar que hemos escogido. El monte, de noche, te deja ver lo cotidiano de forma diferente. Es como el negativo de una foto.

—Y con una ayudita, me imagino.

—Si supieras que no —le dijo Rye, que veía por dónde venía su amigo—. La segunda vez, no te voy a mentir, fui preparado. Pero me sentí tan bien que no hubo necesidad.

—Solo espero que esta locura sí te sirva de inspiración.

—¿La novela, dices? —dijo Rye—. Qué importa ya la novela.

Se veía tranquilo.

26. Terapia de parejas

A comienzos de septiembre, Gonzalo había desaparecido. Margarita solo recibió una llamada suya informándole de que tenía un importante viaje de negocios.

—¿Cuándo vuelves? —preguntó Margarita.

—Todo va a salir bien. Confía en mí —fue lo que Gonzalo respondió.

Margarita creyó que aquello tenía que ver con los Strinkis, hasta que un día se encontró con uno de ellos en los pasillos de Ingeniería de la Central.

Luego pensó, con sangre fría, que se trataba de otra mujer.

Después pensó en el hombre que los había estafado. Durante algunos días estuvo atenta a la prensa por si aparecía alguna noticia que le pudiera dar una pista.

Cuando la nueva situación parecía definitiva, la madre se atrevió a preguntar:

—¿Y Gonzalo?

Margarita buscó con los ojos una respuesta y luego dijo:

—No sé.

En octubre, Margarita comenzó a asistir como oyente a algunas clases de la Escuela de Letras en la Universidad Central. En diciembre se inscribió en un taller de escritura creativa en un instituto de Altamira. Entre las Letras, la Psicología y el kickboxing, llegaba a casa extenuada. Conversaba un rato con su madre mientras cenaba, y se iba a dormir. Cada noche la despertaba el ronroneo del aire acondicionado que su madre, de pura nostalgia por el páramo, había mandado instalar en las habitaciones. Era un segundo de angustia y otro de alivio. Sentía que el aire acondicionado, con su bramido continuo, le reprochaba la pereza, al mismo tiempo que la arrullaba, conminándola a dormir.

Su madre también había tomado las riendas de su tristeza. Decidió vender la casa de Tabay a un vecino, primo de ella. De ese modo se deshacía de la responsabilidad de manejar sola el terreno y a la vez tenía un techo donde, dado el caso, pudiera regresar.

Margarita se entusiasmó con el taller. Siempre le había gustado leer, pero le encantó la diferencia que implicaba leer como escritora: encontrar en los libros unas instrucciones invisibles para los demás. En ese entusiasmo, lo admitió desde el primer día, tuvo mucho que ver el señor Álamo. Así lo llamaba para sus adentros, aunque en clase se dirigiera a él como Pedro.

De regreso de la tercera o cuarta clase, se masturbó pensando en el señor Álamo. Le divirtió acabar mediante un estímulo falso. El señor Álamo la atraía en un sentido que tocaba el cuadro de la vida, y no sus estribaciones o repliegues verdaderamente íntimos. Le parecía un hombre que se esforzaba en lucir más viejo de lo que en realidad era, bastante neurótico, inseguro, pero con una fortaleza oculta que la atraía. Si al final se trataba de un pene de treinta centímetros o solo de un refinado sentido del humor, poco importaba. Desde que empezó el taller, veía a quienes la rodeaban como personajes, y a sí misma como la protagonista de una historia en marcha.

Gonzalo reapareció por el gimnasio en enero. Margarita se encontraba haciendo combinaciones de golpes con su nuevo entrenador, cuando Gonzalo entró en el cuadrilátero, vestido para pelear. Como si se tratara de un baile, le pidió permiso al entrenador. Este miró a Margarita, ella asintió como la protagonista

que era y solo entonces el otro bajó del ring. Se acomodó en la esquina de ella, junto a los otros entrenadores
y los pocos alumnos que se encontraban en el gimnasio a esa hora muerta, curiosos por saber en qué iba a
parar aquello.

Gonzalo la recibió con un gancho a la oreja.
Margarita apenas tuvo chance de reaccionar y el golpe
cayó en el pómulo izquierdo. El entrenador, al verla en
la lona, hizo el intento de entrar en el ring. Ella misma
lo aguantó con un gesto. Luego se puso de pie, chocó los
puños y buscó a Gonzalo.

Aquella fue su mejor pelea. Gonzalo no volvió a
derribarla y además logró conectarle un jab certero que
le permitió devolverle la marca violeta que él le había
regalado en el primer intercambio.

Desde esa tarde, Gonzalo comenzó a buscarla.
Margarita aguantó una semana antes de aceptar la reconciliación de los cuerpos un domingo de hotel. Al
principio, quiso jugar el papel de la mujer independiente. Pero Gonzalo empezó a aparecerse por todas partes,
a seguirla con una persistencia y un celo que no le desa-
gradaban del todo. Cualquiera que hubiera sido la naturaleza del viaje, el negocio parecía haber salido bien.
Gonzalo tenía un carro nuevo, manejaba el dinero sin
recatos y Margarita lo notaba alegre, sin ese aire crispa-
do que la ponía tan nerviosa.

Gonzalo no se extendió mucho en explicaciones. Solo le dijo que había estado donde un primo lejano suyo, en Colombia, y que todo estaba bien. Ella le
contó de las diversas clases que estaba tomando, de la
venta de la casa de Mérida, de la mudanza definitiva
de su mamá.

Él permaneció unos segundos observándola,
como si estuviera clasificando en diversas rejillas mentales la información.

—¿Qué? —dijo Margarita.

—Nada. Estás haciendo muchas cosas. Me alegra.

Margarita aprovechó el impulso y le reveló sus planes de marcharse a España.

Esta vez Gonzalo se mostró de verdad sorprendido.

—¿Cuándo?

—Aún no sé. Es solo un proyecto. Hay un par de posgrados en la Autónoma de Barcelona que me interesan. Pero igual quiero tener eso decidido para cuando termine la carrera.

—Buenísimo. Suena tremendo.

Gonzalo parecía otro. Aceptaba como algo natural que ella, en su ausencia, hubiera puesto orden en su vida.

Lo único malo era que, al mismo tiempo de su reconciliación con Gonzalo, los Strinkis también habían reaparecido.

Esta vez no le molestaron tanto. Algo había cambiado en la relación entre ellos. Ahora solo aparecían cuando Gonzalo los llamaba. Lucían más maduros. Al menos, ya no se reían a cada instante y mostraban una actitud que, sin saber muy bien por qué, Margarita tildó de «profesional».

El cambio hacía el trato más tolerable, pero el enigma se agravaba: ¿para qué podía necesitar Gonzalo a unos tipos como esos?

Algo parecido al amor se reavivó. El tiempo se expandió, cupieron más horas dentro de las horas normales y al cabo de tres semanas Gonzalo estaba incluido en la futura mudanza a España. La madre captó el cambio de aires y permaneció callada: prefirió hablarle a su hija en sueños.

El sueño fue breve. Unos pocos fotogramas en movimiento. Era su madre, que la miraba con pena infinita, mientras acariciaba una cucaracha que tenía en la mano como si fuera un polluelo. Margarita trataba de hablar, de decirle que entendía su tristeza, pero que era algo momentáneo. Pronto hablaría con Gonzalo, le pediría que la dejara tranquila y las cosas volverían a la normalidad. Como en los sueños no hay silencios, la madre negó con la cabeza un rato largo, mientras seguía acariciando el cuello de la cucaracha.

De nuevo se dejó ir. Esta vez con lentitud y a conciencia. Faltó al taller, dejó de asistir a las clases de Letras, olvidó el entrenamiento e iba muy de vez en cuando a las clases en Psicología. Solo salía para verse con Gonzalo. Regresaba a los dos días, marchita, como si la liberaran de un encierro. Al finalizar la tercera semana de deriva, la madre entró a su cuarto, se sentó en la cama y la abrazó. Aunque el sueño solo lo había soñado ella, sintió que su madre cambiaba el veredicto y le daba otra oportunidad.

Lloraron en silencio y después se secaron las lágrimas. La madre le tendió una hoja arrancada de las páginas amarillas, con un círculo de tinta azul englobando un nombre, una dirección y un teléfono: Miguel Ardiles. Médico psiquiatra. Hospital de Clínicas Caracas. (0212) 577.44.35.

—¿Alguien se lo recomendó?

La madre negó con una risa cansada.

Margarita volvió a llorar.

—Voy a buscar ayuda, mamá. Se lo prometo.

Margarita entendió que aquella hoja arrancada era solo un gesto, pero no quiso darle más vueltas al asunto y llamó a ese mismo número. Ya nadie usaba las páginas amarillas y temió que el número no existiera o que el médico hubiese cambiado de dirección.

La conexión con el doctor fue inmediata. Al doctor Ardiles le bastaron una mirada y unas preguntas de rigor para diagnosticarle un cuadro depresivo. Le iba a prescribir unas pastillas pero antes quería escucharla.

Margarita pareció aliviada con el diagnóstico, con la explicación bioquímica de su enfermedad y el efecto que podían tener los antidepresivos. Sintió esperanzas al ver que una parte de su infierno podía explicarse, quizás desmontarse, como si fuera un reloj.

Aunque la anécdota de la cucaracha permitía entrever una personalidad psicótica, Ardiles se guardó para sí esta impresión. Margarita aún debía ahondar en su propia historia y durante las primeras dos sesiones, como un terapista de serie de televisión, se dedicó a escucharla.

Era un relato fascinante. Conmovía y aterraba a ráfagas imprevistas. Ardiles a veces se dejaba llevar por la trama y creía identificar en el modo de narrar de Margarita algunas de las enseñanzas de Matías Rye. Otras veces dejaba de escuchar alguna frase pensando en Pedro Álamo y su inútil habilidad para anticipar desgracias inevitables.

Pese a lo desolador del cuadro, Margarita podía salvarse si lograba apartarse del tal Gonzalo. El tal Gonzalo lo sabía y se apareció en la tercera sesión.

—Le comenté a Gonzalo que me sentía mejor después de hablar con usted y quiso venir hoy.

Margarita habló con un hilo de voz. Estaba roja de vergüenza.

—A ver si entiendo. ¿Quieren hacer terapia de pareja?

—No —se adelantó Gonzalo—, pero siempre he sentido que hay cosas en mí que debo cambiar. Y como a finales de año Margarita y yo nos vamos a vivir a España, pues lo mejor es solucionar eso pronto.

—¿Este año? Había entendido, Margarita, que lo tenías pensado para cuando terminaras la carrera.

—Sí, pero ahora Gonzalo insiste en que nos vayamos este año.

—¿Y tú qué piensas, Margarita? —preguntó Ardiles.

—Tengo la posibilidad de hacer un gran negocio allá y tiene que ser este año —dijo Gonzalo—. Le he dicho a Margarita que puede continuar la carrera en Barcelona y pedir que le validen las materias que ya ha visto aquí.

Después, como para dejarle claro que aquello no era de su incumbencia, Gonzalo ocupó el resto de la sesión en contar su historia. Habló de la difícil relación con el padre, de sus propios problemas de ira, incluso, se atrevió a confesar que mojó la cama hasta los once años. Todo dicho con el mismo tono compungido, seductor.

Un psicópata, pensó Ardiles mientras lo escuchaba. El aire acondicionado le erizaba los vellos del cuello y de los brazos.

—Se acabó el tiempo —dijo al fin Ardiles—. Un placer conocerte, Gonzalo.

Se levantaron los tres y Miguel Ardiles les tendió la mano a ambos. Luego se dirigió solo a Margarita:

—Te veo la semana que viene.

Margarita asintió. Gonzalo, en cambio, en un segundo endureció el rostro.

Cuando cerró la puerta del consultorio, Miguel Ardiles estaba temblando.

Después de esa sesión, Ardiles se barruntó lo peor. Tenía miedo de que Gonzalo regresara a la consulta. La perspectiva de la entrevista con el Monstruo de Los Palos Grandes lo ayudó a calmarse.

Ramón Camejo Carmona había sido puesto en libertad un mes después de que se descubriera lo que le había sucedido a Lila Hernández. Al parecer, los vínculos de su padre, el poeta Humberto Camejo Salas, con la revolución, habían permitido que saliera. Sin embargo, la presión ejercida por los medios de comunicación y por varias organizaciones de defensa de los derechos de la mujer había logrado la nueva detención.

El caso parecía atrapado entre la maraña buro-
crática y el manejo de la prensa, que trataba de transformarlo en un escándalo político. Cansada de esperar
por el juicio, aún con el rostro deforme, Lila Hernández se apostó a las puertas del Tribunal Supremo de
Justicia y se declaró en huelga de hambre. Solo entonces
se dio la orden de poner en movimiento el aparato. Se
procesó la denuncia y se pidieron los respectivos exámenes médicos, neurológicos, psicológicos y psiquiá-
tricos tanto del imputado como de la víctima.

Johnny Campos había llegado hasta su oficina
para decirle en persona que estuviera prevenido.

—En cualquier momento de esta semana o de
la próxima pueden traerlo.

La entrevista con Lila Hernández se daba por
sentada. El Monstruo, en cambio, era la estrella.

Durante la semana se olvidó de Margarita y de
Gonzalo. Se dedicó a repasar el caso.

Nadie ponía en discusión que a Lila Hernández
el joven pintor Camejo Carmona la había llevado a su
apartamento y que durante cuatro meses la había mantenido secuestrada, bajo tortura. La había atado a una
silla, le había quemado los senos con colillas de cigarrillo,
la había golpeado hasta atrofiarle el labio superior, la
había violado, le había cortado una oreja, entre otras vejaciones aún más terribles, según la prensa policial.

La defensa de Camejo Carmona parecía aceptar
esto y luego agregaba un «pero» que trataba de desviar
la atención hacia la naturaleza de la relación que Ramón y Lila habían sostenido.

Desde el principio, Lila Hernández afirmó que
había llegado a la casa de su torturador solo como modelo, porque Camejo Carmona quería pintar un cuadro. Eso fue lo que le dijo para llevarla a su casa. La defensa, de acuerdo a las declaraciones de su cliente,
argumentaba que Lila Hernández era prostituta.

La prensa se incorporó a este debate para tratar de dilucidar si, en efecto, Lila Hernández era prostituta o no. Su historia permitía sospecharlo: venía de algún pueblito perdido de los Andes, de una familia muy humilde, no tenía estudios ni un oficio estable en Caracas. Y con respecto a su potencial como modelo, había que reconocer, según a las fotos de ella anteriores a las vejaciones que sufrió, que no era particularmente hermosa. La defensa hacía énfasis en determinar este punto pues, si Lila Hernández había mentido al respecto, ¿cómo saber que no estaba mintiendo en lo demás?

Lilah (como la llamaba Miguel Ardiles, pronunciando «Laila») ponía como prueba del motivo real de su visita los cuadros murales que adornaban el apartamento de Ramón Camejo en Los Palos Grandes. Un fotógrafo de *Últimas Noticias* había logrado captar un par de imágenes borrosas antes de que la policía clausurara el apartamento. En este punto, el debate se desplazaba al asunto de las disquisiciones estéticas, pues los murales de Camejo Carmona demostraban talento y se prestaban a múltiples lecturas.

Era cierto que la totalidad de sus personajes eran mujeres; que muchas de ellas figuraban muertas, asesinadas, tasajeadas, en espacios ominosos; que una en particular guardaba un parecido con Lila Hernández. El problema era, como siempre sucede en las relaciones entre el arte y la vida, ¿cómo determinar que *Lilah* había inspirado con sus sufrimientos a uno de los torturados personajes de los cuadros murales del pintor Ramón Camejo Carmona, mejor conocido como el Monstruo de Los Palos Grandes?

La cuarta y última sesión fue aún más extraña que la tercera. Margarita no solo reapareció con Gonzalo, sino que además se incorporaron los Strinkis. Ardiles tuvo que pedirles que se sentaran en el sofá, mientras Gonzalo y ella ocupaban las dos sillas frente a su escritorio. Allá de fondo, parecían los hijos problemáticos de Margarita y Gonzalo. O, peor aún, el público ralo de un *talk show* a punto de ser cancelado.

Margarita no despegó la mirada del suelo. Las dos veces que Miguel le dijo que no la escuchaba bien, ella levantó el rostro y enfocó los diplomas que estaban detrás de él. Después de los primeros minutos, Miguel captó cuál era el objetivo de aquella visita: querían informarle de que los cuatro habían decidido mudarse a España antes de que terminara el año.

Ardiles no comprendía. ¿Qué tenía que ver él con lo que ellos hubieran decidido hacer?

Sin embargo, por elemental prevención, decidió no despacharlos de inmediato. Jugó a ser el consejero de aquel circo, su terapista de grupo.

—¿Con qué dinero piensan mantenerse? ¿No han oído hablar de la crisis en España?

—Qué bueno que lo menciona, doctor. De eso precisamente hemos estado hablando. Mis amigos tienen un capital guardado y yo también.

Gonzalo se calló un momento, como esperando alguna aprobación para continuar.

Me están jodiendo, pensó Miguel. Esto es una tomadura de pelo. Luego asintió.

—Con lo que llevamos, vamos bien —continuó Gonzalo—. Además de que el negocio que tenemos proyectado no puede fallar. Sin embargo, para estar completamente seguros, debemos llevar con nosotros todo el capital del que dispongamos.

Me van a robar, pensó Miguel.

—Nosotros sabemos que Margarita también podría ayudarnos. Ella insiste en que no quiere viajar antes de terminar la carrera. Ya usted sabe mi opinión al respecto. Pero yo debo insistir por todas las vías porque es lo mejor para el grupo. ¿Es o no es, muchachos?

—Claro —dijo uno de los Strinkis, que pareció despertar.

—Por supuesto —dijo el otro de los Strinkis, que también parecía despertar.

Gonzalo volvió a callar y esta vez el silencio se posó sobre sus cabezas como un mantel. Ardiles había perdido el miedo. Solo estaba furioso. Con Margarita, incluso, quien en este punto de la conversación buscaba el camino a China a través del piso del consultorio.

—Creo que ha habido un malentendido, muchachos —dijo Miguel Ardiles—. Yo soy psiquiatra, no asesor financiero.

Luego se levantó.

Gonzalo volteó hacia donde estaban los Strinkis. Estos, al mismo tiempo, se incorporaron.

—Tiene razón. Lamento mucho haberle hecho perder su tiempo —dijo Gonzalo. Hizo un amago de sacar su cartera.

—No se preocupen. Espero que les vaya bien. Suerte con el viaje —dijo Ardiles, sin siquiera mirar a Margarita.

Al salir, Gonzalo hacía esfuerzos por disimular una gran sonrisa. No había logrado que convenciera de nada a Margarita, pero era seguro que no volvería a la consulta.

Miguel Ardiles apenas le dedicó un pensamiento a Margarita Lambert. No quería saber nada más de ella.

Al día siguiente, recibió una llamada de Johnny Campos confirmándole que el próximo lunes comenzarían las evaluaciones del caso del Monstruo de Los Palos Grandes. Miguel Ardiles esperó hasta el fin de semana para hacer sus propias pesquisas.

Unos minutos antes de la medianoche del sábado, Ardiles cruzó la puerta del Mr. Morrison. Se sentó a la barra, ordenó un whisky y esperó a que apareciera Gioconda.

—¿Dos veces en un mes, doctor? ¿Tan mal estoy? Dígame la verdad.

—Eres una perversa polimorfa. Estás jodidísima.

A Gioconda le encantaban esos diagnósticos que sonaban a enfermedades venéreas.

—Invíteme un trago, pues.

—Pide, pero hoy estoy de paso. Solo vine a hablar contigo.

—Qué aburrido.

El barman colocó una copa al lado de su trago de whisky. Gioconda dio un sorbo.

—Quería preguntarte sobre Lila Hernández.

Gioconda se acomodó los lentes. Apartó unos centímetros la copa y se puso la mano en la cadera.

—¿Usted también? Nadie habla de otra cosa. ¿Se metió a policía, doctor?

—Un poquito.

Ardiles le mostró el carnet. Gioconda se fijó en el logotipo de la policía científica.

—¿Qué quieres?

—Es la primera vez que me tuteas. Si cambio de opinión, ¿te quedas hoy conmigo?

—No me gustan los policías.

—No soy policía.

—Ahí dice que sí.

—Ahí no dice eso. Lee bien.

—No me gusta leer. ¿Qué quieres saber?

—Nada del otro mundo. Solo quería saber si Lila Hernández era prostituta.

—Prostituta soy yo. Ella solo es puta.

—¿Cuál es la diferencia?

—La calle, mijo. Y los reales, porque este cuerpo no lo tienen mujeres como ella.

—¿Estuvo por acá?

—Todas se mueren por trabajar acá.

—¿Estás molesta?

—Me molestan las preguntas pendejas. Si Lila Hernández hubiese sido estudiante, o abogada o doctora, hace rato que el animal ese estaría muerto.

Gioconda se dio media vuelta y se perdió tras las cortinas que separaban el escenario de los camerinos.

Miguel Ardiles abandonó el local, sintiéndose como un pendejo.

Al ver el carnet, la conserje del edificio también creyó que Miguel Ardiles era policía. Esta vez no quiso aclarar el malentendido, aunque en realidad había hablado con el comisario que llevaba el caso y obtenido el permiso.

—Es allí —dijo la conserje, señalando el apartamento, sin bajarse del ascensor.

—Las llaves —dijo Ardiles.

—Verdad. Tome —dijo.

La mujer se persignó y las puertas del ascensor se cerraron.

Frente a la puerta, Ardiles comenzó a dudar. ¿Qué había ido a buscar allí? ¿En qué podía ayudar a su análisis lo que estaba por hacer?

Tratando de meter la llave, tuvo una idea absurda: Gonzalo lo estaba esperando al otro lado de la puerta.

Al fin, abrió la reja Multilock. Observó unos segundos el ojo mágico de la puerta y luego la abrió.

El apartamento estaba a oscuras. Esperó a que la luz del pasillo dibujara algunas coordenadas antes de cerrar la puerta.

Una vez adentro empezó a temblar. De nada le sirvieron aquellos segundos de iluminación. La oscuridad se lo había tragado todo de nuevo. Se sintió como Jodie Foster en la escena final de *El silencio de los inocentes*. La idea le hizo eructar una carcajada, corta y seca, que rebotó en la oquedad haciéndolo callar.

El coño de tu madre, Matías, pensó.

Caminó durante un tiempo que se le hizo interminable por una cuerda floja que luego identificaría como la sala. Después de la sala había otra, pero más pequeña. En el costado izquierdo estaba el balcón, oculto detrás de unas pesadas cortinas que, al descorrerlas, le revelaron el espacio que había recorrido.

Le sorprendió recordar que eran las once de la mañana de un soleado domingo. ¿Cómo había logrado Camejo Carmona semejante oscuridad? Por algunos tablones de madera tachonados en las paredes entendió que las ventanas estaban clausuradas.

En la segunda sala solo había un mueble. Una pequeña biblioteca que enseguida examinó. En la repisa superior había tres botellas a medio llenar: una de mezcal, una de pisco y una de whisky. En la del medio, potes de pinturas, pinceles, brochas de varios tamaños y paños hechos con retazos de franelas viejas. En el tercer y último tramo había libros. *Historia de la pintura en Italia,* de Stendhal; *El legado de Apeles,* de Gombrich, *La semana santa,* de Aragon, *Études pour «Le radeau de La Méduse»,* de un compilador cuyo nombre no llegó a leer, pues en ese instante sintió que alguien lo miraba.

Allí, en la gran pared de la sala principal, estaba Lilah.

En un segundo ganó la pared, pero a ella la perdió de vista. Presionó el interruptor de la luz y no funcionó. De cerca y ayudado por la linterna del celular, la figura de Lilah se diluía en un tumulto de mar, músculo y madera.

Dio unos pasos hacia atrás, para tener perspectiva, y tropezó. Una silla. La silla en la que había estado sentada, amarrada durante cuatro meses, Lila Hernández. Allí, justo en medio de la sala, a un costado de la cuerda floja, rozándolo con su borde de murciélago.

Se sentó. Se secó el sudor de la frente. Luego se restregó los ojos antes de mirar. Los abrió y ahí estaba

Lilah. La vio, esta vez, en todo su horror y todo su esplendor.

Antes de marcharse, se acercó de nuevo a la biblioteca para tomar nota del libro que le faltaba. Fue entonces cuando vio que una especie de cola despuntaba detrás de la biblioteca. Con cuidado, tratando de que no se cayeran las botellas, la separó de la pared unos centímetros. Comprobó que la imagen continuaba y terminó de apartar el mueble.

No era una cola. Era una cuerda que ataba a una mujer. A juzgar por la escena, podía ser cualquiera de las muchas mujeres que había visto en Medicina Forense. Escudriñó el resto del apartamento y encontró más mujeres. Situaciones distintas con padecimientos tan específicos que debían de ser el resultado de un largo encierro o de un largo amor.

Las habitaciones principales, el estudio, la cocina, el lavadero, los techos, incluso el rodapié del balcón estaban intervenidos de aquella manera. Tuvo ganas de orinar y entró a uno de los baños.

Fue allí, cuando ya terminaba, en el ángulo que formaban la pared y el techo, donde Miguel Ardiles encontró la imagen que, presentía, lo estaba acechando.

En medio de una trama verdosa, de bosque, una gran hoguera se tragaba a unas gemelas, o a una mujer repetida, o a dos mujeres muy parecidas. Tenían el rostro deformado no por el fuego, sino por el dolor que les infligía el fuego.

A pesar de la contorsión de los gestos pudo reconocer, sin ninguna duda, el rostro, los rostros, de Margarita Lambert.

Era la hora del insomnio.

27. Enter Sandman

Aunque Matías Rye había abandonado para siempre la escritura, siguió fiel a la tradición oral. Las Criaturas a veces le pedían que contara alguna historia. Rye hacía versiones de H. P. Lovecraft y de E. T. A. Hoffmann, escritores a quienes, como a él, era mejor escuchar que leer.

Casi siempre lo hacía con desgano, censurándose por usar trucos manidos y al mismo tiempo fascinado por lo fácil que brotaba el terror en aquellos rostros.

La única historia que contaba con esmero, cuidando los efectos como si a través de la voz perfeccionara una escritura, era la de «El hombre de la arena», *Der Sandmann*, de Hoffmann. Era la que más le pedían y él siempre los complacía, introduciendo en cada oportunidad nuevos personajes, nuevos ambientes y descripciones, tamizando con variantes el mismo relato hasta revelar el fondo común de todas las pesadillas.

En una de las mejores versiones, si no la mejor, Nathanael se llamaba Edmond y nacía no en Königsberg o alguna ciudad de Prusia, sino en Churuguara, un pueblo del estado Falcón, al occidente de Venezuela, en el año 1935.

Su abuelo paterno, el conde de Montesinos, provenía de Valencia. Nadie entendía cómo un noble europeo había terminado en aquel pueblo miserable de una turbulenta república del sur de América, sin otra riqueza que el título y una vasta biblioteca compuesta por una decena de libros. Pues el conde, a pesar de su condición, trabajaba la tierra como cualquier campesino.

Entre los libros que trajo aquel día de 1896 en que arribó a tierras falconianas estaba *El conde de Montecristo,* ya que era un buen lector de Alexandre Dumas. Por esta razón, al llegar a América, se rebautizó a sí mismo con el nombre de Edmond. No hizo falta agregar el Dantés, pues quiso la fortuna que su apellido original, Montesinos, hiciera menos hiriente la farsa.

Su único hijo varón y el último de sus nietos también heredaron el nombre. Subyugado por el reino de lo idéntico, agotado por una vida y unos antepasados que no habían hecho otra cosa que labrar la tierra y ordeñar el ganado, Edmond Montesinos hijo partió con su esposa y sus retoños a la ciudad de Barquisimeto. No se sabe cuál fue el oficio practicado allí por el hijo prófugo, pero sí se tiene noticia del nuevo traslado de la familia a las costas de La Guaira, cuyos aires fueron recomendados por el médico para la cura del asma de su esposa. Una vez solucionados estos problemas de salud, la familia se dirigió a Caracas.

Hasta aquí lo que importa saber sobre la familia de nuestro protagonista del *nocturno* de hoy.

En 1952, Edmond Montesinos tercero tiene diecisiete años. Es el alumno más inteligente del Liceo Luis Razetti y cuenta los días para cumplir el primero de sus sueños: estudiar en la Universidad Central de Venezuela. Aún duda entre Biología y Filosofía, tal es la amplitud de sus intereses. Sin embargo, su sueño aún tardará un tiempo en concretarse. El país vive bajo una dictadura que ese año ha arremetido con toda ferocidad. Cada día hay más desaparecidos, asesinados y presos políticos. La universidad ha sido intervenida y luego clausurada.

Aunque nadie lo conoce ni aparece en ninguna lista de sospechosos, participa del éxodo de los estudiantes revoltosos a otras universidades de América Latina. Recala en Guayaquil, donde empieza a estudiar

Medicina. Allí se enamora de Flor Lowenstein, hija de su profesor de Anatomía. Este permite las visitas de Edmond, pues lo reconoce como un buen estudiante. Además, ha quedado conmovido e impresionado al escuchar su historia: la precoz conciencia revolucionaria, la cárcel por haber encarado al propio dictador venezolano durante un mitin, la tortura a la que fue sometido sin importar que fuera poco más que un niño, el exilio.

Flor es una muchacha recatada. Apenas le permite uno que otro beso, sin abrir la boca, en la sala de su casa. Edmond debe conformarse con desfogarse en los arrabales que sus compañeros de pensión le han mostrado. Jura ante el espejo de su habitación que antes de los exámenes finales degustará ese néctar esquivo.

De pronto, los planes cambian por completo. Han llegado las noticias de que en Venezuela la Universidad de los Andes ha reabierto sus puertas. El contingente de exiliados se reúne y decide regresar a la lucha.

No le comunica nada a Flor hasta el último día. Cuando solo faltan tres horas para tomar el barco, la cita en su cuarto de pensión. Ella se niega, arguyendo que no es propio de una dama visitar a su pretendiente en su casa y menos en aquella pocilga donde viven los venezolanos expatriados. Él le confiesa que al mediodía parte en el barco para un largo viaje de regreso a su país.

—Estoy haciendo la maleta. Me es difícil salir.

—Está bien —consiente Flor.

Edmond cuelga el teléfono de la recepción, le da unas monedas al encargado y sube.

La habitación está limpia y ordenada. La maleta, lista, reposa sobre la cama tendida. Edmond la coloca en el piso, cerca de la puerta y se echa en la cama a esperar.

Los barcos pertenecían a la Compañía Grancolombiana. Partían de Maracaibo, después pasaban por

Buenaventura, en Colombia, luego el río Guayas, en Ecuador. De ahí un largo viaje hasta Nueva York y de regreso atravesaban el canal de Panamá para recalar de nuevo en Maracaibo.

Durante la travesía, se dedicó a reflexionar sobre lo sucedido. Todo había sido inesperado. Por la mente de Edmond jamás asomó la posibilidad de que Flor se negase. Tampoco era previsible su propia reacción, aunque después incorporó ese recuerdo como uno más de los que, sin distinción ni rango, podía guardar su memoria. Le sorprendieron, eso sí, las cosas que le dijo. ¿De dónde había sacado él ese acento castizo? ¿A qué venían aquellos versos de Garcilaso de la Vega en medio del forcejeo?

Poco antes de llegar a Maracaibo dio con la clave. La profesora Marta. ¿Cómo no lo había pensado? Su acento, sus clases sobre el Siglo de Oro español, sus piernas y los primeros ardores. Después de atar el cabo, se dio cuenta de que la respuesta, la imagen de la profesora Marta, siempre estuvo ahí. En el barco y en los puertos, pero también en el mismo cuarto de pensión y entre sus jadeos, entre las sábanas huracanadas y la expresión muda, aterrada, de Flor.

Entre la biología y la filosofía, pensó, apenas puso pie en tierra. ¿Qué hay ahí? La mente, se dijo. O, para ser más puntual, el cerebro, corrigió. ¿Cómo llegar ahí? ¿Cómo entender la relación? Se avergonzó de no haberse planteado antes estas preguntas. ¿Qué había sido él hasta entonces? Un autómata como cualquier otro. Un autómata como cualquier persona que obedece a su cerebro sin preguntarse por las leyes de ese mecanismo.*

---

* Es probable que en este episodio de juventud se encuentre el origen de la perspectiva biologicista que fundamenta toda la labor psiquiátrica del doctor Montesinos. Desde su defensa de las tesis sobre el origen retroviral de la esqui-

En la noche del mismo día de su llegada a Maracaibo, tomó un autobús hacia Caracas. Apenas durmió en el camino, deslumbrado por su hallazgo: si uno es un autómata de sí mismo, también puede serlo de otra persona.

Bajó a la mañana siguiente en la plaza de Capuchinos con el futuro despejado.

Se convertiría en Psiquiatra. Se postularía para ser el Representante Estudiantil ante el Consejo Universitario. Sería Presidente del Colegio de Médicos. Fundaría la Clínica más exitosa en el tratamiento de las enfermedades mentales en Latinoamérica. Sería Rector de la Universidad Central de Venezuela. Sería un Escritor Famoso. Tendría, por supuesto, Todas las Mujeres que Quisiera. Y luego, por qué no, como una coronación de atributos, sería Presidente de Venezuela.

Estos planes en mayúsculas podrían parecer un despropósito o un delirio de grandeza, y en parte lo eran. Pero también hay que considerar el hecho de que, como veremos, nuestro personaje logró casi todo lo que se propuso.

Hay un detalle que por pura dejadez descriptiva no hemos mencionado y que es decisivo para la comprensión dc esta historia: Edmond Montesinos era un hombre muy feo. De una fealdad ridícula. Era pequeño, apenas un metro sesenta de estatura, enclenque, cabezón, de rasgos toscos y gestos lábiles, calvo. Además, desde joven usaba un peluquín rizado de tono rojizo.

Su propia constitución fue el primer obstáculo que se le atravesó en la vida. Quiso Dios, con su terri-

zofrenia, pasando por su entusiasmo por las clasificaciones de Andrei Snezhnevsky, hasta lo que se podría llamar su «metafísica» personal. Todas las vertientes de su pensamiento están contenidas en el libro *Cerebro, personalidad y destino*, donde afirma que «la conciencia es una jugarreta multicelular. Su existencia es lo que define la condición humana, que por ella es trágica y molesta».

ble sentido del humor, dotar a semejante hombre de la vanidad propia de un Hércules o un Aquiles. Y cuando esto sucede, cuando el cuerpo de los vanidosos no se corresponde con lo que los historiadores llaman «las circunstancias objetivas», a veces surgen esos monstruos de la épica, el deporte o la política. Engendros como Bolívar, Messi o Napoleón, que recuerdan a *El fantasma de una pulga* dibujado por William Blake.

Estos proyectos en la mente de un futuro psiquiatra traslucían una contradicción absoluta. ¿Es que acaso Edmond Montesinos olvidaba la función originaria de la psiquiatría? ¿Desconocía a Georget y su tratado *De la folie,* donde el francés afirmó que la psiquiatría debía responder a un solo problema de fondo: cómo disuadir a quien se cree rey?

Quizás para atenuar esta contradicción estaba su afición por la política, cuyo problema de fondo es el opuesto: ¿cómo convencer a los que no me creen rey? Esta dialéctica de lo grotesco dotó a nuestro personaje de una ideología.*

Entre 1953 y 1958, en Caracas, se dedica por completo a sus estudios de Medicina, al trabajo con los primeros pacientes y a hacerse un nombre en la universidad. En sus ratos libres se refugia en la Escuela de Filosofía, en las clases del profesor Guillermo Pérez Enciso, cuya pasión por la psicología lo llevará a proponerle la creación de la Escuela de Psicología de la Central. Es el primer inscrito oficial de esa escuela.

Ajeno a las turbulencias del país, se incorpora como alumno voluntario para trabajar en Lídice, el famoso manicomio de la zona vieja de Caracas. Esta experiencia resultará crucial, pues allí conocerá de frente

---

* «Calificaré de grotesco —dice Michel Foucault— el hecho de poseer [alguien] por su estatus efectos de poder de los que su calidad intrínseca debería privarlos». Por extensión, califica al poder psiquiátrico como *ubuesco.*

las mil doscientas formas de la locura expresadas en los pacientes recluidos.

A la pasión por la locura sumará la pasión mayor, la pasión por la muerte. En el hospital Vargas, con la anuencia del jefe de la cátedra de Anatomía Patológica, el doctor Blas Bruni Celli, realizará sus primeras autopsias. Más que un diagnóstico preciso, que nadie le ha pedido, el joven Edmond Montesinos busca contemplar la muerte. Entenderla en sus tesituras, humores y disposiciones finales.

En los casos de pacientes no reconocidos, casi siempre indigentes, aprovecha para trepanar la tapa del cráneo y dedica las horas a observar las ramificaciones del cerebro humano. Sigue las cisuras con la mirada como quien busca la salida de un laberinto.

Cuando los muertos tienen familia, o mejor aún, cuando él mismo ha tenido la suerte de tratarlos en los días finales de sus padecimientos, le gusta detallar el color que la muerte, como un sol desfalleciente y desapercibido, va dejando en todos los rostros.

Los años pasan. La dictadura ha impuesto un silencio obligatorio que incita al estudio. Un entorno de rigor mortis que les brinda la temperatura ideal a sus lecturas. Las clases y sobre todo la compañía del doctor Rojas Contreras, jefe de la cátedra de Técnica Quirúrgica y ministro de Pérez Jiménez, le son cada vez más atractivas.

Al principio, la relación fue tensa, pues Rojas Contreras casi lo obligó a hacerse, también en ese corto periodo, anestesiólogo. Rojas Contreras tenía noticias del exilio de su pupilo antes de entrar en la Universidad Central, un exilio misterioso, pues no figuraba en ningún registro de la Seguridad Nacional. Tampoco estaba afiliado a ningún partido político. La inteligencia y la destreza del muchacho fueron venciendo su recelo, y el doctor pasó de ser un jefe que lo espiaba a asumir las atenciones distantes de un padre severo pero orgulloso de su hijo.

Los monólogos que sostenía con Montesinos giraban alrededor de un mismo tema, la anestesiología. Hablaba de la necesidad de formar la primera generación de verdaderos anestesiólogos del país, pues un trabajo tan delicado, tan importante, no podía seguir en manos de vulgares enfermeras.

—Aunque la gente no lo perciba, la anestesiología tiene un rol decisivo en el cumplimiento del Nuevo Ideal Nacional.

Todas las reflexiones que Rojas Contreras hacía sobre su oficio desembocaban en una vindicación de la dictadura.

—Porque ¿cuál es el trabajo de un anestesiólogo? Adormecer al paciente para que el cirujano haga también su trabajo. Imagine el dolor que implicaría una operación con el paciente despierto. Una cosa espantosa. Claro, aquello no puede durar mucho pues enseguida el paciente se desmaya. Es una tremenda lección del cuerpo. Hay veces en que, lo queramos o no, lo mejor es adormecerse, no pensar mucho y dejar que los que saben hagan su trabajo.

Edmond Montesinos pensó en *La lección de anatomía*. Imaginó una versión imposible del cuadro en la que el paciente (¿el mismo Rembrandt?) observara la indagación en uno de sus brazos, mientras con el otro, de manera simultánea, pintara la escena en un lienzo.

—Lo mismo hace la Seguridad Nacional: mantener el orden para que el General pueda intervenir. El General es el principal cirujano del país, a quien le debemos la extracción de ese cáncer que son los adecos y los comunistas. Y es un motivo de orgullo saber que hemos contribuido con nuestro granito de arena a rescatar y mantener la salud de la nación.

La comparación era ingenua pero Montesinos no pudo ocultar la emoción.

A finales de 1957, el 21 de noviembre, se organizó un congreso de cardiología en la Universidad Central. Rojas Contreras logró incorporar una ponencia suya y una de su pupilo que tocaban de manera tangencial algunos temas afines a la cardiología.

El Aula Magna estaba repleta de doctores, profesores y estudiantes. Iba a ser la primera gran oportunidad de Montesinos para impresionar a un auditorio como ese. Cuando subía los peldaños de madera que conducían al atril, manoseando con nerviosismo las cuartillas de su ponencia, una baraúnda nunca vista de estudiantes irrumpió en la sala. Gritaron consignas en contra del Gobierno y del plebiscito, exigiendo libertades.

Fue el pistoletazo en medio del concierto de aquellos años. Los rebeldes se marcharon, dejando como rastro los panfletos y el eco tumultuoso de las consignas.

A pesar de la interrupción, Montesinos se dispuso a tomar la palabra. Entonces cayó en cuenta de que más de la mitad de los asistentes se había ido en la estela de la revuelta, entre ellos el doctor García, el organizador del congreso.

Edmond Montesinos descendió de la tarima. Temblaba de rabia y humillación. Quiso descargarse en improperios contra aquellos estudiantes junto a Rojas Contreras, cuando notó que este había empalidecido.

—Esto no es bueno —dijo Rojas Contreras. Y sin despedirse, se marchó.

Un año después, la Junta de Gobierno decretaba que, en adelante, cada 21 de noviembre se celebrara el Día del Estudiante. Lo sucedido en el Aula Magna de la Universidad Central, que impidió la primera aparición pública de Edmond Montesinos, tuvo réplicas simultáneas en las principales universidades del país.

Empujada por este y otros sacudones, como el alzamiento del primero de enero y la huelga general, la dictadura cayó, al fin, el 23 de enero de 1958.

Muchos años después, en una entrevista a propósito de su elección como rector de la Universidad Central, Montesinos recordó aquel año de 1958 en que el país se transformó «a una velocidad sináptica».

Montesinos supo adaptarse al nuevo ritmo. Fue uno de los más ardorosos agitadores en las facultades de Medicina y Humanidades que exigían la renuncia de los profesores cómplices con el régimen dictatorial. Señaló a Rojas Contreras durante una asamblea estudiantil, acusándolo de perseguir y adoctrinar a los estudiantes que no querían doblegarse a los designios del Nuevo Ideal Nacional.

Terminó su arenga bañado en sudor, ahogado entre los gritos entusiastas y los aplausos, bautizado. Rojas Contreras estaba aún más pálido que la vez del congreso de cardiología.

Dos distinciones coronaron sus acciones de esos meses. Fue elegido representante estudiantil ante el Consejo Universitario y, como tal, seleccionado para dar el discurso en nombre de los estudiantes en el acto de entrega del doctorado *honoris causa* a Rómulo Gallegos.

Ni la intervención del rector De Venanzi ni la de Mariano Picón Salas lograron sacarle las lágrimas al Maestro como sí lo hizo el discurso del joven representante estudiantil. Sin embargo, para Montesinos la emoción provocada a don Rómulo quedó relegada al contemplar el espectáculo que le ofrecía la primera fila del Aula Magna: Jóvito Villalba, Gustavo Machado, Rafael Caldera y Rómulo Betancourt, los reyes de la baraja en aquel momento, aplaudiéndolo, a sus pies.

Para 1959, Edmond Montesinos había pasado de ser un aprendiz de jacobino a un declarado revolucionario. A partir de la llegada de los barbudos a La Habana, comenzó a viajar con frecuencia a Cuba. Allí, con su don de palabra como llave maestra, fue abriéndose puertas hasta formar parte de largas veladas protagonizadas por Fidel Castro y el Che. También pudo conocer a un psiquiatra chileno, autor de un interesante estudio sobre higiene mental y delincuencia que para entonces ya contaba con experiencia en lides electorales. Se llamaba Salvador Allende. En una ocasión le tocó ir junto a Allende a un pueblo de La Habana Vieja para examinar a un grupo de subversivos que habían caído en una redada. Por fortuna, después de entrevistarlos, llegaron a la conclusión de que no eran elementos contrarios al régimen. Se trataba solo de «diversas manifestaciones psicopatológicas», de manera que los remitieron al hospital psiquiátrico de Mazorra, manejado por el comandante Ordaz.

Fue Montesinos uno de los organizadores de la primera visita oficial de Fidel Castro a Venezuela y el promotor del desafortunado encuentro entre Castro y Betancourt.

Al regreso de uno de aquellos viajes, el Gobierno lo encarcela. En la cárcel encuentra a un viejo conocido, Douglas Bravo, quien lo invita a escapar a las montañas de Falcón para impulsar el movimiento guerrillero. Montesinos, por cuestiones de temperamento, declina la invitación pero lo empuja a la batalla:

—No hay otra solución —lo anima.

A los pocos días, Bravo se fuga.

Montesinos, por su parte, sabe que la guerrilla está condenada. Los tiros, si es que tiene que haberlos, van por otra parte.

Comienza, entonces, el periplo por las naciones del bloque comunista: Rusia, China, Polonia, Checos-

lovaquia, Rumania. En Moscú conoce a Andrei Snezhnevsky y queda fascinado por su replanteamiento del
concepto de esquizofrenia. Encuentra de una profundidad estratégica la ampliación de los criterios que permi-
ten identificar, incluso anticipar, formas subyacentes de
esquizofrenia.

Con la agilidad de un Fouché, en el transcurso
de un mismo año, Montesinos pasa de la Rusia comunista a la Inglaterra imperial, del conductismo mosco-
vita al experimentalismo clínico en el Maudsley Hospital, donde funcionaba el Instituto de Psiquiatría de la
Universidad de Londres.

Desde la capital británica hacía incursiones en el
Burden Neurological Institute de Bristol, donde fue discípulo del mítico doctor William Grey Walter, autor de uno
de los libros más importantes que se hayan escrito sobre el
cerebro humano, *El cerebro viviente,* que terminó jugando
un papel inesperado en la historia de la generación beat.

En 1963 cambió su centro de investigaciones de
Londres a Marsella, para formarse bajo la tutela del
doctor Henri Gastaut, eminencia de la electroencefalo-
grafía. Allí presentó con éxito trabajos que alimentaron
lo que luego sería la versión académica de su libro *Cerebro, personalidad y destino.*

Se escapaba los fines de semana a París, donde
merodeaba por los bares y cafés que los exiliados venezolanos, varios de ellos perseguidos políticos, solían frecuentar.

Para ese entonces, como una hidra, su leyenda
comenzaba a dar latigazos en distintas direcciones.
Eminencia, farsante, revolucionario, traidor, seductor,
perverso eran algunos de los motes que se anudaban de
forma enigmática a su pequeña y poco agraciada figura. La ambición de poder y una voracidad intelectual
pocas veces vista habían terminado por convertir la
fealdad en un misterio a su favor.

El primer fin de semana que pasó en París, con solo bajarse del taxi frente al café Odéon, donde lo esperaba Antón Parra, amarró su primera conquista. Antón estaba acompañado por una pareja de venezolanos que no perdió un movimiento de su llegada. El hombre tenía ese aire de Jesucristo que las mujeres, por un complicado complejo de redención, no pueden resistir. Cabello castaño, liso y largo. Grandes bigotes, piel blanca y los ojos claros como vitrales. Después se enteraría de que se trataba de un pintor, un genio, al decir de todos sus conocidos.

Belén también era artista, o al menos así se presentó ese día. Sin ningún pudor lo había abordado, sentándose a su mesa. Lo que más le impresionó no fue el arrebato de la mujer, pues ya comenzaba a acostumbrarse a los efectos magnetizadores de su personalidad, sino la reacción del pintor, si es que puede llamarse de esa forma la impavidez con que dejó ir a su compañera. Edmond ignoraba si en realidad lo era, o cuál era el grado de compromiso que había entre ellos, pero, al menos en ese instante, Belén era quien acompañaba a Darío, el pintor.

Esa noche, Belén se fue con él al pequeño apartamento que tenía Antón cerca del boulevard du Montparnasse, en la rue Daguerre.

Aquella conquista fue un anticipo de los hallazgos que le depararía la ciudad en cada visita. No hubo día que París, bien fuera bajo la forma de una esquina, de una mujer hermosa, de un libro o de un dato insólito, no le confirmara que también ella, y no solo Caracas, se rendía a sus pies.

Nunca olvidaría las veladas que pasó en la Biblioteca Nacional de Francia, donde al fin pudo conocer de primera mano textos fundamentales de la psiquiatría. Allí leyó el *Traité médico-philosophique sur l'aliénation mentale ou la manie*, de Pinel. Conoció de su fuente original lo que hasta entonces había sido una leyenda repetida en los manuales de psiquiatría: el momento en que Pinel, en el hospital de Bicêtre, decide liberar a los locos furiosos que permanecían atados con cadenas, para descubrir que estos no eran locos ni estaban furiosos, sino que, al contrario, se mostraron civilizados y agradecidos por aquel gesto fundacional.*

También pudo poner en práctica su francés leyendo clásicos como el *Traité du délire,* de Fodéré, o *Des maladies mentales considérées sous les rapports médical, hygiénique et médico-légal,* de Esquirol. Sin embargo, nada lo fascinaría tanto como el descubrimiento de un psiquiatra francés, discípulo de Esquirol, llamado Étienne-Jean Georget.

Influido por la frenología alemana, tan de moda en París a comienzos del siglo XIX, Georget afirmaba

---

* Hay un dato que Matías desconoce. Traté de comentárselo una noche, pero estaba demasiado ofuscado con Anthony Hopkins como para hacerme caso. La anécdota, nunca comprobada, la menciona también Alejandro Peralti en el artículo que le dedicó a Montesinos cuando se supo de la muerte de Rosalinda Villegas.

Fue durante el Caracazo, el 27 de febrero de 1989. Aconteció en un anexo para indigentes de la clínica de reposo El Nogal, de la que Montesinos era director en esos momentos. Se cuenta que aquel día, en medio de los saqueos y los disturbios que sacudían al resto de la ciudad, una veintena de pacientes *esquizos* se fugaron. En la misma esquina de El Nogal los esperaba un destacamento de la Guardia Nacional que, al verlos, abrió fuego. El único intento de averiguación que hubo, cuenta Peralti, lo lideró una psicóloga que trabajaba en la clínica, de apellido Torres, quien escribió un artículo donde afirmaba que la Guardia Nacional estaba apostada en esa esquina desde una hora antes de que se fugaran los pacientes. Lo que resultaba sospechoso, pues esa zona no se vio en verdad afectada por los disturbios. También afirmaba que era casi imposible que aquellos pacientes, dada la gravedad de su estado, hubieran podido planificar una fuga y menos en ese contexto. La hipótesis que arrojaba el informe apuntaba a que *alguien* había orquestado el encuentro de la Guardia Nacional con aquella banda de locos. Alguien en la clínica los había *liberado* con aquel propósito. El móvil era económico: los pacientes acribillados ese día, cuyos cuerpos terminaron en la fosa común de La Peste, eran esquizofrénicos crónicos que o eran indigentes o habían sido abandonados por sus familias hacía varios años. Las medidas económicas anunciadas por el Gobierno de Pérez cortaban el financiamiento de la institución por parte del Estado.

que las enfermedades mentales tenían un origen fisiológico que podía ser rastreado en deformidades y lesiones en el cerebro y el sistema nervioso. Su tratado *De la folie* lo subyugó. En especial el último capítulo, titulado «Recherches cadavériques», donde Georget daba cuenta de todo lo aprendido gracias a las múltiples autopsias y disecciones cerebrales que practicó en los cadáveres que le facilitaba el asilo de La Salpêtrière.*

A través de Georget conoció el caso de su más ilustre paciente, Théodore Géricault, un pintor fundamental del romanticismo francés, de quien Montesinos jamás había oído hablar.

Al principio, observó con un interés científico, un tanto distante, los retratos de la locura que había pintado para su psiquiatra. Después se obsesionó con la historia del naufragio de *La Méduse* y la investigación emprendida por Géricault para la realización de su obra más importante, *Le radeau de La Méduse*. Desde entonces, cada vez que podía, iba hasta la misma sala del Louvre para ver el cuadro mientras pasaban las horas. Detallaba la piel de los cadáveres y de los desesperados, todos envueltos en el mismo tono de muerte que Géricault había captado en sus incursiones en la morgue del hospital de Beaujon.

En medio de sus lecturas de catálogos de la época y de ensayos escritos en las décadas siguientes a la muerte de Géricault, Montesinos tropezó con una anécdota escalofriante sobre los últimos días del artista.

Acosado por distintos reveses (depresiones, intentos de suicidio, internación en asilos por delirios de persecución, bancarrota, caídas reiteradas de una montura), Géricault fue operado de un tumor en la parte

---

* De haber insistido en su novela, Matías habría podido explotar un aspecto de esta fascinación del doctor Montesinos: La Salpêtrière, epicentro de la protopsiquiatría, era un asilo de mujeres.

baja de la espalda. Al momento de la intervención pidió que no le fuera aplicada ninguna anestesia: quería detallar, con la ayuda de un espejo, su propia operación.

—Debió de ser en extremo doloroso —le dijo un amigo que lo visitó al día siguiente.

—No tanto —dijo Géricault—. Durante la carnicería estaba pensando en otra cosa.

—¿En qué?

—En mi próximo cuadro. Si salgo de esta, voy a contribuir con una valiosa imagen a los estudios de Vesalius. Solo que la mía será única, pues será la primera vez que se hace un estudio de anatomía con un modelo vivo, que a su vez es el propio artista.

Géricault murió poco tiempo después, a los treinta y dos años. No llegó a pintar el cuadro.

Montesinos leyó las líneas finales de esa historia con el corazón acelerado y un temblor en las manos. Cuando vio a quién se le atribuía la anécdota, quién era el amigo de Géricault que lo fue a visitar un día después de la terrible operación, sintió que la sangre se le estancaba en múltiples remolinos a lo largo del cuerpo. Era Alexandre Dumas.

Aquel fin de semana no pudo regresar a Marsella. Una fiebre lo tuvo en cama dos días bajo los cuidados de Antón y de Belén en el apartamento de la rue Daguerre. Cuando se repuso, Edmond escuchó, debilitado, el recuento que Belén le hizo de sus delirios durante la enfermedad.

—Me decías que me salvara.

—¿Que te salvaras?

—Sí. Me decías: «Te comeremos. Te arrojaremos al mar».

—Qué locura. Perdona, amor.

—No te preocupes. Yo sé que era por la fiebre. Pero menos mal que ya estás bien. Me tenías asustada.

No necesitó esperar a llegar a Marsella para entender. En algún rincón de su mente había guardado el dato perturbador. Entre los ciento cuarenta y siete desgraciados que abordaron la balsa solo iba una mujer.

Nuestro Edmond regresó a Venezuela en 1965. El ala partidista del PCV y el MIR acababan de firmar la paz con el Gobierno de Leoni, mientras que el ala radical se negó a transigir, provocando la división del PCV. Luego, el desplome de la guerrilla fue solo una cuestión de tiempo.

Durante los siguientes veinte años, Montesinos se dedicó sobre todo a su carrera académica y clínica. Se hizo profesor titular de la Universidad Central de Venezuela y además consolidó el consultorio psiquiátrico más concurrido del país. A principios de los ochenta fundó, junto con dos colegas, la clínica El Nogal. A finales de la década, después de haber sido rector de la universidad y candidato presidencial, volvió a sus fueros y construyó el Instituto de Neurociencia, que llegó a ser la clínica más importante en su área en Latinoamérica.

Esto último lo demostraba el propio Montesinos con el balance que presentaba cada dos años ante el Congreso Nacional de Psiquiatría de Venezuela. A comienzos del nuevo siglo, Montesinos se jactaba de haber detectado y curado más de dos mil casos de esquizofrenia.

Para entonces, muchos sabían quién era en realidad el doctor Montesinos, pero nadie lo confrontaba. A lo sumo, algún psiquiatra expresaba sus dudas. Era inverosímil el número de casos de esquizofrenia que mostraba el doctor Montesinos. Solo en la Rusia comunista o en la Cuba de Fidel Castro se veían tales porcentajes de esquizofrenia en la población. Este señalamiento implicaba de por sí una crítica a su método, una tímida denuncia. La otra gran pregunta tenía que ver con el hecho de que la totalidad de los pacientes diagnosticados y curados por el doctor Montesinos fuesen mujeres.*

Sobre este punto, Montesinos respondía, con una sonrisa, que él siempre había vivido rodeado de mujeres.

—Aunque el instituto fue concebido para atender pacientes masculinos y femeninos, la preferencia unánime de las mujeres por mi tratamiento me fue llevando a la decisión que asumí hace poco tiempo: no admitir a los pocos pacientes masculinos que me llegaban, vista la tendencia natural del instituto, para garantizar la seguridad de mi clientela.

A excepción de uno que otro amigo en problemas, en esa época el doctor Montesinos solo tuvo tres pacientes hombres: Jaime Lusinchi, Rafael Caldera y el Comandante. Y es probable que también hubiera sido el psiquiatra de Carlos Andrés Pérez, de no ser por la enemistad absoluta que se declararon después de la campaña presidencial de 1987.

Más que el de psiquiatra, Montesinos desempeñaba el papel palaciego de consejero personal. Tenía acceso a la intimidad de aquellos hombres fuertes, les aliviaba sus dolores de conciencia y los ayudaba a tomar decisiones.

---

* Peralti dedica un par de páginas a conectar la experiencia de Montesinos en Moscú, bajo la tutela de Andrei Snezhnevsky, con el diagnóstico indiscriminado de casos de esquizofrenia. Se sabe que las categorías más bien laxas de Snezhnevsky («esquizofrenia moderada», por ejemplo) fueron una herramienta del Estado ruso para la represión de los disidentes soviéticos. En Cuba, en cambio, ganó popularidad la hipótesis del origen retroviral de la enfermedad. Montesinos, especula Peralti, pareciera haber confeccionado una versión mecánica de ambas perspectivas. Pero ¿con qué objetivo? Esto es lo que en el artículo no se logra descifrar. En su análisis, Peralti deja de lado una pieza fundamental para completar el rompecabezas. No percibe la conexión entre dos datos que él mismo arroja: los casos de esquizofrenia presentados por el doctor Montesinos y las más de dos mil fotos de mujeres desnudas, entre ellas Rosalinda Villegas, que la policía encontró en su apartamento.

Con el Comandante el trabajo fue más arduo, pues al salir del cuartel San Carlos era casi un analfabeto. Antes del indulto de Caldera y porque a ello lo forzó el presidio, el Comandante había leído unos cuantos libros. Los había leído como mera distracción, sin ir más allá del interés por la historia o por el exotismo de algunos personajes. Montesinos le enseñó a utilizar los libros, la cultura en general, como lo que eran: una trampa para cazar pendejos.

Aunque fue difícil la tarea, después de ver los primeros resultados en una reunión del Comandante con algunos empresarios, se sintió satisfecho. Experimentó algo parecido a un sentimiento de paternidad, él, que nunca había tenido hijos ni había querido tenerlos.

En octubre de 1998, cuando el Comandante ganó las elecciones, nadie lo mencionó ni reconoció su marca en las maneras desenvueltas, magnetizadoras, del nuevo presidente. No le importó. Desde la penumbra contemplaba complacido el giro que iban tomando las cosas, como si fuese el autor invisible de una tormenta.

El Comandante puso a su orden las embajadas y los ministerios que él quisiera. Montesinos rechazó cada uno de estos ofrecimientos. Tenía más de sesenta años y nunca olvidaba las palabras del doctor Rojas Contreras: atender siempre a las lecciones del cuerpo. Y su cuerpo siempre le había pedido las mismas cosas: reconocimiento, poder y mujeres. El reconocimiento y el poder, al fin lo entendía, eran el camino para llegar a las mujeres. O la manera de que las mujeres llegaran a él. Pero después de haber estado con decenas, cientos, miles de mujeres, la atracción o la resistencia eran como las cáscaras de un fruto roto y seco.

Hubo una ocasión en que la indiferencia lo ganó por más tiempo de lo normal. Se aterrorizó al caer en cuenta, observando las fotos, que llevaba dos meses sin probar mujer. Estaba viejo. Pensaba cada vez más en la muerte. Aunque siempre había pensado en ella, aunque había leído y escrito muchas páginas al respecto, esta vez sentía que era diferente. Ahora se aproximaba a la muerte con el cuerpo, asomándose en su propia oquedad, buscando el reflejo en el fondo del pozo.

La idea de utilizar el sótano le vino una noche, después de escribir un poema.

Cuando inauguró el instituto, muchos años atrás, el doctor Montesinos creyó que aquel sótano podía ser utilizado como depósito. De inmediato había descartado la idea al imaginar las continuas interrupciones del personal de limpieza en su consultorio. Después abrigó el proyecto de construir una sala de lectura, con toda su biblioteca, a la manera de un refugio antiaéreo. Al final no hizo nada, y el sótano había permanecido inerte, sin luz siquiera, como una enorme caja negra que sostenía el edificio.

El poema se anunció en la tristeza sin nombre, ajena, que lo invadió aquella noche. La consulta había terminado más tarde que de costumbre y él permaneció absorto contemplando el espacio de su escritorio. Tuvo la impresión de que esa escena la había visto antes, en una película o en un sueño. Un hombre, que podía ser él mismo o un general, apoyaba los brazos extendidos sobre un escritorio grande, mientras lo observaba con detenimiento. El escritorio era en realidad un mapa y el hombre lo estudiaba como si quisiera determinar el próximo movimiento de sus tropas. Cuando tocaba el escritorio con una de sus manos, la superficie se revolvía en un tumulto de hormiguero y se transformaba en arena.

El doctor Montesinos se puso de pie y fue al sótano. Lo hizo con una familiaridad que luego le parecería extraña, pues hacía años que no bajaba hasta allí. El personal de limpieza tenía la orden de limpiar el consultorio, el patio interno y el sótano todos los fines de semana, pero nunca se había asegurado de que la orden se cumpliera al pie de la letra.

La puerta cedió con facilidad. Se aferró al pasamanos de la pequeña escalera, descendió los primeros escalones y volvió a cerrar la puerta. Llegó al último escalón y se sentó. El frío del suelo contrastaba con el aire tibio y viejo de la habitación. Apenas una hebra de luz se filtraba por debajo de la puerta, trayendo a aquel pozo los últimos destellos de la lámpara del escritorio, que permanecía encendida. Allí, en esa noche dentro de la noche, artificial pero no impura, estuvo un buen rato.

Regresó al escritorio, tomó la libreta de récipes y escribió los versos de su único poema:

Abrid algunos cadáveres

La enfermedad, autopsia en la noche del cuerpo,
disección en lo vivo.
El cadáver se convierte en el momento más claro
en los rostros de la verdad.
El saber prosigue donde se formaba la larva.
La muerte es por lo tanto múltiple y está dispersa en el
[tiempo:
no es este punto absoluto y privilegiado,
a partir del cual los tiempos se detienen para volverse;
poco a poco, aquí o allá, cada uno de los nudos vienen a
[romperse.
Después de la muerte,
muertes minúsculas y parciales vendrán a su vez
a disociar los islotes de vida que se obstinan.
La noche viva se disipa con la claridad de la muerte.

A la mañana siguiente, con el proyecto esbozado en su cabeza, le dio las indicaciones a su asistente para que se iniciaran lo más pronto posible los trabajos de remodelación del sótano. Fue así como el doctor Montesinos construyó la Sala de los Sueños.

La Sala de los Sueños estaba conformada por seis cubículos sin puertas, cada uno dotado de una camilla, dispuestos en forma de hemiciclo. Apenas un bombillo en el centro, que derramaba luz blanca cuando las pacientes aún estaban un poco despiertas y luz estroboscópica cuando estaban dormidas.

Como si se hubiera propuesto resetear la historia de la psiquiatría, el doctor Montesinos volvió a poner en práctica el hipnotismo y las curas de sueño. Las hipnotizaba con su poder magnético, mirándolas de forma penetrante y ejecutando los arcanos pases de Franz Anton Mesmer.

El escritorio se estremecía con un temblor en su superficie, la madera se transformaba en un mapa, luego en una cuadratura de arena y ellas comenzaban a dar tumbos, como embriagadas con un cáliz de aire. Entre él y su asistente las cargaban desde el consultorio y las depositaban en una de las camillas.

Bajo la luz blanca, de luna, las pacientes veían o creían ver al doctor Montesinos que sacaba de los bolsillos de su bata dos montoncitos de arena, la misma arena en que se había convertido el escritorio, y los depositaba sobre los párpados de sus ojos. Sentían un calor repentino y luego observaban (esta era la demostración de que todo era una pesadilla, un efecto producido por el narcótico, pues ¿con qué ojos?) cómo el doctor Montesinos les sacaba los ojos y los colocaba sobre una bandeja. Con esos mismos ojos que no tenían detallaban con horror sus cuencas vacías, la luz estroboscópica, la danza del doctor, que se había transformado en un lobo estepario, sus garras destrozándoles los vestidos, el salto que daba sobre ellas.

Algunas, las más fuertes, no volvían a la consulta. Otras, en cambio, empezaban a tener sueños extraños en los que aparecía el doctor Montesinos, en medio de un contrachapado de luz y oscuridad, que las hacía regresar.

A estas últimas se les prescribía una cura de sueño más. Luego les tocaba abrir los ojos y aceptar la verdad. Estaban locas y el doctor Montesinos era su salvación. El lobo debía primero devorarlas (así piensan las locas, se decían a sí mismas) y luego salvarlas.

Pero esto forma parte de otra historia, decía Matías Rye, y pronto va a amanecer.

28. El Monstruo

—¿Cómo te llamas?

La mujer se retorció en la silla. A la luz de la pequeña lámpara, el hombre se veía aún más terrible que bajo aquella otra luz, la del carro, cuando se detuvo en la acera unas horas atrás.

—No me haga más daño, déjeme ir —rogó.

El hombre le dio una bofetada que la tumbó junto con la silla. La mujer estuvo pataleando en el suelo, como una cucaracha, varios minutos. Al ver que no iba a poder levantarse, el hombre tomó la silla por el espaldar y la volvió a poner en su lugar. Reforzó el nudo de las cuerdas, se colocó de nuevo frente a ella y encendió un cigarrillo. Dio una pitada y volvió a preguntar.

—¿Cómo te llamas?

—Ya le dije. Susy.

—Susy es tu nombre de puta. ¿Cómo te llamas?

—Lila.

—Mentira —dijo el hombre y la golpeó, esta vez con la mano cerrada. La mujer volvió a caer. El hombre se agachó y a ras de suelo le dijo—: Te llamas María. ¿Ok? María.

Tenía la mano sucia de mocos y sangre. Fue al baño a lavarse y regresó. Volvió a levantarla junto con la silla.

—Entonces, ¿cómo te llamas?

—María.

—Muy bien. María, ¿qué?

La mujer rompió a llorar en silencio.

—No sé. Usted dígame.

—María Zaïde. ¿Cómo te llamas?

—María... Saí.

—Zaïde. La *i* lleva diéresis. Por lo tanto se pronuncia la a y también la i. Solo debes reforzar la de al final.

—No sé cuánto tiempo me puso a repetir aquel nombre. No sé si fueron solo unas horas o toda la noche.

—¿Nunca le dijo quién era?

—No. Y yo no podía preguntar, pues eso fue lo primero que quiso que aprendiera: que yo era María Zaïde. De tanto repetirlo, hasta aprendí a pronunciarlo.

—Parece francés.

—No sé, doctor. Tampoco quise averiguar después.

—¿Qué eres?

El hombre le había arrojado un balde de agua para despertarla. El apartamento seguía a oscuras, la lámpara encendida, pero unas líneas de luz se filtraban por alguna rendija mal tapada.

Lila sintió la humedad que limpiaba su rostro y sorbió, con asco y afán, los restos de sangre, mocos y lágrimas que se habían secado mientras estuvo inconsciente.

—Agua —dijo.

—¿Cómo? ¿Eres agua, dices?

La mujer negó con la cabeza.

—Quiero agua.

—Ya vas a tomar agua. Primero debes decirme qué eres.

—Lo que me hizo fue horrible. Pero, con la ayuda del cirujano y de los otros médicos, estoy mejor. Ahora lo que me tortura es recordar aquellas preguntas.

—Esa es la parte más difícil de la recuperación, Lila. Después podemos conversar sobre eso. Ahora debemos concentrarnos en lo que pasó.

—Una puta.

El hombre sonrió.

—Eso es lo que eras. Ahora, ya no. Ahora eres una sobreviviente. Pero escucha bien. No cualquier tipo de sobreviviente. Eres una sobreviviente que al final no sobrevivirá.

—Como un director de teatro. Él estaba tratando de meterte en un rol, Lila.

—Yo soy un pintor. Todo pintor necesita modelos. No se trataba de ninguna obra de teatro. ¿Conoce lo que es una *tête d'étude,* doctor?

—No sé. Nunca he ido al teatro, doctor.

—No es algo despreciable la labor de Lila. El mismo Delacroix llegó a posar en las primeras *têtes d'étude* que hizo Géricault para su obra maestra. Lila, en un sentido, le ha prestado un servicio a la nación.

—Lo peor venía en los descansos. Me desataba, me llevaba a la cama y me hacía de todo. Eso debe haber sido durante el primer mes, porque después pasó un buen tiempo en que no me hizo nada. Bueno, nada de aquello, usted me entiende, doctor. Pero fue solo porque estaba concentrado en su cuadro. Ahora me doy cuenta de que ahí fue cuando empezó a darme menos comida y el agua con sal. Por eso me deshidraté.

—¿Para qué le ponía sal al agua?

—Yo no le puse sal, María. Así sabe el agua en alta mar.

—Le dio por decir que ahora estábamos en una balsa, perdidos en el mar. Cada vez me daba menos comida, pero mejor así, doctor. Porque tanta agua salada me purgaba. Y se podrá imaginar el desastre en que se convirtió la sala.

—¿Por qué a la nación? ¿Se considera usted una especie de héroe?

—Le voy a hacer un favor, doctor. Yo no estoy loco, yo sabía muy bien lo que hacía.

—Y con cada golpe que me daba, insistía en que era un golpe de mar.

—¿Tienes esperanzas de escapar, María?

La mujer vuelve a llorar, baja el rostro y asiente en silencio varias veces.

—Muy bien. Esa esperanza es el *Argus,* que solo vas a ver a lo lejos, pues como ya te dije, tú no te vas a salvar.

—¿Me va a matar?

—¿Por qué insistías en llamarla María Zaïde?

—Yo no. Los quince sobrevivientes, incluidos Corréard y Savigny.

—Fue a partir de ese momento que se volvió aún más loco, doctor. En uno de esos días me hizo lo de la oreja.

—¿Es cierto lo que dicen los periódicos?

—Sí, doctor, fue un mordisco.

—Le dije que se trataba de una *tête d'étude.* Apenas una preparación para mi verdadera obra. Todo lo que hay en mi apartamento no son sino bocetos.

—Él mismo trató de curarme la herida. También me dio unas pastillas para el dolor, porque yo ya no podía aguantar. Incluso, durante algunas noches me permitió dormir en una cama y era él quien venía a calmarme cuando la fiebre me hacía pegar gritos. Por un momento pensé que me iba a dejar ir, porque llegué a recuperarme. Pero apenas agarré algo de fuerza, volvió a amarrarme a la silla y fue cuando me hizo aquella cosa en la pierna.

—¿Quién le pidió que sacrificara a Lila? ¿Las voces? ¿Son ellas las que le piden que salve a la patria?

—Soy un pintor, un muy buen pintor, por esa razón el Gobierno me pidió el cuadro. Pero no soy más que eso, no me considero un héroe.

—Me clavó un cuchillo en la pierna, pero esta vez no me curó. Solo me repetía que ya faltaba poco. Le parecerá mentira, doctor, pero yo ya no me preguntaba por qué él me hacía sufrir de esa manera. Y la verdad, no sé qué es peor, si pensar que estas cosas pasan porque sí o porque para alguien tienen algún sentido.

—¿El Gobierno le pidió que torturara a Lila Hernández?

—No. El Gobierno me ha contratado para un cuadro. Quizás, el de mayor envergadura en nuestra historia, el más importante. Lo de Lila fue simplemente, cómo decirlo, algo que se me salió de las manos. No me vea así, doctor. Usted tiene que saber que estas cosas pasan. Sobre todo usted.

—El dolor hacía que me desmayara a cada rato. En uno de esos instantes, regresando de un desmayo, lo vi pintando. Entendí que todo el infierno por el que estaba pasando era lo que él necesitaba para poder pintar en el muro. Me desmayé otra vez. Un dolor muy fuerte en la pierna, como si me estuvieran removiendo la herida, me hizo despertar por completo. Y fue ahí que lo vi, doctor, haciendo aquella maldita asquerosidad, y entonces empecé a gritar como loca y me golpeó y de ese día no recuerdo nada más.

—¿Qué cuadro le encargó el Gobierno?

—Esa información es confidencial.

—¿Cómo piensa salvar a la nación con un cuadro?

—Doctor, el único que ha hablado aquí de salvar a la nación es usted. Este país no lo salva nadie. Yo hablé de *servicio*.

—¿Qué servicio puede prestar su cuadro?

—En tiempos de guerra, todo puede servir a la causa.

—Cuando desperté, había limpiado todo. Desde mi herida hasta la sala. Él mismo se había bañado y cambiado de camisa. Quería que viera lo que había pintado. Pero la casa seguía a oscuras y la luz de la lámpara no dejaba ver nada. Se lo dije y me dijo que tenía razón. Y descorrió las cortinas y abrió las ventanas.

—¿Me puede decir al menos el motivo del cuadro? ¿Su título?

—Información confidencial.

—Los primeros minutos apenas podía mantener los ojos abiertos. Saque la cuenta, doctor, cuatro meses sin ver la luz del sol. Cuando dejé de parpadear, pude ver el muro unos instantes. Luego me dijo que ya estaba bien y volvió a cerrar todo. Volvió a apretarme las cuerdas, me puso una mordaza en la boca y salió a celebrar. Así me dijo. Había terminado su cosa. Eso solo podía querer decir que cuando regresara me iba a matar.

—Para ser información confidencial, ya me ha contado bastante. ¿Cómo cree que se recibirá la noticia de que el Monstruo de Los Palos Grandes trabaja para el Gobierno? ¿Usted cree que al Gobierno le gustará que yo ponga eso en mi informe?

—Hasta el momento, se había cuidado de dejarme inconsciente cuando salía. Escupí la mordaza, me tumbé al suelo con la silla y me arrastré hasta el balcón. Se le veía eufórico, me imagino que por lo del muro. Había corrido las cortinas, pero no cerró bien las ventanas. Fue entonces cuando empecé a pegar gritos.

—Tiene razón, doctor. A fin de cuentas, esta entrevista es un mero trámite y su informe no servirá para mayor cosa. Su propio jefe es el primer interesado en que nada de lo que yo le he dicho hoy se sepa.

—Estos meses han sido terribles, doctor. A ese hombre lo apoya el Gobierno y yo no sé qué hacer. No voy a estar tranquila hasta que lo metan preso y lo maten. Se me ha metido hasta en los sueños, como Freddy Krueger, ¿sabe? Se me mete en los sueños y tengo unas pesadillas espantosas. Lo peor es que no me puedo sacar de la cabeza el maldito cuadro, lo que ese hombre hizo en el muro. Cada vez que me veo al espejo, vuelvo a ver aquella imagen. Es una imagen que me da miedo, porque, cómo explicárselo, doctor, la imagen es hermosa. ¿Cómo puedo encontrar algo bonito en eso, doctor? ¿Me habré vuelto loca? Dígame algo, doctor, que usted seguro sabe algo de estas cosas.

—¿Johnny Campos? ¿Qué tiene que ver el doctor Campos con esto?

—Información confidencial, mi *doctor*. Pero si aún le interesa le puedo decir el título del cuadro, para que vea que me ha caído bien. Y sobre todo, para que tome sus previsiones.

—¿Contra qué?

—*El Año de la Misericordia.*

29. La Máquina de los Sueños

Antes de marcharse, Pedro Álamo dejó dispuesto con los dueños de la casa donde vivía que me entregaran el baúl con sus cuadernos. El señor Armando y la señora Marta, una pareja de ancianos, me recibieron con amabilidad. Me ofrecieron un café. Ya instalado, perdí toda esperanza. La amabilidad de aquellos anfitriones buscaba lo mismo que yo: saber algo más de mi *amigo*.

—Es que no puedo decir que haya sido mi amigo. Les parecerá una locura, pero no sé por qué me encomendó precisamente a mí sus cosas —dije.

—Créame que lo entiendo. Al señor Álamo nunca llegamos a sentirlo como un verdadero inquilino —dijo el señor Armando.

—Muy educado, muy serio y correcto el señor Álamo. No tuvimos una sola queja sobre su comportamiento. Era siempre puntual con el pago. Y sin embargo, tan oscuro y solitario ese hombre —dijo la señora Marta.

—Lo llamábamos el Lobo Estepario —dijo el señor Armando—. Fue Marta, en realidad, quien lo bautizó así.

Los viejos rieron un rato.

—Nos hicimos la ilusión de que a lo mejor sabría algo del señor Álamo. Le digo que en todo este tiempo usted fue la primera visita. Aparte de usted y de la muchacha que estuvo aquí la noche del viernes, nadie jamás pasó a visitarlo —dijo la señora Marta.

—Marta —la reprendió el señor Armando.

—¿Qué muchacha? —pregunté.

—Una muchacha muy bella, con unos ojotes. Un poco joven para él, me pareció. En realidad, esa fue la única vez que pudimos haberle reclamado algo. No sabe la bulla que esos dos hicieron esa noche. Pero yo le digo, aquí entre nos, que aquello me tranquilizó. Fue un alivio ver que ese hombre tenía sangre en las venas. Yo siempre pensé que el señor Álamo era, usted sabe, medio *raro*.

—Marta —repitió el señor Armando.

De modo que Pedro Álamo y Margarita Lambert habían pasado una noche juntos. La noche de ese viernes hicieron el amor. El sábado ocurrió la tragedia y para el lunes en la mañana Álamo había desaparecido, dejando una breve nota de agradecimiento a sus caseros y la encomienda con el baúl.

Terminé el café, di las gracias y me dispuse a marcharme. El señor Armando me ayudó a cargar el baúl hasta el carro.

Son ciento diecisiete cuadernos de cuero negro. Ingenuo, Álamo concibió su obsesión con las mismas dimensiones que la de Saussure. Durante estos meses me he dedicado a revisarlos, a leerlos y a contemplarlos. Tomo una pila y se me va la noche hurgando en aquella hojarasca, o detallando la sucesión de los lomos como quien mira gestarse una tormenta. Luego los recojo y los dejo caer en el baúl, sin ningún cuidado, como si fueran las piezas de un Tetris defectuoso.

Más de la mitad de los cuadernos está en blanco. Un número considerable de ellos (veintisiete) está dedicado al Monstruo: «Obmoible», el texto fundador que le fue dictado en su juventud y la interpretación de todas sus posibles variantes.

Es un trabajo minucioso, obsesivo y sin ningún interés para otra persona que el propio Álamo.

Siento como si me hubieran entregado las cenizas de un desconocido. No hay un afecto real que me ate a esos restos, pero su condición de residuos de una vida, de polvillo que deja la muerte, me obliga a guardarlos, a volver a ellos con respeto.

Actitud inexplicable, pues Álamo no ha muerto.

Existe otro lote de cuadernos (once en total) que narran la vida de Darío Lancini (o Mancini, según el texto). Una historia apasionante pero incompleta. Y así se hubiera quedado si una vez, por culpa del insomnio, no me hubiese trasnochado viendo televisión.

Pasaban un clásico de los noventa que yo no había visto: *Sospechosos habituales,* con Kevin Spacey. El personaje de Spacey se llama Roger «Verbal» Kint y es el único sobreviviente de una masacre en un barco. La historia depende de lo que Kint va contando a la policía, del modo en que su relato empieza a apuntar a un misterioso hombre llamado Keyser Söze, que se vuelve el centro de la investigación. Todo, por supuesto, es una farsa de Kint, pues Kint y Söze son la misma persona. O puede que no, pues Kint quizás nunca existió.

Lo cierto es que vi la película y me decidí a seguir el ejemplo de Kint. Armar con lo que tuviera a mano una excusa más o menos creíble e investigar. De ahí el asunto de la autopsia psicológica y todo lo demás que inventé.

El contenido de esos cuadernos, que he titulado *Sueños* a partir de las indicaciones de Álamo, lo vertí en un archivo nuevo junto con toda la información que tenía agrupada en la carpeta *The Night.* Esto último, claro, no se lo dije a Álamo. Quité las notas a pie de página que yo había escrito mientras leía y transcribía el material. También borré el rastro de mis conversaciones con Oswaldo Barreto. Luego les di un poco de orden a las partes y, debo confesarlo, hice lo posible por darle una coherencia narrativa que los textos originales no tenían ni habían querido tener.

Más interesantes que estos cuadernos son los que corresponden a la construcción de la Máquina de los Sueños. Además de los cuadernos, en el baúl había un bombillo de luz estroboscópica, un CD con un programa de instalación y dos electrodos conectados a un cable USB. No les había prestado atención hasta que conseguí, mezclados con los cuadernos en blanco, cinco cuadernos llenos de anotaciones, planos y dibujos. Este trabajo representa la parte más lúcida del delirio de Pedro Álamo.

Lo que Álamo llama la Máquina de los Sueños es la síntesis de dos inventos de «el más genial y menos conocido de los poetas de la generación beat». Un tal Brion Gysin (cuyo nombre original era Brian Gysin), a quien se le atribuye la reinvención de la técnica del *cut-up,* conocido método de composición utilizado por los surrealistas y que Gysin repotenció con la incipiente tecnología computarizada de los años sesenta. Con la ayuda de un brillante y un poco atormentado informático, llamado Ian Sommerville —que moriría en un accidente de auto el mismo día que obtuvo su licencia para conducir—, Gysin diseñó un programa que, a partir de unas cuantas palabras-base, elaboraba textos escritos y sonoros seleccionándolas aleatoriamente.

A Gysin también se le atribuye, esta vez con exclusividad, la creación de The Dream Machine. Esta máquina consiste en un bombillo alargado, de luz blanca, rodeado de un cilindro con agujeros que gira a un ritmo variable, provocando una alternancia de la luz muy parecida a la que producen las luces estroboscópicas. «The Dream Machine es el único invento que existe para ser contemplado con los ojos cerrados», dice Álamo en otra de sus anotaciones. El objetivo de la Máquina es inducir estados alterados de conciencia sin el recurso a las drogas, es decir, con la estimulación directa de las ondas cerebrales.

Gysin se inspiró en *El cerebro viviente,* de William Grey Walter, un clásico de la neurofisiología. Yo recordaba haber estudiado con ese libro. En especial, a partir de un congreso de psiquiatría en que el doctor Montesinos, quien fue discípulo de Walter en Bristol, hizo mención a ese estudio como base para la aplicación de la terapia electroconvulsiva en pacientes esquizofrénicos.

En Internet encontré algunos artículos sueltos de Grey Walter sobre aplicaciones de algunos de sus descubrimientos en el campo de la robótica. En esa búsqueda vi que la edición castellana de *El cerebro viviente* era del Fondo de Cultura Económica. El único ejemplar, de 1986, lo encontré en la librería del FCE de la avenida Solano.

La lectura de este libro es lo que ha hecho más llevadero el insomnio. El estudio del cerebro, de su mecanismo eléctrico, de sus ritmos delta, theta, alfa, beta y, en especial, de lo que Grey Walter llama *patterns,* me ha permitido ver todo lo que ha sucedido en el último año desde una perspectiva clínica.

Durante un tiempo, siguiendo las acotaciones de Álamo en sus cuadernos, traté de experimentar con la Máquina de los Sueños. Instalé el programa que contenía el CD, acoplé la luz estroboscópica, me pegué los electrodos a la cabeza y conecté la extremidad del cable al puerto USB. Luego, después de chequear que todo estuviera en orden, cerré los ojos y encendí la luz estroboscópica.

No sucedió nada.

Nunca supe en qué consistía la Máquina de los Sueños. Cuando le escribía al respecto, eran las únicas veces que Álamo contestaba. De resto, se conformaba con imponerme la lectura silenciosa de sus correos y sus aventuras en la India, adonde al parecer había ido a parar.

El cerebro humano tiene, por decirlo con una imagen de Milton, su propio siseo universal. Un rumor de fondo que es el índice de la actividad cerebral. Ese rumor es como una antena que busca otros rumores, los de la realidad externa. Es tan sensible, tan reactivo a cualquier estímulo, que muchas veces ni siquiera se puede identificar en pureza. Solo mediante un mapa cerebral es que una persona puede conocer realmente su ritmo. Darío y yo, por ejemplo, pertenecemos al mismo patrón rítmico. Por eso, y gracias a la Máquina, pude entrar en sintonía con su vida y soñarla.

Mi máquina funciona con un sistema de control automático por retroalimentación. No es la luz la que dispara tus ritmos cerebrales, son estos los que disparan la lámpara.

Traducir esa luz, que es el resultado de un impulso eléctrico del cerebro, en sílabas y palabras, fue la obsesión de Pedro Álamo, el modo de hacer de la Máquina de los Sueños y la máquina de mezclar palabras de Gysin un solo invento.

Después de esta acotación concreta, Álamo volvió al trance de narrar sus progresos en el estudio del sánscrito, o las anécdotas que iba recogiendo en las distintas comunidades en las que había vivido en los últimos meses, junto a pasajes de la vida de Ferdinand de Saussure que intercalaba como fragmentos de una especie de hagiografía que justificaba sus propios pasos.

En Maharashtra, por ejemplo, existe un culto casi cristiano por Ferdinand de Saussure. En una granja de algodón, dentro de una casita muy pobre, encontré un retrato de un hombre blanco, presumiblemente europeo, en una especie de altar. Cuando le pedí a Ricardo que preguntara, le dijeron que se trataba de un científico que había recorrido esa región hacía muchos años. Los habitantes de la casita le explicaron que aquel hombre era un santo, pues había exorcizado a varios hombres y mujeres.

El retrato era de Ferdinand de Saussure, según confirmé después. Aquel episodio ocurrió seguramente hacia el año 1875 o 1876. En esa época, Saussure estaba recorriendo algunos territorios de la India, preparando su Mémoire sur le système primitif des voyelles dans les langues indo-européennes, que presentaría como trabajo de licenciatura. La anécdota de los exorcismos debe de haber sido conocida en el entorno de Saussure, pues solo así se entiende la ayuda que le pide años después Théodore Flournoy.

Flournoy fue un escritor de ciencia ficción, prácticamente anónimo, del siglo XIX. Trabajaba en una novela titulada De las Indias al planeta Marte y tenía problemas para discernir el mensaje que Hélène Smith, su médium, quería transmitirle. Smith solía encarnarse en Simandini, una joven hindú, esposa de Sivrouka, príncipe de Tchandraghiri en el siglo XVI. Hélène se expresaba por escrito, a los ojos de Flournoy, a través de Léopold, su doble, en sánscrito. Flournoy le pidió a Saussure que analizara el texto.

Las conclusiones de Saussure fueron que se trataba de una especie de poema, hecho con base en latín y con fragmentos en sánscrito. Hélène Smith, hay que aclararlo, cuando despertaba del trance no tenía ningún conocimiento de esas lenguas. El texto aparece en una biografía de Flournoy escrita por Olivier Flournoy, su nieto. Yo hice una humilde traducción al español. Espero que lo disfrutes tanto como yo:

«Ejecútese ese ucase. Teseo y Aidé en Eubea. Sea ave o sea cetácea. Cállese. Cuídese. ¡Déjese de ese seseo o adecúese, cuélese, cásese! Échese en ese tapete aéreo y elévese. ¡Oh, Aidé! Te vejó Tadeo. Se cae Medea. Te dejó Tadeo. Se cae, cabecea. Huye de él, es ese vejete ateo. Te hiere, huele a hereje. Se hace caca. Hiede a pea de pebete y debe peseta. Es Hécate, Teo. Aidé, vete a Elea y acude a Teseo. Te apetece. ¡Ah!, te ve, te desea, se cuece en ese deseo.

Oye, se bebe té de secua y aceite de cacao y de cacahuete.
¡Oh, Aidé!, Teseo a veces es ese cadete aéreo. Te oía, te veía
y hoy, en Eubea, te oye, te obedece. O sea, cede a ese deseo y
ahí, ¡ay!, se asea, se hace cetáceo y se bebe el Egeo.»

Pasaron semanas en las que no supe de Álamo, pero luego volví a recibir con cierta regularidad sus correos. En estos últimos hablaba más sobre la situación política y social en la India. Denostaba a «los estúpidos occidentales» que iban a buscar la paz interior en esas tierras diezmadas por la pobreza. Les dedicaba muchos párrafos a Ricardo y a Raquel, los nuevos amigos que había hecho al llegar a Nueva Delhi.

A Ricardo lo conoció en la calle. Estaba sentado en una acera, tocando con una guitarra versiones horrendas de Silvio Rodríguez que a la gente parecían gustarle. Se había graduado en Economía en la Universidad Central de Venezuela, con una investigación sobre el impacto que los cambios económicos tenían en países rurales como la India. Específicamente, el caso de los miles de campesinos del algodón que se suicidaban cada año a consecuencias de las deudas, el estrés y la falta de competitividad en el mercado.

Luego, para mantenerse, Ricardo había entrado a trabajar en una gran empresa. Después de un tiempo, se marchó a hacer un posgrado a Barcelona, donde conoció a Raquel, quien se encontraba en la misma universidad haciendo una especialización en Derechos Humanos.

Se enamoraron y aprovecharon las vacaciones de verano para viajar. Durante un viaje a las islas griegas, donde trabajaron como empleados de limpieza en un hotel, se casaron.

Cuando terminaron sus maestrías, emprendieron camino hacia África. Primero Ghana y luego la India. La tutora de Ricardo, especialista en el tema de la pobreza, se encontraba por aquellos extremos y los invitó a trabajar con ella.

Aquí en Maharashtra, en los últimos cuatro o cinco años, se han suicidado más de cinco mil campesinos. El promedio por año en todo el país es de diecisiete mil. ¿Puedes creerlo? Y eso es lo que investigan Ricardo y Raquel. Dos detectives tras la pista de diecisiete mil crímenes cometidos por las diecisiete mil víctimas, solo en un año. O, si lo quieres ver de otra forma, un solo crimen con diecisiete mil hipótesis. ¿Conoces algún enigma mayor y más real que este?

Pensé que, en el fondo, se refería a lo que sucedió la noche del 3 de julio. No me atreví a preguntarle nada. Se acercaba la fecha del primer aniversario de la muerte de Margarita y estaba seguro de que si Álamo tenía algo que decir lo diría por su propia cuenta.

Luego, por esos días, en la librería del Fondo de Cultura Económica, me tropecé con Matías Rye.

Matías me había evitado desde entonces, pero aquella vez no lo dejé ir y lo obligué a que me contara todo lo que sucedió esa noche. También me habló de Pedro Álamo. Comprendí que Pedro Álamo era un loco de mierda. La función de los locos es ofuscar a los cuerdos. Los locos son un exceso en la carga de sentido que tolera el mundo. Son frutas grandes que se pudren desde adentro.

30. La quema

El sábado 3 de julio, Matías Rye tenía todo listo para el Mark Sandman's Funeral. O *Sandmansnight,* como lo llamaba, que en algún momento podría competir, por qué no, con el *Bloomsday.*

Llevaba en su mochila lo necesario: el iPod, las cornetas, los cigarrillos, la caja de fósforos, el kerosene, la linterna, los inciensos, la liga, el alcohol y la jeringa.

Las Criaturas fueron llegando de a poco, pero a la hora pautada todos estaban presentes. Matías hizo una pequeña pira con ramas que reunió en el camino. Roció el montón con un poco de kerosene y lanzó un fósforo. El hogar los convocó. Matías repartió las varillas de incienso. Cuando el aire más cercano se volvió espeso, comenzó a contar la historia de Mark Sandman.

Aquella velada fue su consagración como *confabulatore nocturni.* Al arribar al concierto en las afueras de Roma, el 3 de julio de 1999, les hizo sentir el rayo que partió en dos el pecho de Sandman, justo cuando entonaba la segunda canción, «Super Sex», cuyas tres primeras palabras, «taxi, taxi, taxi», cayeron sobre él como una puñalada.

La pareja de ancianos estuvo llorando, queda, durante varios minutos. El viejo, recuperado, contó la historia de su único hijo asesinado. Otro de los hombres, uno que parecía un cajero de banco, amagó con contar su historia, pero una de las muchachas, Olga, la novia de Antonio, se lo impidió.

—Vamos a escuchar música, mejor —dijo.

Todos estuvieron de acuerdo. Matías conectó el iPod a las pequeñas cornetas y colocó, uno tras otro, los discos de Morphine. Mientras sonó *Good* y luego *Yes*, las Criaturas lucieron dispersas. Salían del cerco ocre de la fogata y eran tragados por la oscuridad. Luego reaparecían con la mirada vidriosa y una sonrisa a lo largo del rostro.

Alguien había destapado unas botellas de vino y el líquido circulaba en pequeños vasitos plásticos que luego arrojaban cerca del fuego y que semejaban imposibles copitos de nieve.

Matías miraba el cielo sin pensar en nada.

De pronto, escuchó los acordes de «Lilah» y de inmediato buscó su mochila. Sacó la jeringa y los demás pertrechos. Se arremangó, se limpió la base del brazo con alcohol y se clavó la aguja. Antes de disolverse en el universo, vio a las Criaturas a su alrededor, observándolo. No reconoció ningún gesto.

A partir de este punto, el relato de Matías se tuerce. Aún le cuesta discernir entre las verdades que le fueron reveladas esa noche y lo que en realidad sucedió.

Solo recuerda haber bailado un largo rato alrededor del fuego con mujeres que eran gatos o cuervos. Recuerda que a su cabeza le salieron alas y que esta dio varias vueltas al mundo. Recuerda una caja vacía, flotando en medio del mar, que lo atormentaba.

En algún momento cayó fulminado y en otro momento Olga lo estaba sacudiendo por los hombros.

—Me gritaba que me despertara, pero lo hacía en un susurro —dijo Matías—. Y yo pensé en un panal de abejas y le dije que no me picara.

Alguien había apagado la fogata y la música.

—Baja la voz —dijo Olga, en el mismo tono—. Tenemos que irnos.

—¿Dónde están los demás? ¿Dónde está mi mochila?

—Que bajes la voz, te dije. Aquí te la llevo yo.

—¿Y tu novio?

—Vámonos.

—¿Qué pasa? —preguntó Matías, esta vez con la voz rasante.

—No sé. Hay una gente por ahí. Escuché a una mujer pegar un grito.

—¿Dónde?

—No sé.

Matías alzó el rostro, contuvo la respiración y escuchó. Se oía el canto de los grillos, el roce de la vegetación, la turbina lejana de la autopista. Y en las entrelíneas de esa trama, ahí estaban, todavía, el bajo de dos cuerdas, el saxofón desfalleciente, la percusión como de pasos apresurados en la calle y la inconfundible voz del hombre de la arena.

—Ya vengo —dijo de pronto Matías.

—¿Adónde vas?

—Tengo que ir.

—Allá tú. Yo me voy.

—Y se marchó —dijo Matías—. Se llevó mi mochila y yo me daba cuenta, pero de todas maneras sentí la obligación de regresar.

Anduvo por el monte sin ningún cuidado y sin saber bien hacia qué dirección. No sabía qué hora era. Podían ser las dos de la mañana o podía estar amaneciendo, de verdad no sabía. Pero, ahora que lo pensaba, tendría que haber sido hacia las tres o las cuatro de la mañana, porque si no, no hubiera visto el fuego desde tan lejos.

Apenas vio aquella fogata, supo que sería inútil resistirse. Él era un bichito de luz y estaba destinado a abrazar el fuego. Se quemaría como un bombillo enloquecido, como una mariposita cansada por el peso de sus alas de cartón. Ardería en esa tarima y en esa misma fecha, en la noche que él construyó y escogió como su noche definitiva.

Cuando alcanzó la última barrera del monte, antes de entrar en el descampado, se detuvo. La música había dejado de sonar y solo se oían el llanto y los ruegos de las mujeres.

—Quiero decir, la música había dejado de sonar en mi cabeza y mi cabeza me decía que tenía que despertar.

Eran tres hombres y dos mujeres. De los hombres había dos, muy juntos, un paso atrás, viendo lo que el otro hacía. Era enorme. Quizás las llamas aumentaban su tamaño. Tenía una pistola y la agitaba en la mano como la varita de un rabioso director de orquesta. Hablaba, luego apuntaba a la cabeza de alguna de las mujeres, daba vueltas sobre sí y seguía hablando.

—Ni los que aman la noche podrían amar una noche como esa —dijo Matías.

Entonces el tipo de la pistola comenzó a golpear a una de las mujeres. La otra le lanzó una patada, pero el hombre la controló como si fuera apenas una niña. Volvió con la primera mujer, la agarró por el cabello, la alzó en vilo y, cuando los gritos de dolor arreciaron, la arrojó al fuego.

—¡Mamá! —gritó la otra mujer.

El hombre la dejó arder, observándola mientras se retorcía, y solo después le disparó tres tiros.

Tomó a la otra mujer, la hija, le disparó tres veces en la cabeza y también la echó al fuego.

Los otros dos hombres, unos muchachos por lo pequeños que se veían, ahora estaban en cuclillas, abrazándose, sin levantar la cabeza.

El hombre de la pistola tomó un bidón que Matías no había visto y lo lanzó a la fogata. La llama que se elevó fue tan grande que los muchachos se despabilaron y rodaron por el suelo, retrocediendo. El hombre los ayudó a levantarse por un brazo y se fueron caminando hacia la autopista.

Fui yo quien le informó a Matías de que Margarita y su madre habían sido salvajemente asesinadas. La mañana del domingo ya se sabía por todo Parque Caiza que habían encontrado los cadáveres de dos mujeres. Los tiros que recibieron y el haber sido quemadas eran la novedad que tenía a los vecinos sobándose los brazos y repitiendo que el país estaba jodido.

El lunes, en el kiosco que está en la esquina de la Medicatura, compré el periódico. A media página en la sección de sucesos había una hermosísima foto de Margarita Lambert. En menos de veinticuatro horas, la noticia ya señalaba a un exnovio de la víctima como el principal sospechoso.

La hipótesis tenía sentido, pero también estaba esa extraña llamada del casero de Pedro Álamo, informándome de que su inquilino se había ido y que además había dejado algo para mí en su anexo.

En el transcurso de la semana, las investigaciones confirmaron que Gonzalo había logrado salir del país, presumiblemente hacia Colombia. Tanto la conserje del edificio, que vio cuando las metía en el carro, como los dos muchachos que fueron testigos directos de lo sucedido, identificaron a Gonzalo. La policía se conformó con la tesis de que los Strinkis también habían sido secuestrados por Gonzalo para luego pedir un rescate. Nadie quiso averiguar por qué no corrieron con la misma suerte que Margarita y su madre, ni por qué Gonzalo se ensañó con estas mujeres de esa manera. Tampoco descubrieron que la víctima era depresiva, con rasgos psicóticos, paciente de un médico psiquiatra que era amigo de un escritor menor que daba un taller de escritura creativa, al que asistía un publicista misterioso que al parecer tuvo relaciones con la víctima, quien también asistía a dicho taller, la noche antes de su muerte y que desapareció al día siguiente, para reaparecer meses después, vía correo electrónico, en la India.

—¿La India aquí en El Paraíso? —preguntó Matías.

—No, chico. La India, la India.

Pedí dos cervezas. Desde la Solano nos habíamos venido hasta el Chef Woo en Los Palos Grandes.

Le hablé del baúl, de los correos que había estado recibiendo, de las sutiles instrucciones que contenían, de las historias que Álamo contaba sobre sus recorridos por las granjas algodoneras de la India, de los nuevos amigos que había hecho, de la alta tasa de suicidios entre la población campesina, de las dotes de Ferdinand de Saussure como exorcista, de la Máquina de los Sueños, de la hipótesis de que al cambiar una sola letra de nuestra Escritura se modifica por entero nuestro destino, de la verdadera vida de Darío Lancini.

De todo eso le hablé a Matías Rye, con la minuciosidad y la pasión de un niño, mientras él me observaba entre apenado y risueño.

—¿Qué? —le pregunté.

—No te vayas a molestar, pero creo que te están jodiendo.

—¿A mí? ¿Quién?

—Pedro Álamo está en Caracas. Lo vi hace un par de meses.

—No te creo.

—Te lo juro.

—Habrá llegado hace poco. Quizás solo vino por un tiempo.

—Está en Caracas, Miguel. Nunca ha dejado de estar en Caracas. Lo tengo pillado. Incluso te puedo decir dónde vive.

Matías lo había visto bajo el puente de las Fuerzas Armadas, revisando los saldos de libros.

—Ahora carga una barba y una batola. Anda con una mujer de cabello largo y blanco. Parece una indigente, como él.

Yo me puse rojo de la vergüenza y de la rabia.

—Ese día los seguí. Viven en una casita de vecindad, justo donde comienza la avenida Maripérez.

—¿Por qué no me querías ver, Matías? En un momento llegué a pensar que sí tuviste algo que ver con la muerte de Margarita. O que te habías convertido en uno de esos Soldados de Cristo.

—¿De dónde salieron esos carajos?

—No sé, pero ya van más de treinta casos en el año. Basta con que un solo loco lo repita para que los demás locos empiecen a hacer lo mismo.

—Creo que todos tuvimos algo que ver.

Pagamos la cuenta y salimos a la calle.

—No te pierdas —le dije.

—Tú tampoco —me dijo.

Supe que no nos volveríamos a ver. En el fondo, aquello nos lo dijimos a nosotros mismos.

Afuera la calle seguía oscura. Como un túnel, una cueva y un laberinto.

IV. Tetris

«When you play Tetris you have the impression that you are building something. You have the chaos coming as the random pieces. Your job is to put them in order. But just as you construct the perfect line, it disappears.»

ALEXEY PAJITNOV

31. Epílogo

Una tarde de principios de los años ochenta, obligatoriamente helada, Alexey Pajitnov, científico del Centro de Computación de Moscú, deja de hacer su trabajo para ponerse a jugar una partida de pentominó.

Al terminar de armar el cuadro, para postergar lo más posible sus deberes, traduce las piezas de madera al lenguaje de programación. Por intuición, o solo por pereza, transforma el juego en un tetrominó, una forma geométrica constituida por cuatro cuadrados conectados en ángulo recto. Pajitnov llamó a este juego Tetris, prefijo griego que significa «cuatro».

El documental de la BBC terminó a las dos de la mañana. De inmediato fui a la computadora, me registré en una página *on line* y me puse a jugar. Así empecé. Juego hasta que amanece. Luego me baño, desayuno y me voy al trabajo, como un zombi. Paso el resto del día encajando fragmentos en el aire, tratando, quizás, de esquivar el último comentario de Matías.

¿Tuvimos algo que ver en la muerte de Margarita Lambert?

El 17 de junio de 2011 recibí un correo de Pedro Álamo. Era una invitación digital para un evento en el Centro Cultural Chacao, a las siete de la noche del día siguiente. Se trataba de un homenaje a Darío Lancini, a un año de su muerte. Álamo solo escribió una línea para recordarme que en ese evento estaría Antonieta Madrid.

No respondí el correo y tampoco falté a la cita. El evento fue hermoso, pero no pude evitar una sensación de angustia al reconocer, en los diversos testimonios de amigos y lectores de Lancini, los pasajes de esa vida que ahora latía en las cuartillas que sostenía en mis manos.

Esa misma noche tenía otro correo de Álamo, preguntándome cómo me había ido. Esta vez le respondí diciéndole que había visto muy tarde la invitación y que no había podido asistir al homenaje.

Menos de un minuto después recibí la respuesta:

No mientas. Sé que fuiste y sé que le entregaste el manuscrito.

Al principio, me asusté un poco. Imaginé a Pedro Álamo, con su barba de profeta y su bata, en las galerías abandonadas del centro cultural, acompañado de Sara Calcaño, observándome tras bastidores.

Luego, cuando pensé bien las cosas, me enfurecí. Álamo arrojaba las piezas desde la oscuridad, pero era yo quien debía cargar con su peso y ponerlas en su lugar. No volví a escribirle, ni siquiera después de mi encuentro con Antonieta Madrid, cuando ya me había deshecho de todo.

Con Antonieta Madrid utilicé la misma historia que inventé cuando me reuní con Oswaldo Barreto. Psiquiatra forense. Autopsia psicológica. Pedro Álamo, suicida en la India. Biografía ficticia hallada entre sus papeles.

Antonieta me citó en el café Arábiga a las seis y media de la tarde. Me indicó expresamente que fuera hasta las mesas que están al final del pasillo, donde hay menos gente.

El mismo día había estado un buen rato investigando sobre ella en Internet. Tiene una página personal, con fragmentos de su obra, entrevistas y una galería de fotos bastante nutrida. Me sorprendió lo hermosa que había sido en las distintas etapas de su vida, pero nada de eso me preparó para verla de cerca, con detenimiento. La noche en el centro cultural apenas había podido entregarle apresuradamente el manuscrito y mi tarjeta.

Era una mujer increíblemente bella. De esas bellezas que provocan una punzada en el pecho.

Apenas nos habíamos presentado cuando se aproximó una mujer, idéntica a Antonieta, pero mucho más joven. Y, si cabía, aún más hermosa.

—Es mi nieta —dijo Antonieta.

—Mucho gusto —dije yo.

La muchacha, pues no tendría aún veinticinco años, apenas hizo un gesto.

—¿Te busco en media hora? —dijo.

—Sí. En media hora está bien.

Quedó claro que nos estarían vigilando y que tenía poco tiempo. Me repuse, me metí en mi rol de Roger Kint y le conté la historia.

—Estoy anonadada —fue lo primero que dijo.

—Me imagino. ¿Sabe si Darío Lancini conoció a Pedro Álamo?

—Estoy casi segura de que no. Ahí se menciona un encuentro en El Buscón hace unos años, pero yo no lo recuerdo.

—¿El nombre de Álamo no le dice nada?

—Claro que sí. Es el muchacho que ganó el concurso de *El Nacional* en el 82. Lo recuerdo bien porque ese fue el año que Darío y yo regresamos de Atenas. Un cuento muy extraño. A él no lo conocí. No se supo más de él. No sabía que había seguido escribiendo.

—¿Y qué me dice del manuscrito?

—Soy yo quien quiere saber. Ese manuscrito, como usted lo llama, es parte de mi vida y de la de Darío.

—Entonces, ¿es cierto todo lo que se cuenta ahí?

—No, por favor. Hay muchas cosas que son inventos. Aunque hay otras que no tengo idea de cómo las pudo saber ese señor. Incluso, cuando se equivoca, lo hace de una manera tan exacta que me da un poco de miedo.

—La entiendo, pero no se preocupe. Como le dije, Pedro Álamo se suicidó.

—Qué horrible.

—Sí. Disculpe de verdad que la haya molestado para esta tontería, pero pensé que era usted quien debía tener el manuscrito.

—Gracias.

Antonieta se quedó recorriendo con las manos aquellas páginas, como si el tacto hiciera florecer una escritura secreta y porosa.

—Es curioso —dijo de repente—. La noche antes de morir, Darío tuvo una pesadilla. Soñó con una caja negra de la que se escapaban todas las palabras. Él trataba de contener la fuga, pero no podía. Y ahora, usted viene y me devuelve *esto*.

Me despedí.

Al llegar a la casa me deshice del baúl, con todo lo que tenía adentro. No volví a contestarle ningún correo a Pedro Álamo. Ahora se dedica a perseguirme en las páginas de juegos *on line,* el Gaucho Rubio versus Darío Mancini, solo para recordarme que en Tetris sigue siendo el mejor.

Mi venganza ha sido recuperar el sueño y jugar menos. Aunque a veces me despierto en medio de la noche y veo caer desde el techo de mi habitación las piezas de nuestras vidas en los últimos tiempos.

¿Pude haber hecho algo por Margarita?

¿Alguien puede hacer algo por nosotros?

El Año de la Misericordia se acerca, dicen los grafitis que han comenzado a aparecer por la ciudad. La relación de los grafitis con los cadáveres calcinados es directa. Los Quitasueños, los Soldados de Cristo, rezan sus volantes, ahora son legión. Pero, por el momento, no encuentro la pieza que corresponde a esa historia.

Mentalmente, presiono *shift* y sigo poniendo en orden las imágenes, haciendo con ellas, con nosotros, líneas perfectas que desaparecerán, como desaparecen los cuerpos amados y destrozados por la noche.

20 de junio de 2010-30 de marzo de 2013

Agradecimientos

Este libro debe algo (una conversación, un correo oportuno, un contacto, un dato valioso, una corrección) a cada una de las siguientes personas: Diego Arroyo, Jacobo Borges, Rafael Cadenas, Minerva Calderón, Simón Alberto Consalvi, Catalina Labarca y Paulina Retamales (en Chile), Ricardo Isea, Matilde Lancini, Abilio Padrón, Teodoro Petkoff, Florencio Quintero, Milagros Socorro, Vasco Szinetar, Alberto Valero, Carlos Wynter Melo y Mario García (en Panamá) y Luis Yslas.

A esta lista debo agregar dos nombres íntimamente ligados a la escritura de esta novela. El primero es Oswaldo Barreto, con quien sostuve un encuentro inicial de más de cinco horas. Solo después de esa conversación caí en cuenta de lo que implicaba escribir sobre Darío Lancini y fue entonces que *vi* la novela.

El otro nombre es, por supuesto, el de Antonieta Madrid. Antonieta fue la proveedora principal de anécdotas, fechas, textos, fotos, recuerdos sobre Darío Lancini, con quien compartió treinta y seis años de amores, viajes y escritura. A ella todo mi agradecimiento por el apoyo y por permitirme reinventar, al antojo de la ficción, pasajes importantes de su vida. Esta también es su historia.

Esta novela toma prestados fragmentos de obras y textos pertenecientes a otros autores.

En el capítulo 5 utilicé varios fragmentos del diario de Roxana Vargas. A mediados de 2010, cuando comencé a escribir la novela, su blog personal, donde narró de principio a fin su infierno, aún se podía leer. Para el momento en que redacto estas palabras, el blog ha sido cerrado. Solo permanecen la dirección (princesasanas.blogspot.com), su título («Ana y Mia mis Reinas y Nosotras sus Princesas») y una frase de Roxana como epitafio («Todo lo que me alimenta me destruye»).

Para crear el personaje del doctor Montesinos fue de mucha ayuda la sugerente, oscura, perturbadora autobiografía de Edmundo Chirinos, que también puede ser consultada en la página personal del psiquiatra más conocido de Venezuela.

El «Texto comprimido por la censura» es de Darío Lancini y fue publicado junto a una evocación hecha por Arturo Gutiérrez Plaza en el *Papel Literario* del diario *El Nacional* el 14 de agosto de 2010. El desciframiento de ese acertijo, tal y como se plantea aquí, lo hice yo. Aunque no soy el único: sé que Hildegard Acosta también lo intentó con éxito.

En el capítulo 13, el verso que pongo en boca de Arnaldo Acosta Bello pertenece, en realidad, a Rafael Cadenas: «Un paisaje insomne que hable para él», del poema «Esbirro».

Los anagramas *«Théodore Géricault: l'orage déchire tout»* y *«Le radeau de La Méduse: au-delà de la démesure»* pertenecen al hermoso libro *Anagrammes renversantes ou Le sens caché du monde,* de Étienne Klein y Jacques Perry-Salkow.

La explicación de la teoría de los anagramas fue tomada del libro *Semiótica del anagrama: La hipótesis anagramática de Ferdinand de Saussure,* de Raúl Rodríguez Ferrándiz.

Hay más apropiaciones y juegos intertextuales a lo largo de la novela. Allí están las claves para remontarse a la fuente. Explicar estas cosas tiene tanta gracia como explicar un chiste, pero esta época tan crédula de «la originalidad», más kodámica que borgeana, obliga a estas aclaratorias y a una más:

Aunque está inspirada en dolorosos sucesos ocurridos en la Venezuela de los últimos años, esta es una obra de ficción.

R. B. C.

Índice

I. Teoría de los anagramas

II. Teoría de los palíndromos

III. The Night

IV. Tetris